WIE NIET HOREN WIL

MOSES ISEGAWA

Abessijnse kronieken (1998)
Slangenkuil (1999)
Twee chimpansees (2001)
Voorbedachte daden (2004)

DE BEZIGE BIJ

MOSES ISEGAWA

Wie niet horen wil

ROMAN

Vertaling Joop van Helmond
en Frans van der Wiel

2007
DE BEZIGE BIJ
AMSTERDAM

De regel betreffende het aantal testikels dat een soldaat
van het Leger van de Heilige Geest zou moeten hebben is
afkomstig uit het boek *Alice Lakwena and the Holy Spirits:
War in Nothern Uganda 1986-97* van Heike Behrend,
uitgegeven door James Currey Ltd, 1999.

Voor het citaat uit *Paradise Lost* van John Milton
hebben de vertalers gebruikgemaakt van de vertaling
van Peter Verstegen.

De vertalers ontvingen voor deze vertaling een werkbeurs
van de Stichting Fonds voor de Letteren.

Copyright © 2007 Moses Isegawa
Oorspronkelijke titel *The War of Ears*
Copyright Nederlandse vertaling © 2007 Joop van Helmond en
Frans van der Wiel
Omslagontwerp Brigitte Slangen
Omslagillustratie Zefa Images/Corbis
Foto auteur Mark Kohn
Vormgeving binnenwerk Adriaan de Jonge, Amsterdam
Druk Wöhrmann, Zutphen
ISBN 978 90 234 1934 1
NUR 302

www.debezigebij.nl

BEEDA OGEMA STOND op de veranda van de school te kijken hoe de laatste leerlingen in de bocht van de weg verdwenen. Het was voor hem de rituele afsluiting van zijn schooldag.

Rond dit uur had Beeda altijd het gevoel dat de tijd vloog met de snelheid van een magisch beest. Machteloos zag hij hoe het de heuvels en het bos in een inktzwarte duisternis stortte, waardoor de kantoren en klaslokalen achter hem schelpen leken die in de modder vastzaten. De brede, steenachtige weg slonk erin weg tot een dunne draad en het beest voltooide deze stormloop door alle gevoel van veiligheid en voorrecht dat het werk hem overdag gaf van hem af te nemen.

In een poging dat af te wenden, haalde hij zich het hoogtepunt van die dag voor de geest. Zijn stemgeluid vulde zijn hoofd, zoals het de oren van zijn leerlingen had gevuld:

'Twaalf maal vijf is...'

'Zestig,' dreunden de leerlingen vrolijk op.

'Zes maal zes...'

'Zesendertig.'

Rekenles gaf hij alsof hij vaardig noten aansloeg op een toetsenbord om zijn leerlingen te prikkelen, af te straffen of de ijverigsten te paaien. Hij kuierde genietend tussen de rijen banken op en neer en lette scherp op of niemand de oefening ontdook door alleen de lippen te bewegen.

Beeda vond het heerlijk om met zijn leerlingen te praten en hun vragen te beantwoorden. Hij wilde niets liever dan een onuitwisbare indruk op hen maken.

Het beeld van de klas vervaagde en het was alsof alles onstuitbaar begon te draaien. Zijn ademhaling werd gejaagd. Hij hoorde hoe een lichte bries de bladeren van de mango en

de felrode bloesems van de flamboyantbomen op het uitgestrekte schoolterrein liet ritselen. Zijn gespitste oren vingen
het vinnige geluid op van de typemachine in het kantoortje
van de directrice. Hij zag haar lange vingers voor zich die als
roofvogelklauwen over de toetsen vlogen en de letters met
grote precisie aansloegen. Hij keek graag toe als ze blind tikte,
met haar ogen strak op de tekst gericht, haar gezicht gespannen van concentratie, haar handen een magisch verlengstuk
van de glimmende zwarte machine. Het was de enige schrijfmachine die nog over was in een gebied van tientallen vierkante kilometers en het unieke geluid vervulde hem tot in zijn botten met oprechte trots.

Mevrouw Ogema was de lagere school van Nandere begonnen onder de reusachtige mangoboom midden op het schoolterrein. Een vergelende foto aan de muur van de woonkamer
herinnerde aan die tijd. In de afgelopen twaalf jaar was de
school enorm gegroeid; met zijn roomkleurige, ruw gepleister-
de muren en rode dak was het gebouw de trots van de gemeen-
schap.

'Beeda, waar zit je?' Haar stem viel als een baksteen door de
ruit van zijn gedachten. Haar stem droeg ver, klonk als een
klok, want ze was gewend om grote bijeenkomsten zonder
technische hulpmiddelen toe te spreken.

'Ik kom eraan,' mompelde hij, onwillig om het gezelschap
van zijn gedachten op te geven. 'Een ogenblikje.'

Een windvlaag liet de takken kreunen en een regen van bladeren en bloesems dwarrelde op de grond. Toen de wind ging
liggen, sloeg de stem weer toe: 'Waar zit je? Denk je soms dat
we hier de hele nacht blijven bivakkeren?'

Beeda negeerde de gebiedende, bijna chagrijnige toon in
haar stem en staarde naar het oerwoud waarin ver weg de hui-
veringwekkende klaagtonen van de trompetneushoornvogel
klonken, die de stilte van een kwijnende dag verstoorden.

De bezorgde klank die hij in zijn moeders stem had be-
speurd, verdubbelde zijn tegenzin om meteen te achterhalen
wat de oorzaak ervan was.

Mevrouw Ogema sloeg haar ogen van het papier op en schudde even haar hoofd toen hij binnenkwam. Dat gebaar was een slecht teken, het wees altijd op iets ernstigs.

'We hebben een probleem,' zei ze, terwijl haar vingers opstegen boven de toetsen, die glommen in het gele licht. Haar schaduw danste even over de muur toen ze zich in haar stoel omdraaide en Beeda indringend aankeek, alsof de antwoorden in zijn ogen verborgen lagen. 'Ik heb vanmorgen weer een brief gehad.'

'Waarom zegt u dat nu pas?' Het milde verwijt verdrong de angst die in zijn buik kronkelde. Hij ging op de 'elektrische stoel' tegenover zijn moeder zitten in de wetenschap dat daarop dagelijks menige onderwijzer met persoonlijke problemen plaatsnam.

'Ik wilde op meneer Oryang wachten, maar die is niet komen opdagen. Ik denk dat hij morgen komt.'

'Wat staat erin?' zei Beeda. Hij vroeg zich af waarom zo'n goede kennis als de voormalige onderwijsinspecteur niet was gekomen. Hij staarde naar de kleine lamp die op haar tafel brandde. Het ding walmde zo dat hij ervan moest niezen. Hij zou de lamp het liefst op de grond smijten en hen in duisternis hullen.

Mevrouw Ogema schoof haar stoel achteruit, trok een la open en haalde de brief eruit. Ze keek er een ogenblik naar en gaf hem toen met een korte polsbeweging aan hem.

Het verraste Beeda dat de oorzaak van zijn buikpijn een velletje was uit een schoolschrift, zoals hij er eerder die dag zoveel had nagekeken. Doorgaans kregen ze dergelijke terreur royaal uitgemeten op postpapier. Hij herkende het kriebelige handschrift en zijn maag draaide ervan om. Zich bewust van zijn moeders polsende blik, boog hij zich dichter naar het vlammetje en las:

'Beste mevrouw Ogema, hiermee wil ik u eraan herinneren dat ik voortdurend aan u denk. Als oud-leerling van uw lagere school weet ik maar al te goed dat Nandere de enige plek in een straal van tientallen kilometers is waar nog les wordt gegeven. Dat is geen kwestie van voortrekkerij of misplaatst heimwee. Ik wacht nog op de Heilige Geest om me over het lot van uw school te raden. Als het vonnis ten gunste van een brandende toorts uitvalt, dan wordt het de brandende toorts. Mocht het doorslaan naar levensverlenging, dan wordt het leven. Voorlopig zie ik door de vingers dat u regeringsbeambten steunt om ons werk te bemoeilijken. Normaal zou de straf voor zo'n zonde tegen de Heilige Geest een pijnlijk einde zijn. Maar u en ik weten dat het doel van de Heilige Geest gediend is met elke dag dat de school er nog staat. De school is onze radio, die onze goede wil en grootmoedigheid uitdraagt. U zult ook wel vaak hebben horen zeggen dat hij door ons toedoen open blijft, hoe kan het anders dat hij te midden van alle verwoesting nog draait? Hoe kan het anders dat uw onderwijzers nog droge wangen hebben terwijl ze elders nat zijn? Geeft dat u niet te denken? Dit keer heeft het Leger van de Heilige Geest het teken gekregen om zich op oren te richten. Zoals een oud gezegde luidt: "Wie niet horen wil moet voelen." Wij houden onze oren open, wie dat niet doet, raakt ze kwijt.

Hoogachtend,

Brigadier Balo'

Hij zag dat er, geheel in stijl, een bloedrode vingerafdruk onder de naam van de schrijver glom die elke twijfel aan de echtheid uitsloot.

'Daar moeten we inderdaad meneer Oryang bij hebben,' gaf hij toe, terwijl de kramp in zijn buik erger werd. Hij wist dat de rebellen de afgelopen twee jaar amper zeventig kilometer westelijker twintig scholen hadden platgebrand en zes onderwijzers hadden vermoord. Het basiskamp van de rebellen lag vijftig kilometer verderop en af en toe kwam meneer Oryang met nieuws dat daar was vergaard.

'Wist ik maar wat de brigadier nu weer wil,' vroeg mevrouw Ogema zich af.

'Ik geloof dat hij daar zelf ook achter probeert te komen,' zei hij in een mislukte poging zijn moeders ontsteltenis te sussen.

'Dat van die oren bevalt me niks.'

'Misschien is hij een stunt aan het voorbereiden,' zei hij en probeerde zich voor de geest te halen hoe brigadier Balo in zijn schooltijd was geweest. Hij herinnerde zich alleen een mager kind met vuile knieën, niet anders dan vele anderen.

'Deze brief bevalt me allerminst,' klaagde mevrouw Ogema, alsof de vorige haar wel waren bevallen. 'Er zit iets onheilspellends achter die poging tot ironie en diplomatie.'

'Misschien is dat de bedoeling: u van uw stuk te brengen,' opperde Beeda. De enorme schaduw van zijn moeder kreeg plotseling iets ironisch, iets spottends. 'Trouwens, wanneer komt oom Modo?' Oom Modo, de enige nog levende broer van mevrouw Ogema, was vroeger soldaat geweest. Hij woonde in de hoofdstad, honderden kilometers ver weg.

'Heb ik je niet verteld dat hij problemen heeft? Ik heb je het briefje toch laten lezen dat zijn vrouw een paar weken geleden stuurde.'

'Nee, dat heeft u niet,' zei Beeda op verwijtende toon, blij met het onverwachte beetje overwicht dat hem dat gaf.

'Dan ben ik het zeker vergeten. Ze schreef dat hij in de gevangenis zat vanwege een fout gelopen zakentransactie.'

Beeda dacht aan de bezoeken van oom Modo toen hij acht of negen was. Hij had hem geleerd te fietsen, een katapult te maken, allerlei diergeluiden na te bootsen. Hij had het idee dat zijn oom niet alleen hem het nodige had bijgebracht, maar tegelijk zijn eigen jeugd had herontdekt. Als ze elkaar nu zagen, spraken ze nooit meer over die tijd. In ieder geval hoopte hij dat zijn oom weer vrij was en zijn textielhandel weer van de grond wist te krijgen. Hij dacht: wat zou het een overwinning zijn als we het rebellenprobleem zelf oplosten! De droom van zo'n overwinning bracht zijn buik tot rust en hij genoot van de afwezigheid van pijn.

'Zijn de onderwijzers op de hoogte van de brief?'

'Nee, maar ik weet dat er twee overwegen naar veiliger gebied te vertrekken. De rest kan, net als wij, nergens anders heen. Brief of geen brief, die blijven,' zei ze op strijdlustige toon, met zwaaiende handen. 'Brigadier Balo zou moeten weten dat we niet weggaan. Alles wat we hebben wortelt in deze grond. Als hij iets wil ondernemen, weet hij waar hij ons kan vinden. Zo niet, dan blijft hij maar in zijn kamp met zijn python spelen.'

Beeda vond dat zijn moeder tegen haar broer had kunnen zeggen dat ze hun huid duur zouden verkopen, met of zonder zijn hulp. Woorden schoten door zijn hoofd, maar de goede ontglipten hem. Uiteindelijk kwam hij op een van de Arabische woorden waarmee zijn vriend Musa Kawanda zijn zinnen altijd lardeerde om ze extra gewicht te geven: 'Inshaallah.'

Mevrouw Ogema hoorde wat hij zei en begreep hem precies. Ze deed haar best het aanstootgevende woord, dat Beeda met een zwierige keelklank had uitgesproken, te negeren. Ze had liever een bars 'Zo God het wil' gehoord, maar was niet in de stemming om over godsdienst te gaan kibbelen.

Met een lichte zucht pakte ze de brief van de tafel waar Beeda hem had teruggelegd en vouwde hem snel op. Ze stopte hem in een la en ging door met typen.

Het geluid van de schrijfmachine tikte als een hamertje tegen zijn hersenpan toen hij naar buiten liep.

Zodra ze klaar was, trok ze het document uit de machine, las het over, stak het in een bruine envelop en legde die op de brief van brigadier Balo. Ze sloot de la af en stopte de sleutel in haar zak, met haar blik strak op de deur, alsof ze verwachtte dat er een spion door het sleutelgat stond te loeren.

Ze tilde de schrijfmachine op en zette hem op een lange tafel naast de stencilmachine. Ze zag de twee apparaten als een 'tweeling' die communicatie en het afdrukken van proefwerken mogelijk maakte. Ze legde een grijze waterdichte hoes over de schrijfmachine en trok aan de randen tot hij goed zat. Ze ruimde snel haar tafel af en stopte de mappen in de grote metalen kast. Ze sloot de hoge deuren, haalde de sleutel eruit en gooide die in haar tas.

Ze draaide de pit laag en de lamp doofde. Ze begon 'Kumbaya' te neuriën op de toon van iemand die een zware last op haar ziel voelt drukken. Dat deed ze elke dag en voor Beeda was dit het teken dat het tijd was om naar huis te gaan.

Beeda stond op het uitgestrekte, klamme tapijt van paspalumgras. Hij wreef zijn schoenzolen in de vochtigheid en genoot van het gepiep. Achter hem hoorde hij zijn moeder deuren sluiten en haar treurstem dichterbij komen. Ze wilde per se zelf afsluiten. Ze had hem eens verteld dat het geluid van de sloten haar een heerlijk gevoel gaf.

Alsof een radio werd uitgezet, hield mevrouw Ogema abrupt op met neuriën. Beeda keek om en zag haar op de veranda staan, met haar handen op de balustrade. Haar ogen zochten de onmetelijkheid van de nacht af. Hij wist dat haar lippen bewogen in een stil dankgebed voor een welbestede dag. Hij hoorde haar een diepe zucht slaken; een ogenblik later zag hij haar de trap af lopen en begon het gezang weer.

Ze woonden een kilometer van de school. Ze namen de steenachtige weg die zich na de bocht splitste; de ene kant leidde naar de hoofdweg, de andere naar hun huis en omliggende streken.

Beeda liep voorop, met zijn blik soms op de grond, soms naar de duisternis erboven gericht. De minieme sterretjes aan de ontzagwekkende hemel waren van weinig nut. Hij had een hekel aan dat geneurie van zijn moeder, bang als hij was dat het rondzwervende rebellen ertoe zou aanzetten die irritante lippen af te snijden en haar zo het zwijgen op te leggen. Maar ze wuifde zijn bezorgdheid altijd weg: haar lippen waren van roestvrij staal.

Op sommige dagen deed hij wat terug door nogal enthousiast een Arabisch qasida te neuriën. Dat was meestal genoeg om haar onthutst tot zwijgen te brengen. Op zulke dagen hoorde hij zijn vriend zeggen dat hij het vers net zo lang moest herhalen tot hij de klank goed had. 'De klank voert je naar de diepste kamers,' zei Musa er dan bij. Beeda wist nooit hoe diep hij in dat huis kon doordringen, maar hij deed zijn best, blij dat hij buiten studietijd zich met iets kon bezighouden wat even boeiend was als zijn boeken. Na afloop noemde Musa hem dan een 'katholieke hadji', misschien uit waardering voor zijn poging. Nu luisterde hij naar zijn voetstappen en de wind die de struiken bewoog, en wilde hij de zaak niet op de spits drijven.

De streek had geen elektriciteit; de rebellen hadden de transformator gestolen en iedereen overgeleverd aan de grillen van de maan en de sterren. Hier en daar zag Beeda het schijnsel van lantaarns achter de ramen van de huizen langs de weg. Het felst bij meneer Atotol, een gepensioneerde voorman, die met zijn vrouw en acht kleinkinderen leefde. Het zwakst bij meneer Adima, een boer met vrouw en vijf kinderen. Laat in de middag werd de omgeving vergast op de stemmen van spelende kinderen, vaak onder het zingen van liedjes die ze op de radio hadden gehoord. Nu was het doodstil, want de meeste mensen zorgden wel dat ze voor het donker thuis waren.

'Ik mis de volle maan,' mopperde Beeda, toen ze het huis van meneer Adima voorbij waren. Het ergerde hem dat het er zo goed als donker was. Meneer Adima was een grote, zware man, een imposante verschijning. Binnensmonds schold Beeda hem voor lafaard uit. Hij genoot ervan dat hij, al was het in het geniep, mensen kon uitschelden voor wat hij maar wilde.

Mevrouw Ogema humde erop los, zonder zich te bekommeren over de lichtsterkte in de huizen. Ten slotte hield ze op en zei: 'Je loopt aan hem te denken.'

Beeda stootte zijn voet aan een steen, hij kromp ineen van de pijn. Ze kon heel vaak zijn gedachten raden, soms zelfs griezelig nauwkeurig. Musa's moeder had daar helemaal geen aanleg voor. Musa had eens gezegd dat mevrouw Ogema een gave had. Beeda had tegengesputterd dat het alleen kwam doordat ze maar één zoon had om haar energie aan kwijt te raken, terwijl haar tegenhangster tien kinderen moest opvoeden.

'Ja, ik dacht aan mijn vader.' Hij legde de nadruk op de laatste twee woorden, alsof diens vaderschap ter discussie stond. Om nog eens te horen dat zijn vader niet zo was geweest als meneer Adima, vroeg hij: 'Was hij moedig?'

'Ja,' antwoordde ze na een ongemakkelijk lange stilte. 'Hij wist hoe en wanneer hij moest handelen.'

Niet tevreden met het antwoord probeerde hij haar een koekje van eigen deeg te geven: 'Mist u hem nog altijd?'

'Waarom vraag je zoiets nu?' barstte mevrouw Ogema op messcherpe toon uit.

Beeda glimlachte triomfantelijk en balde zijn hand tot een zegevierende vuist. Hij kon haar daarmee altijd betaald zetten, vooral wanneer alle andere middelen hadden gefaald. Het was haar enige zwakke plek.

Eigenlijk interesseerde het hem meer te weten waarom ze na twaalf jaar nog geen man had.

Oom Modo had hem verteld dat zijn vaders familie niets meer met haar te maken wilde hebben, omdat ze zijn vaders broer had afgewezen. Toch verklaarde dat nog niet waarom ze zo lang wachtte; er waren genoeg andere kandidaten.

Onder het lopen, met in de ene hand zijn tas en de andere losjes zwaaiend, schoot hem te binnen wat er in de koransoera 'De koe' staat: 'Weduwen dienen te wachten en zich van mannen afzijdig te houden gedurende vier maanden en tien dagen na het overlijden van hun echtgenoot.' Hij had bewondering voor zulke precisie.

Zijn overwinning werd echter algauw overschaduwd door schuldgevoel. Het was een gevoel dat hij maar al te goed kende; het kwam wanneer hij iets verkeerds deed, maar ook wanneer hem niets verweten kon worden. Vaak overviel het hem plotseling, opgeroepen door iets wat hij moeilijk kon achterhalen.

Beeda's vader was gestorven toen hij vier was. Op de fatale dag was hij onderweg naar de hoofdstad in handen gevallen van de Speciale Eenheid, een elitekorps dat op zoek was naar rebellen die een aanslag hadden gepleegd op een kazerne in een buitenwijk, waarbij tien soldaten waren omgekomen en een veelvoud ervan gewond was geraakt. Die rebellen zaten nu in de regering die brigadier Balo's Leger van de Heilige Geest bestreed. Niemand wist precies wat er na de arrestatie van zijn vader was gebeurd. Een paar dagen later kwam meneer Oryang met het bericht dat het lijk van meneer Ogema tegen betaling de kazerne kon worden uitgesmokkeld. Anders zou het in een massagraf op een onbekende plek terechtkomen. Mevrouw Ogema bracht het geld bij elkaar en het lichaam werd teruggehaald en begraven.

Beeda voelde zich schuldig, hij had op zijn negende gehoord dat hij ziek was geweest en dat zijn vader op een riskant moment toch naar de stad was gegaan om medicijnen te kopen.

'Hoor eens goed, zijn dood had niets met jou te maken,' had oom Modo destijds uitgelegd. 'Het was kennelijk zijn tijd en niemand had daar iets aan kunnen veranderen. Alleen God.'

Beeda had nooit gedacht dat hij God was, maar het schuldgevoel bleef, soms bijtend, soms licht. Nu voelde hij zich schuldig dat hij zout had gestrooid in de wonden van zijn moeder, die volgens hem met hulp van een manlijke hand sneller te genezen zouden zijn. Elk jaar op de dag van zijn vaders dood hoorde hij diep in de nacht geluiden van intens verdriet uit haar slaapkamer. Hij zou haar dan willen troosten, maar deed het nooit, uit angst dat ze haar woede op hem zou richten en hem zou wegjagen. Dus bleef hij in bed, met kramp in zijn buik, brandend schuldgevoel en stromende tranen.

Mevrouw Ogema onderbrak Beeda's gedachtegang door weer te gaan neuriën. Terwijl hij naar het zwaarmoedige geluid luisterde, dat door vele smachtende kelen leek te zijn gegaan, vloeide het schuldgevoel weg. Ze waren trouwens bijna thuis, hij kon hun huis in de verte al zien.

Zodra ze het erf op kwamen, werd mevrouw Ogema stil en stapte Beeda opzij om haar voor te laten. Hij stond aan de rand van het paspalumveldje en zijn blik gleed over de hoge fruitbomen. In het donker leken ze gezwollen als plantenmerg in water en gaven hem het gevoel dat ze te machtig waren om te vellen. Achter het huis stonden vooral bananenbomen, die samen een hoge muur met een bizarre, rafelige bovenrand vormden. Het snerpend gezaag van de krekels deed hem hunkeren naar de schoonheid van de eerste lucifervonk.

Hij keek hoe zijn moeder in gespannen houding voor de grote deur stond en met haar rechterhand in haar tas naar de goede sleutel zocht. Het enorme slot ging open met een scherpe knars, die dwars door zijn ruggengraat leek te snijden.

Terwijl ze naar binnen ging, keek hij om zich heen of zijn vader niet ergens in de schaduw zat te wachten om binnen gevraagd te worden. Hij dacht altijd aan hem als hij het moeilijk had en associeerde diens geest met de go-away-vogel, een toerako in wiens roep hij de stem van zijn vader hoorde die zijn zorgen verjoeg.

Beeda glimlachte toen ze de lucifer afstreek, een kaars aanstak en hem binnenriep. Hij snoof de warme geur van het huis diep op en zuchtte van verlichting dat hij gezond en wel terug was.

In de schemerig verlichte kamer gleed zijn blik naar de muur tegenover de deur. Opnieuw zag hij de lagere school van Nandere in alle belangrijke fasen van ontwikkeling: van bomenschool, tot schuur, tot bakstenen gebouwtje en tot een schitterend complex met rode daken.

Hij zag mevrouw Ogema applaudisseren bij de prijsuitreiking vorig jaar door de directeur van het regionaal Onderwijsbureau. En hij zag haar de hand drukken van de huidige minister van Onderwijs, een vrouw die hem oud genoeg leek om zijn grootmoeder te kunnen zijn. En daar stond ze met een krijtje in haar hand voor leerlingen die met vuile knietjes op bakstenen zaten.

Hij keek naar zijn eigen foto, genomen op zijn vierde. Hij keek chagrijnig, met glazige ogen en gebalde vuistjes alsof hij de fotograaf te lijf wilde gaan. Hij had een hekel aan dat vergelende plaatje en bad dat het geel hem op een goeie dag helemaal zou uitwissen. Tot die dag mocht hij het van zijn moeder niet weghalen. Het had de twijfelachtige eer het laatste kiekje te zijn dat tijdens zijn vaders leven was genomen.

Telkens als hij ernaar keek ontwaakte het sluimerende schuldgevoel over zijn vermeende vadermoord als een grote slang die met een stok werd gepord, en zocht hij onwillekeurig naar de ontbrekende foto van zijn vader. Soms hoopte hij hem daar te zien, als troostgeschenk, zo niet als teken van vergeving. In zijn verbeelding was het een vervagende portretopname, waarop je de knappe trekken zag van een man in de kracht van zijn leven, geschapen door de goden van orde en rust. De lege ruimte die hem aanstaarde, benadrukte nogmaals dat zijn vader voorgoed gevangen zou blijven in woorden: 'Hij wist hoe en wanneer hij moest handelen', 'Hij was een plichtsgetrouwe leraar en een liefhebbende echtgenoot' en dergelijke.

Kort na haar verlies had zijn moeder al haar trouwfoto's en andere foto's met de overledene erop aan oom Modo meegegeven, omdat ze in de stad veiliger zouden zijn. Maar in 1986, het jaar dat de huidige regering de macht greep, werd zijn huis geplunderd en kwam het blank te staan door een kapotte hoofdwaterleiding, die van alle foto's en boeken een zompige brij maakte. Er waren momenten dat Beeda zijn moeder en zijn oom verweet dat ze onachtzaam waren geweest en zijn vader een tweede keer hadden vermoord.

Hij zette zijn tas op een stoel en stak een van de twee blauw geverfde lantaarns aan. Het oranje licht verspreidde zich door de kamer, zodat de ware afmetingen zichtbaar werden. Het viel op de grote Webster-atlas, die een ereplaatsje op de salontafel had. Hij was het symbool van wijlen zijn vaders grote hartstocht: atlassen, waarvan hij er een tiental had nagelaten. De groene Webster glansde toen Beeda de vlam hoger draaide en deed hem denken aan vette bladeren die op zonlicht reageerden.

Bij het aansteken van de andere lantaarn kwamen een paar plaatsnamen die hij pas had opgezocht weer bij hem op: Katoomba, Wagga Wagga en Wollongong. Wat klonken die schitterend spookachtig!

'Katoomba ligt in de buurt van Sydney,' zei hij bij zichzelf. Hij zag zijn moeder de eerste lantaarn mee naar de keuken nemen. Ze liep met lichte tred, nu de last van de dagelijkse verantwoordelijkheden van haar schouders was. Hij vroeg zich af hoe ze zou reageren als hij de naam 'Katoomba' hardop zou zeggen. In een van de plaatselijke talen betekende het 'vurige neuker'. Ze zou waarschijnlijk kwaad worden, omdat ze dacht dat hij haar weer treiterde met de afwezigheid van een man in huis. Ze vierde hun thuiskomst altijd met een kop sterke thee en hij vond het ongepast om haar eerste verzetje van de avond te bederven met de naam van een Australisch stadje.

Beeda nam de tweede lantaarn mee naar zijn kamer, waar kleurige posters van Kongolese zangers omringd door dansende meisjes in strakke pakjes de muren opfleurden. De posters had hij van Musa gekregen, die een groot liefhebber van de Kongolese gitaar was. Op school had hij zo vaak flarden van Madilu's 'Colonisation' gezongen, dat Beeda hem had gesmeekt ermee op te houden.

Tegenover zijn bed hing een foto van een papierbastvijg met zijn glimmende, asgrijze huid en wijdgespreide, dicht bebladerde takken. Hij wilde zijn leven aan de plantkunde wijden en de dikke vijgenboom belichaamde die droom. Naast de boom hing een ingelijste spreuk uit de koran, afgedrukt op een donkergroene achtergrond. Die had hij ook van Musa gekregen, tegelijk met de koran. De sierlijke krullen van het Arabische schrift waren hem een lust voor het oog en wanneer hij zich verveelde, tekende hij ze in een speciaal schrift na.

Beeda hield van de orde in zijn kamer: het keurig opgemaakte bed, de zorgvuldig gerangschikte koffers in de hoek, de gestreken kleren op hun hangertjes en de schoenen verborgen onder het bed. In een metalen kist zaten de laatste boeken van zijn vader. Hij maakte hem zelden open; maar als hij dat deed, moest hij altijd niezen van de wolk naftaleendamp die eruit opsteeg.

Ernaast stond een houten kistje met het enige overgebleven paar wandelschoenen van zijn vader. Vroeger stond het altijd op zijn moeders kamer, maar een jaar geleden had ze het aan hem gegeven en gezegd: 'Je bent nu een man. Zorg er goed voor.' Hij herinnerde zich dat hij al vanaf zijn zevende in haar kamer af en toe stiekem het kistje had opengemaakt en in zijn vaders schoenen was gestapt, vol ongeduld om ze te kunnen dragen.

Beeda zette zijn tas op de enige stoel in de kamer, kleedde zich uit, wiegde zijn heupen als de danseressen op de muur, en slenterde naar de badkamer aan de andere kant van de gang. Hij vulde de waskom met water uit een jerrycan, pakte de luffaspons, doopte die in het lauwe water, zeepte hem in en boende zijn hele lijf. Op school gingen altijd een paar jongens tegelijk de rij badhokjes in en somden dan luidkeels het lichaamsdeel op dat ze aan het boenen waren. Overal hoorde je dan geroep van 'hoofd, borst, schaamstreek, billen,' gevolgd door geluiden van kletterend water en puberaal gelach.

Met zijn lijf onder het schuim, tintelend van de ruwe spons, ging hij op zijn hurken zitten, zeepte zijn hoofd in en schepte water met zijn handen. Hij spoelde zijn hoofd af met dichtgeknepen ogen om te voorkomen dat ze van de zeep gingen prikken. Daarna spoelde hij de rest van zijn lichaam af en genoot van het zware gevoel van water op zijn huid, waarbij hij zich kon voorstellen dat hij in een heel ondiepe vijver zwom.

Zodra de waskom leeg was kwam hij overeind, maakte zijn spieren los en droogde zich af met grote halen van dezelfde rode handdoek die hij op kostschool had gebruikt. In zijn hoofd hoorde hij het refrein van de woorden die zijn schoolkameraden tijdens dit ritueel hadden geschreeuwd en moest erom glimlachen. Hij dacht: zal ik ze ooit terugzien? Zal ik ooit nog deel uitmaken van zo'n groep jonge vrienden?

Opgefrist ging hij naar zijn kamer terug, trok een gemakkelijke korte broek aan en ging op zijn bed liggen. Hij pakte *De buik van de hyena*, het boek van Nega Mezlekia, en probeerde de narigheden van die dag uit te wissen met het geschater van de held, dat zelfs in de meest benarde omstandigheden bleef opklinken. Zulke boeken gaven hem meer mentale steun dan de afgezaagde woorden van oudere mannen en vrouwen.

In zijn verbeelding zag hij hyena's die hem met hun gehuil en gulzigheid aan de pagina gekluisterd hielden. Voor hem waren de rebellen een ergere soort hyena's, geen haar beter dan de mannen uit het boek die mensen folterden in naam van het communisme.

Uiteindelijk doezelde hij weg met het boek in zijn handen en het ijzingwekkende gelach van hyena's en de koppige stem van de schrijver in zijn achterhoofd. Op een gegeven moment werd hij omsingeld door twee hyena's, die op hun achterpoten hipten en met hun voorpoten cirkeltjes in de lucht maakten. Het bleken de Kongolese danseressen te zijn, die met één wiegelbeweging hun kleren van zich afschudden en al hun weelderige vormen toonden. Ze kleedden hem uit en begonnen hem te aaien op een bed van dampend paspalumgras.

'Beeda, Beeda. De thee is klaar.'

Hij ging overeind zitten, wreef zijn ogen uit, legde het boek op het kussen, trok een T-shirt aan en ging naar de keuken. Het water liep hem in de mond van de geur van gember met citroengras die tot in de gang en de woonkamer doordrong. Zijn moeder keek niet op toen hij binnenkwam. Ze stond met een grote lepel in de pot op het fornuis te roeren en hield een mok thee in haar andere hand. Meer dan eens had hij voorgesteld een hulpje in dienst te nemen. En telkens had ze kortaf geweigerd en gezegd dat niemand kon koken zoals zij het lekker vond.

Hij ging zitten en pakte de mok op die ze voor hem had ingeschonken. Hij rook aan het donkere vocht en nam voorzichtig een eerste slokje, want hij wilde zijn tong niet branden, zeker niet nu zijn moeder een aardappelstoofpot aan het maken was. In de weldadige stilte die er op zulke ogenblikken heerste, dronk Beeda zijn thee en luisterde naar de muziek van de oude snelkookpan. Hij dacht aan de twee naakte danseressen en begon te glunderen.

'Is de thee zó lekker?' vroeg zijn moeder met een wantrouwige blik.

'Natuurlijk,' loog hij en bedacht dat hij morgen degene zou zijn die dat zou vragen, want ze deden om beurten het huishouden. Die regeling beviel hem goed, want hij was er zelfstandig door geworden. Op zijn oude school hielp hij Musa met het wassen en strijken van diens kleren, klusjes waar zijn vriend vreselijk tegenop zag. 'Moslim-hadji, wat ben je toch een baby!' plaagde hij weleens. Musa kaatste dan terug: 'Het mooie is dat er altijd iemand is die baby's helpt.'

Beeda en zijn moeder aten in de keuken, een ruimte met crèmewitte muren, gele jerrycans en een hardhouten eettafel. Ze had hem verteld dat ze daar, ook toen zijn vader nog leefde, al hun maaltijden gebruikten, behalve wanneer er belangrijk bezoek was.

Toen hij zijn mok leeg had, dekte Beeda de tafel, zijn moeders blauwe bord rechts, zijn rode bord links. Hij ging zitten en begon te denken over het lesprogramma dat hij straks moest opstellen. Want hoewel hij slechts invaller was voor een onderwijzeres die twee maanden geleden was weggelopen, pakte hij onder leiding van zijn moeder zijn taken als een volleerde onderwijskracht aan. 'Je vader was onderwijzer en ik ben onderwijzeres. Het lesgeven zit je in het bloed,' zei ze tegen hem wanneer hij onzeker was.

Mevrouw Ogema zette haar mok in de gootsteen en schepte Beeda's bord vol dampende aardappelen en vleessoep, gebonden met wortelpuree.

Beeda hield zijn hoofd boven het bord en verbeeldde zich dat hij golven aroma zijn neus in zag wervelen. Met een kleine opwaartse ruk en een verheerlijkte uitdrukking op zijn gezicht sloot hij het reukritueel af en begon te eten.

Na zo'n schooldag, als kinderstemmen nog in hun hoofd

naklonken, aten ze in stilte en genoten van de rust waaruit Beeda zoveel nieuwe energie kon putten.

Nu het werk van die dag achter de rug was, straalde zijn moeder ontspannenheid uit, alsof ze al op gewatteerde sloffen onderweg was naar haar bad, waarna een boek, een radioprogramma en de eerste golf overweldigende slaap slechts voor het oprapen lagen. Beeda dacht dat die serene stemming ook kon voortkomen uit het feit dat ze, in tegenstelling tot vele andere moeders, haar eigen kind te eten kon geven en wist waar hij de nacht zou doorbrengen. Dat vervulde hem met trots en dankbaarheid, want brigadier Balo was met al zijn ontzagwekkende macht niet in staat dit eten uit zijn mond of die uitdrukking van zijn moeders gezicht te krijgen. Hij droeg daar zelf het nodige aan bij, want hij hield zich aan de ongeschreven regel dat er aan tafel nooit over zulke weerzinwekkende types werd gesproken, hoe groot de verleiding ook was.

Mevrouw Ogema was een trage eetster, ze scheen het nodig te vinden elke kruimel te kauwen tot die in haar mond was gesmolten. Als Beeda klaar was met eten ging zijn blik op en neer tussen haar bord en haar mond, terwijl hij haar in stilte aanspoorde om op te schieten, ook al wist hij maar al te goed dat je oude honden geen nieuwe kunstjes kunt leren. Hij had het gevoel dat ze zich erop toelegde vooral nooit te haasten met eten.

Terwijl hij toekeek hoe ze haar bord leeg at, bedacht hij met trots dat de rijke, vulkanische grond hier op de heuvels ervoor zorgde dat aardappelen zo groot werden als mannenvuisten en je er bijna alles kon verbouwen. Tien kilometer verderop woonde een boer die glanzend groene appels kweekte, al was Beeda niet erg gek op de smaak. Twintig kilometer de andere kant op, teelden katholieke priesters druiven om altaarwijn te maken, waarvan de kwaliteit er niet toe deed, omdat de wijn bestemd was om in het bloed van Christus te veranderen. Beeda at graag rauwe wortelen en die waren er in overvloed. En veel van de bananen die de mensen in de stad aten, kwamen uit deze streek. Het was de voornaamste reden waarom hij dacht dat de regering alles in het werk zou stellen om een eind te maken aan het rebellengevaar.

Na de maaltijd werkte Beeda in de geborgenheid van zijn eigen kamer hard aan de voorbereiding van zijn lessen. Als hij tussendoor over bepaalde punten moest nadenken, drongen er in de stilte flarden van zijn moeders bezigheden door. Het luide gespetter van water in de gootsteen, het geklepper van slippers die naar de badkamer gingen, het geklets van water op cement en het ritselende gefluister van katoen.

Beeda hield bij wat zijn moeder las. Op het ogenblik genoot ze van *Land voor de levenden* van Edwidge Danticat, die ze haar 'Haïtiaanse dochter' noemde. Eens in de drie maanden las ze Terry McMillans *Ademloos*. Om te zorgen dat ze het altijd bij de hand had, bewaarde ze het boek in een afgesloten houten koffertje. Als hij gek van haar werd, stond Beeda met dat koffertje in zijn handen te vloeken en stelde hij zich voor dat hij het als uiterste daad van vergelding in de latrine zou gooien. Hij had het boek twee keer gelezen, opgewonden vanwege de vrouwelijke woede die erdoorheen raasde en met speciale aandacht voor de seksuele passages, die hem hadden gewapend met technische kennis die hij maar al te graag wilde toepassen.

Nadat hij zijn opzet voor de natuurkunde- en rekenlessen twee keer had doorgenomen, ging hij zijn moeder welterusten zeggen. Hij trof haar diep in slaap aan. Hij snoof de heerlijke geur van de Chanel Allure op, waarmee ze zich elke avond besprenkelde. Het wond hem op, al dacht hij weleens dat het bij uitstek de geur van eenzaamheid was. Er stond een leeg bierflesje naast een wandtafel met daarop een kasboek, een roman, een gezangenbundel met negrospirituals, een grote fles parfum en wat snuisterijen. De roman en de parfum kwamen uit Nederland, waar haar zus woonde.

Zijn moeder had een groene zijden nachtjapon aan, die haar als gegoten zat en een stevig gestel onthulde waarin diep verborgen een grote wond wachtte om genezen te worden door de streling van een mannenhand. Ook hij verlangde ernaar gestreeld, door liefdevolle armen omhelsd en gekoesterd te worden.

De nachten waarin hij in haar grote warme bed had gelegen toen hij nog jong of ziek was flitsten weer door hem heen. Het was een gunst waar hij niet meer naar taalde. Waar hij naar hunkerde en wat zijn manlijkheid wekte nu hij haar zo zag liggen, met haar in strakke, zachte stof gehulde forse dijen vol beloftes van sluimerende kracht, was de gunst van een mooie vrouw die popelde om hem in handen te krijgen.

Met die gedachte in zijn hoofd deed hij het licht uit en ging terug naar zijn kamer. Hij trok snel zijn short uit, ging op bed liggen met de halfnaakte danseressen, de vijgenboom, de koranspreuk, zijn boeken en zijn vaders schoenen om zich heen en begon de drang in zijn lendenen te stillen. Het beeld van een sexy vrouw doemde in hem op en de macht ervan overweldigde zijn hele lichaam. Ze plaagde hem, daagde hem uit haar te pakken. Maar hoe dichter hij bij haar kwam, hoe verder ze zich terugtrok, waarbij ze telkens een stukje kleding op de grond achterliet. Vlak voor hij klaarkwam bleef ze staan, spreidde haar armen en vloog op hem af. Hij zuchtte van verrukking. Terwijl hij weer op adem kwam, wreef hij het vocht over zijn buik en dijen uit, geïrriteerd door de vluchtigheid van het genot. Knorrig stond hij van zijn bed op, liep op zijn tenen naar de badkamer en boende grondig de sporen van zijn uitspatting van zijn huid.

Terug in bed hoopte hij dat zijn vermoeienis na de ejaculatie over zou gaan in diepe sluimer. Maar hij bleef zweven tussen onwillige slaap en klaarwakkere helderheid. Hij vroeg zich af of het een straf was, omdat hij de dijen van zijn moeder had gebruikt als aanloop voor zijn genot.

Toch voelde hij hoe, om een of andere reden, een vage innerlijke onrust tot een berg uitgroeide en hij werd door zo'n paniek bevangen dat hij zijn hoofd, zijn buik, zijn dijen moest aanraken en met zijn tenen moest wiebelen om zeker te weten dat alles er nog aan zat. Tegelijkertijd begon een doffe pijn in zijn maag op te spelen en vulde zijn hoofd zich met gruwelijke beelden van kindsoldaten die met bijlen en messen ledematen afhakten, neuzen openreten en oren afkapten van een groep mannen en vrouwen onder het ijzige toezicht van veel oudere commandanten. Na een tijdje was Beeda aan de beurt. De bijl kwam hard op zijn been terecht, maar hij had geen stem om zijn pijn uit te gillen.

Op een gegeven moment liet de bruut van de rusteloosheid zijn greep op hem verslappen en viel hij in slaap. Hij droomde dat hij de massieve bouw van meneer Adima had gekregen. Hij beende de heuvels op en holde door de valleien op zoek naar brigadier Balo. Hij vond hem staande voor een katholieke kerk, schijnbaar diep in gebed. Hij begon hem uit te schelden voor stompzinnige drol die het niet waard was te leven. Ze raakten in een woest gevecht verwikkeld, waarin hij het gezicht van zijn tegenstander tot kleffe brij beukte.

In de kleine uurtjes werd Beeda met een schok wakker. Hij kon het gevoel niet van zich af zetten dat brigadier Balo buiten stond. Hij twijfelde er niet over dat een steen met zoveel kracht was gegooid dat er een dakpan was gebroken. Terwijl hij op de volgende steen of kogelregen wachtte, kromp zijn maag samen en liep het zweet over zijn rug.

Het schoot door hem heen dat hij de man in huis was die uit bed hoorde te komen om het gordijn opzij te duwen en het duister af te zoeken naar de stenen gooiende rebel. Hij herinnerde zich zijn voornemen om elke kracht te overwinnen die zich tegen hem keerde. Maar dat hielp niet tegen de verdoving van zijn ledematen en zijn wil, die hem aan zijn bed gekluisterd hield.

Hij verlangde ernaar zijn moeders stem te horen. Maar de doodse stilte spotte met zijn angst, die oprees als een vertoornde zee.

Geleidelijk aan begon het tot hem door te dringen dat zijn

nachtelijke monster niets anders was dan de gulle avocado-boom achter het huis. Die had als zo vaak zonder waarschuwing zijn vruchten laten vallen. Een zuur lachje gleed over zijn gezicht, de as in zijn mond loste op en hij bezag de onzinnigheid van zijn angst. Opluchting stroomde door hem heen en hij draaide zich om, blij dat hij niet langer een schertsreus was die door een avocadoboom was gekleineerd, maar een gewone jongen die zich weer in de verrukkelijke omhelzing van een diepe slaap probeerde te storten.

VIJF KILOMETER VAN Beeda's bed hurkten twee jongens aan de rand van een bananenplantage en keken bij het licht van een zaklamp toe hoe een derde een grote broodvrucht in parten sneed. De leider kreeg de dikste plak en sprak zonder verdere plichtplegingen hardop een dankgebed uit: 'Heilige Geest, zegen deze spijze. Laat die ons de kracht geven uw wil te volbrengen en het vuur om uw oorlogen te voeren. Help ons de glorie van uw naam te verbreiden.'

'Amen,' zeiden de twee jongens, die watertandend hun neus opensperden voor de sterke geur.

Majoor Azizima knipte de zaklantaarn uit, stopte hem in zijn zak en stak zijn vingers in het voedsel; de anderen volgden gretig zijn voorbeeld. Het liep tegen tienen en luisterend naar het verlekkerde gekreun, besefte majoor Azizima hoe hongerig ze allemaal waren. Dit was hun eerste maaltijd van de dag, een dag waarop ze vijftig kilometer hadden gelopen door bossen, hoog struikgewas en ontvolkte gebieden die in hoog tempo aan het verwilderen waren. Het late eten was een straf voor het feit dat ze er zeven in plaats van vijf uur over hadden gedaan om zo'n onbeduidende afstand af te leggen.

Majoor Azizima verweet zichzelf dat hij de jongens niet harder had aangespoord. Het maakte hem razend als werk niet tot in de puntjes werd uitgevoerd. En terwijl hij zijn eten kauwde, nam hij zich voor het de volgende keer beter te doen.

Het gekreun werd luider en werkte op zijn zenuwen. In een reflex hief hij zijn hand op, wit en kleverig van het sap, en sloeg de jongen die het dichtst bij hem zat midden op zijn wang.

'Luitenant, je bent een varken,' siste hij. 'Het hele district kan je horen schrokken!'

'Majoor, neem me niet kwalijk,' zei hij morrend.

'Brigadier Balo houdt ons steeds voor dat we bijzondere mensen zijn. En dat we de heilige plicht hebben dat te laten zien in alles wat we doen.'

'Ja, majoor.'

'En wat betekent dat op dit moment, luitenant?'

'Majoor, dat betekent dat we ons zelfs moeten inhouden wanneer we genieten en ons niet zat moeten eten zoals de kinderen die nu bibberend op bed liggen.'

Majoor Azizima gromde instemmend, blij dat de luitenant de nodige nadruk had gelegd op het woord 'kinderen' dat stond voor volwassenen die zich niet hadden aangesloten bij het Leger van de Heilige Geest. 'Eet nu maar door.'

'Dank u, majoor.'

Majoor Azizima hoorde graag zijn rang, want hij wist dat hij binnenkort kolonel zou worden. Het zou zeker gebeuren, hij was immers een van brigadier Balo's grootste favorieten en zou opklimmen zolang de ster van de brigadier aan het firmament bleef rijzen.

Nog maar een paar dagen eerder had de brigadier op zijn bevordering gezinspeeld. Bevordering werd altijd voorafgegaan door de komst van de Ogen, de hoogste tuchtbewaaksters van de generalissimo, die de basiskampen inspecteerden en de resultaten van het afgelopen jaar natrokken. Ze kwamen onaangekondigd. Hij dacht: ik moet op mijn tellen passen. Ze zouden er al kunnen zijn.

Nu, in de onmetelijkheid van de plantage, waar de bananenbomen hoog boven hen uit torenden, zag hij het gezicht van brigadier Balo opeens voor zich. De felle gloed in zijn smalle ogen gaven zijn magere gezicht met de grote baard de uitdrukking van een man van middelbare leeftijd die voortdurend belangrijke zaken aan zijn hoofd heeft. Brigadier Balo was pas zeventien, maar de ernst van zijn gezicht, de kracht van zijn stem en de omvang van zijn roem straalden een macht uit die doorgaans niet aan een zo jong persoon is toevertrouwd.

'Ik zeg het één keer,' had de brigadier met zijn heldere, gezaghebbende stem gezegd, terwijl zijn lievelingspython St.-Jozef om zijn nek kronkelde. 'De Heilige Geest vertelt me dat je in de lift zit.'

Van het vooruitzicht van bevordering werd majoor Azizima's buik warmer dan van de heerlijke broodvrucht. Hij was vijftien, al zeven jaar in het leger van de Heilige Geest, en hij had zich verzoend met het woelige rebellenleven. Hij wist dat brigadier Balo hem nodig had als hij zijn machtsbasis niet alleen in Oeganda, waar hij vierde in lijn was, wilde verbreden, maar ook in de Basis der Basiskampen in Zuid-Soedan, waar generalissimo L., de opperbevelhebber, zetelde.

Majoor Azizima nam een laatste hap en was blij te zien dat zijn jongens ook zover waren. Ze hadden zich allemaal netjes gehouden aan de zesentwintigste regel van het Leger van de Heilige Geest: 'Gij zult vlug eten en de gulzigheid van de kinderen der duisternis mijden.'

'Jullie stinken als een stel zwijnen,' sneerde hij. 'Maak je handen schoon.'

Sergeant Kabalega, een dertienjarige met een kindergezicht, die Baby Opa werd genoemd omdat hij geen boventanden had, sneed repen van de dichtstbijzijnde bananenstam en deelde die uit. Ze wreven ze hard tussen hun vingers om het kleverige sap en de geur kwijt te raken.

Majoor Azizima keek naar de lucht die boven de bomen zichtbaar was en snuffelde aan zijn vingers en zei: 'Dat is al beter. Jullie stinken nog, maar nu tenminste draaglijk.'

De jongens lachten uitbundig, want hen baas had graag dat zijn grappen hooglijk werden gewaardeerd. Als dat gebeurde, werd hij grootmoedig en bestookte hij hen met vragen die ze echt grappig vonden. Ze mochten er vrijelijk op antwoorden, want zulke momenten waren bedoeld als ontspanning. Hij kon bijvoorbeeld zeggen: 'Luitenant Dagomin, geloof je echt dat baby's in penissen leven? Als dat zo is, waarom weten we dan niets meer van de tijd dat we tussen de benen van onze vaders hingen?' Of: 'Sergeant Opa, vind jij "gij zult twee testikels hebben" een zinnige regel van het Leger van de Heilige Geest?'

Maar dit keer wierp hij ze geen pareltjes toe. Het was hoog tijd ze de laatste peptalk te geven voor ze aan hun parade door het gebied begonnen. Het was zijn derde preek van die dag; net als brigadier Balo geloofde hij dat meer beter was dan minder. Brigadier Balo was de meester van de peptalk en de spontane vraagspelletjes en majoor Azizima deed zijn best hem te evenaren. Hij wist dat hoe meer hij zijn commandant navolgde, hoe sneller zijn beloning hem in de schoot zou vallen.

Majoor Azizima liet de jongens in de houding springen op een pad tussen hoog opschietend struikgewas en de bananenbomen. De jongens stonden stokstijf, alsof hij de netheid van hun kledij ging inspecteren. Ze hoefden niet gedempt te praten of zich te verschuilen; ze waren zelfs gekomen om iedereen te laten weten dat ze in het gebied waren. Hij was erg ingenomen met het idee dat hij een driemans bezettingsleger leidde. Daarom schraapte hij omstandig zijn keel en veegde met twee lange halen van zijn rechterhand onzichtbare insecten van zijn linker hemdsmouw. Met zijn armen in zijn zij sprak hij met luide stem: 'Soldaten van de Geest, waarom zijn we hier?'

'Om strijd te voeren tegen oren die niet willen horen, majoor.'

'Wie heeft ons gezonden?'

'De Heilige Geest die werkzaam is door onze geliefde vader, generalissimo L., de geachte leden van het opperbevel en de weergaloze brigadier Balo, majoor.'

'Wat mogen we nooit doen?'

'We mogen hen nooit teleurstellen, majoor.'

'Wat zijn we?'

'Soldaten bereid hun leven te geven voor de goede zaak.'

'Brigadier Balo houdt ons altijd voor dat oorlog...'

'Een geschenk is, majoor.'

'En wat is het verschil tussen mannen en jongens?'

'Alleen mannen weten hoe ze dat moeten gebruiken, majoor.'

'Nog eens.'

'Alleen mannen weten hoe ze dat kostbare geschenk moeten gebruiken, majoor.'

'De nacht is van ons. We zijn gekomen om ons eigendomsrecht op te eisen. Het is maar een kwestie van uren of ook de dag zal van ons zijn. Moge de Heilige Geest ons leiden bij elke stap die we zetten.'

'Moge hij ons leiden, majoor,' schreeuwden de jongens met stemmen die tot ver in de koude nachtlucht doordrongen.

'Laten we gaan.'

Sergeant Kabalega liep voorop, gevolgd door luitenant Dagomin en majoor Azizima. Ze namen de smalle, platgetreden paden waarover dagelijks de boeren naar hun plantages en de kinderen naar school liepen. Bij het geknars van hun gevechtslaarzen, herkauwde majoor Azizima een van brigadier Balo's uitspraken: 'Jullie staan boven het biologische toeval van je geboorte. Het Leger is jullie familie. Moeder Maria is jullie moeder. De generalissimo is jullie liefhebbende vader. En ik ben jullie oudere broer, die klaarstaat om jullie te allen tijde te beschermen.'

Gesterkt in de overtuiging dat het familieschild een permanente boog boven zijn hoofd vormde en zijn veiligheid in handen was van de beste soldaten van het land, welde er een gevoel van oneindig zelfvertrouwen in majoor Azizima op. Terwijl hij naar de bananenbomen keek waartussen papierbastvijgen als windbrekers stonden, groeide het besef in hem dat hij een van de bezitters van dit land was omdat hij de Heilige Geest, de uiteindelijke bezitter, vertegenwoordigde. En de nijlpaarden, zoals de regeringssoldaten door het Leger van de Heilige Geest werden genoemd, waren ongedierte dat moest worden uitgerookt en vernietigd. Hun verdorvenheid was zo groot dat ze niet te redden waren. De bazuin der gerechtigheid blies al meer dan tien jaar om hen op te roepen zich bij het Leger van de Heilige Geest aan te sluiten, maar ze hadden geen acht geslagen op de vermanende klanken. Wat de kinderen betreft, die zaten als vossen in hun holen gevangen en maakten geen schijn van kans. Zij waren doof gebleven voor de stem van de Heilige Geest en hadden niets geleerd van de ontheemden van elders. Hij vond het jammer dat Beeda een van de verdoemden was. Nu vroeg hij zich af waarom hij uitverkoren was en Beeda de ondergang tegemoet ging.

'Hoe lang zullen de kinderen der duisternis zich nog blijven verzetten tegen de macht van de Heilige Geest? Hoe lang nog?' vroeg hij in een poging de stroom van herinneringen af te breken.

'Majoor, de Heilige Geest zal met ze afrekenen,' antwoordde luitenant Dagomin.

Majoor Azizima voelde zich zo goed over zijn missie dat hij zin had om te fluiten. Het enige probleem was dat hij niet op een deuntje kon komen dat kwetsend genoeg was om ieder die het hoorde in zijn bed te laten beven.

Hij liet mogelijke melodietjes de revue passeren, vond dat er aan de meeste wat schortte en hoorde toen de stem die hij het meest vreesde. Hij scheen uit de ingewanden van de aarde te komen, bevuild met het drek van de onderwereld.

'Majoor Azizima. Wie ben je? Wie ben je?' riep zijn moeder. Haar woorden rekten zich uit, wat ze een dwingende klank gaf die hij even misplaatst als weerzinwekkend vond. De stem, die maar twee keer riep, rakelde herinneringen op aan een leven dat hij nu verbond met de verdoemden.

Gewoonlijk stelde hij alles in het werk om haar te vergeten. Af en toe ontsnapte ze uit de gevangenis van zijn vergetelheid en probeerde ze hem in de war te brengen.

'Ik weet wie ik ben,' zei hij hardop, want hij deed geen moeite iets te verbergen. Nu en dan moest elke soldaat zijn oude geesten onder ogen zien en brigadier Balo had hun aangeraden zulke demonen trots en openlijk te bestrijden. 'Ga nu weg.'

Majoor Azizima wist dat de jongens hun adem inhielden, omdat ze verwachtten dat hij hun, zoals meestal in zo'n situatie, zou vragen: 'Wie zijn we?'

Waarop ze altijd antwoordden: 'Soldaten van de Heilige Geest en zoons van moeder Maria en de generalissimo, majoor.'

Maar vandaag wilde hij dat afgezaagde antwoord niet horen. Daarom zei hij: 'Het hoofd van de lagere school van Nandere was vroeger een goede vriendin van die vrouw. Vaak was ik met mijn zusjes bij haar op bezoek en ze noemde ons haar kinderen. Ik heb veel met haar zoon gespeeld. Hij was ouder en behandelde me vaak als het jongere broertje dat hij nooit heeft gehad. Maar als we vochten won hij altijd. Ik vraag me af wat hij zal zeggen als hij me nu ziet.'

'Majoor, brigadier Balo heeft geen bepaald persoon als eerste doelwit aangewezen. Het staat ons vrij de campagne met die mestkever te beginnen,' stelde luitenant Dagomin voor.

'Luitenant, pas op je woorden. Ik kan je afranselen voor het uitslaan van zulke taal. We pakken die jongen later wel.'

Majoor Azizima liep zwijgend verder. De vraag of je vroegere vernederingen moest wreken dan wel gewoon negeren gaf hem stof tot nadenken. Hij was ervan doordrongen dat het 'gij zult geen vendetta's ondernemen' de twaalfde regel was uit het reglement van het Leger.

De onmiskenbare kreet van een zwart-witte franjeaap trok zijn aandacht. Op de een of andere manier wees die erop dat hij alle tijd had om bepaalde beslissingen te nemen.

Op dat moment rezen ze langzaam omhoog uit de zee van bananenbomen en beklommen ze de heuvelrug waarop de meeste bebouwing stond. Als eerste kwamen ze bij de katholieke kerk, opgetrokken uit solide baksteen met hoge ramen, met een enorm glooiend voorterrein en een vierkante toren. De generalissimo was katholiek, al was de verhouding tussen hem en de kerk danig bekoeld nadat de laatste zich had gevoegd in het koor dat zijn rebellie veroordeelde. Uit wat brigadier Balo over dit onderwerp had gezegd bleek dat de generalissimo zich ontzettend gegriefd voelde door die afwijzing.

Er ging een rilling door majoor Azizima heen toen hij bedacht dat ooit het bevel zou komen om dit zeventig jaar oude bouwwerk plat te branden. Hij vreesde dat dit hem ongeluk zou brengen.

Hij zag weer de feestelijkheden van palmzondag voor zich. Op palmzondag ging majoor Azizima vroeger altijd met andere jongens naar het woud om maagdenpalmbladeren te plukken, lang en dun als een speer. Thuis bonden zijn zusjes de palmen met kleurig lint samen en zetten ze 's nachts in het water. Op palmzondag stonden zijn vader, moeder, twee zussen en hijzelf vroeg op, kleedden zich op hun paasbest en haastten zich naar de kerk. De mis begon, de wierook brandde, de priester preekte en dan brak het grote ogenblik aan, ingeleid door hardnekkig geloei van het antieke harmonium. In de kerk werd het stil terwijl de gelovigen hun palmen losmaakten. Zodra het harmonium een vrolijke melodie inzette, begonnen de gelovigen te joelen en werd het geruis van zwaaiende palmen hoorbaar, dat met de minuut aanzwol. Nu en dan werd de lucht verscheurd door daverend genies als het stuifmeel van de palmen gevoelige neusvliezen bereikte, waaronder die van majoor Azizima.

'Hoeveel kerken heeft het Leger de afgelopen twee jaar in de as gelegd, luitenant?' vroeg hij toen ze het kerkterrein verlieten, met het suizen van de palmen nog levendig in zijn oren. Er kwam een vreemd gevoel over hem; hij was ervan overtuigd dat de enorme toren elk moment kon omvallen en hen verpletteren. Zenuwachtig keek hij een paar keer om, tot hij op veilige afstand was.

'Acht, Majoor.'

'Maar acht?' zei majoor Azizima met een stem vol bravoure die zijn ongemak over het idee van brandende kerken verdoezelde. Hij vond het heerlijk dat luitenant Dagomin altijd alle informatie waarom hij vroeg paraat had.

Op appèl riep brigadier Balo hem vaak naar voren om hem te helpen met een bepaalde datum of het aantal gedode nijlpaarden bij een bepaald gevecht. Hij noemde hem altijd 'majoor Azizima's jongen,' waar hij bijzonder trots op was.

De weg die ze namen liep door uitgestrekte kerklanderijen, waarvan er veel braak lagen en een paar werden bevolkt door trouwe katholieken, die er maïs, cassave en groenten hadden geplant. De pastoor woonde hier ver vandaan en majoor Azizima was blij dat ze hem niet onder ogen hoefden te komen. Ze hadden geen belangstelling voor de huizen waar ze langskwamen, dreven de spot met de ijzeren daken, houten deuren en zanderige erfjes.

'Kunnen jullie je voorstellen om zo te leven?' vroeg majoor Azizima, toen ze langs zo'n huisje kwamen. 'Dat is het leven van een gekapte palmtak.'

'Majoor, dan kun je maar beter dood zijn,' antwoordde luitenant Dagomin en ze moesten allemaal lachen.

Ze liepen een steile helling af. Halverwege zagen ze een groot houten bord met reclame voor De Kerk van Overvloedige Zegen in Christus de Heer. De tweede regel stelde, in wat kleinere letters, bij elke samenkomst vele wonderen en genezingen in het vooruitzicht. Majoor Azizima bleef staan om de aanvangstijden van de diensten te bekijken en bedacht dat deze kerk er twee jaar geleden nog niet was. Het leek hem een potentieel doelwit. Hij zou er geen enkele moeite mee hebben zo'n soort kerk, die hem geen ontzag inboezemde, in de as te leggen.

Ze volgden een breed pad naar een groot, begrind erf met een flinke schuur. Er zat een dak op van nieuwe golfplaten, die glansden in de nacht. Houten planken van een meter hoog vormden de wanden. Vele rijen ruwhouten banken, in de harde aarde geplant, wachtten op hen die zegen en genezing zochten.

'Als we hier de volgende keer komen is deze varkensstal een groot gebouw,' zei majoor Azizima, terwijl hij aan een van de palen voelde.

'Amerikaanse kerken, Amerikaans geld, majoor,' zei luitenant Dagomin onverschillig. Net als zijn baas was hij niet geïnteresseerd in geld. En in Amerika al evenmin.

'In ieder geval weten we nu de predikant en zijn Mammon-Jezus te vinden als brigadier Balo op een dag het bevel geeft,' zei majoor Azizima lachend. 'Hoe groter het gebouw, hoe groter de fik.'

De jongens lachten en sergeant Kabalega trapte tegen de wand, waardoor een lange plank losschoot.

'Ik geloof dat die wand om genezing vraagt,' merkte majoor Azizima op en liep weg.

Beneden in de vallei stonden een stuk of vijftig hutjes, opgetrokken door mensen die voor het conflict op de vlucht waren gegaan. Ze zagen er zo gammel uit dat majoor Azizima de indruk had dat hij ze zo omver kon schoppen. Vanwaar hij stond kon hij het dak van de kerk zien en hij wist dat die werd bezocht door veel van de lui die in de hutten zaten weggedoken. Ondanks alle frisse lucht die van de heuvels omlaagkwam, hing er in het gebied een onmiskenbare stank van uitwerpselen en urine.

'Als je er één hebt gezien, heb je ze allemaal gezien, of je nu aan de grens bent of hier,' klaagde majoor Azizima. Hij rochelde en spuugde in het gras naast de weg. 'Al die nederzettingen stinken naar stront.'

'Toch hoor ik ffe ergens midden in deze latrine ffingen, majoor,' zei sergeant Kabalega. Hij sprak heel snel, want hij was enorm verlegen. Hij gebruikte zijn tong meestal alleen om aan zijn lege tandvlees te voelen.

'Zingen, Opa,' verbeterde luitenant Dagomin.

'Het is een zeiklied,' zei majoor Azizima ernstig. 'Veel te treurig, de lippen van die zanger zouden eraf gesneden moeten worden.'

'Is dat een bevel, majoor?' vroeg luitenant Dagomin.

Majoor Azizima dacht even na. 'Laat ze nog maar een tijdje doorgaan met hun zeikliedjes. We krijgen ze later wel.'

Diep in zijn borst schoot er een vlammetje van trots op. Deze hutten waren het levende bewijs dat het Leger tientallen kilometers naar het westen degelijk werk had geleverd.

Hij gaf een teken en liep door. Hij had de indruk dat zij hier nog de enige levenden waren en ieder ander al een tijd geleden aan een geheimzinnige ziekte was bezweken. Hij had deze weg gekozen in de hoop dat hij kon afrekenen met iemand die het lef had om nog buiten te zijn. Tot dusver had iedereen respect getoond voor de rechtmatige bezitters van de nacht.

Op de heuvel die voor hen lag, zag majoor Azizima het dak van de lagere school van Nandere. Terwijl ze het pad naar het schoolterrein insloegen, vertelde hij de jongens zijn favoriete verhaal.

'In mijn tweede jaar op die school, toen het nog net zo'n schuur was als de Kerk van Overvloedige Zegen, zat ik in de klas met een jongen die Opasire heette. Zijn ouders en grootouders zorgden niet voor hem. Hij kwam altijd stinkend naar pies, met een vuil uniform, ongekamd haar en ongepoetste tanden op school. Iedereen had de pik op hem, maar had ook ontzettend met hem te doen. Of mevrouw Ogema hem nu goede raad, waarschuwingen of straf gaf, het haalde allemaal niets uit. Uiteindelijk maakte ze maar een lied dat we bij het begin van de les moesten zingen. Opasire stond voor de klas te stinken en ongelukkig te kijken als wij zongen hoe smerig, onsmakelijk hij eruitzag en hoe weinig hij van een schooljongen had. Ten slotte sloeg Opasire zijn handen voor zijn gezicht en barstte in huilen uit.'

'Hielp het, majoor?' vroeg luitenant Dagomin met geveinsde nieuwsgierigheid.

'Nee. De volgende dag en de dag erop droeg hij weer dezelfde ongewassen kleren. Na vier dagen hielden we op met hem toe te zingen. Een week later kwam hij helemaal niet meer naar school.'

'Wat ffpijtig,' zei sergeant Kabalega.

'Je bedoelt spijtig,' lachte luitenant Dagomin. 'Spijtig voor wie? Ik zou niet op die kutschool zijn gebleven als ik Opasire was.'

'Luitenant, let op je woorden,' waarschuwde majoor Azizima.

'Ja, majoor.'

'Ik zal de hoofdjuf eens naar Opasire vragen,' zei majoor Azizima, genietend van het idee om de wreker van de ongelukkige jongen te spelen. 'Ik wed dat ze hem totaal vergeten is.'

'Ze herinnert zich hem vast nog, majoor. Schoolhoofden hebben meestal een ijzeren geheugen. Er was er een die op haar zeventigste nog alle namen van haar leerlingen wist. Op de prijsuitreikingsdag van de school dreunde ze bijna een uur lang alle namen uit haar hoofd op,' vertelde luitenant Dagomin.

'Je moet niet zo liegen,' schreeuwde majoor Azizima, alsof hij wilde dat de hele streek het kon horen. In een paar stappen was hij bij zijn ondergeschikte en ging met een dreigende blik voor hem staan.

Luitenant Dagomin vertrok geen spier. Hij zei: 'Het is echt waar, majoor. Het enige is dat we die oude vrouw twee jaar geleden hebben vermoord.'

Majoor Azizima gaf luitenant Dagomin een harde zet tegen zijn borst. Hij siste: 'Ik heb nooit een oude vrouw vermoord. Dus waar heb je het over?'

Luitenant Dagomin viel met één hand tegen de grond. Hij kwam weer overeind en antwoordde: 'Ze is door een ander drietal op bevel van brigadier Balo vermoord.'

'Luitenant, weet je niet dat brigadier Balo nooit zulke bevelen geeft? Dat doet alleen de Heilige Geest.'

'Ja, meneer.'

'Noem me geen meneer. Ik ben geen schoolmeester.'

'Het spijt me, majoor,' zei luitenant Dagomin en deed een stap achteruit.

'Laten we hier weggaan. Ik ben dat gezeur over scholen zat,' zei majoor Azizima met luide stem.

Voor ze naar de weg liepen, raapte majoor Azizima een forse steen op, woog hem in zijn hand en gooide hem naar een groot raam. Zijn jongens juichten bij het geluid van brekend glas en vroegen of ze mee mochten doen. Hij wees het verzoek af.

De inspectie eindigde bij de handelspost. Aan verschillende winkeltjes hingen reclameborden voor bier. Net als bij de woonhuizen waar ze langs waren gekomen, was het hier doodstil. Er blafte een paar keer een hond. Majoor Azizima was niet bang voor honden; de verstandige waren bang voor hem.

Het enige dier waar hij bang voor was, was de buffel. Brigadier Balo had hem een keer aangewezen om resten van een commandant op te graven die erdoor was vertrapt. De herinnering eraan bezorgde hem een zenuwtrilling in zijn rug. Als een soldaat van het Leger voor een ernstig vergrijp vijfhonderd zweepslagen kreeg, zei iedereen dat hij de buffel had gekregen.

Daarentegen verafgoodde majoor Azizima de luipaard. Hij had zelfs gehoopt dat de kreet van de franjeaap de aankondiging was geweest van een vers gedood maal voor het vlekkenbeest. Hij hoopte nog eens een vacht te bezitten die van de rug van een luipaard was gestroopt. Hij stelde zich voor dat hij hem iedere dag zou strelen voor hij in de wijngaard aan de slag ging.

Majoor Azizima keek naar de winkelveranda's, waar de kleermakers hun naaimachines hadden staan. Vroeger dacht hij dat kleermakers belangrijke mensen waren. Op weg van huis naar school, bleef hij altijd even staan om door hen te worden opgemerkt. Nu was hij blij dat hij al die domheid was ontgroeid.

Tien meter van de winkelpuien stond een grote albizia, waaronder de fietsenmakers hun werk deden. Hij gebaarde zijn jongens zich daar verdekt op te stellen.

Hij keek langdurig naar de sterren en leidde eruit af dat het ver na middernacht was. Hij overwoog net wat de beste plek zou zijn om de rest van de nacht door te brengen, toen hij voetstappen hoorde. Onmiddellijk gaf hij zijn jongens een teken hun geweer in de aanslag te houden.

Van achter de winkels verscheen een man. Hij bleef even staan en keek een paar keer om zich heen. Ervan overtuigd dat alles veilig was, begon hij naar de weg te lopen.

Sergeant Kabalega spande de haan van zijn geweer toen de man niet meer dan vier meter van de boom verwijderd was. De man verstijfde en stak zijn armen recht omhoog.

'Maar goed dat je stil blijft staan. We hebben je op de korrel,' zei majoor Azizima, toen hij uit het donker opdook.

'Meneer, ik verzet geen stap. Ik verzet geen stap,' riep de man met geknepen stem.

'Zeg op, waarom beledig je de bezitters van het land door op dit uur buiten rond te lopen,' beval majoor Azizima.

'Meneer, mijn vrouw is erg ziek. Ik wil kruiden voor haar zoeken.'

'En dan is alles dus geoorloofd?'

'Meneer, het spijt me. Ik woon hier. Het was niet kwaad bedoeld.'

'Aan welke kant sta je? Die van de bezitters of die van de bewoners?'

'Meneer, ik heb geen kant. Ik wil alleen maar kruiden voor mijn vrouw zoeken. Meneer, laat me alstublieft gaan.'

'Ben je toevallig aanhanger van de rebellen?'

'Meneer, ik weet niks van rebellen.'

'Soldaten van de Geest, ik geloof dat we onze eerste radio hebben gevonden,' zei majoor Azizima, terwijl hij langzaam op de man toeliep, die op zijn knieën viel en een stroom onsamenhangende woorden brabbelde.

'Sergeant Kabalega.'

'Jawel, majoor.'

'Zet de radio aan.'

De jongen ging naar de man toe, trok zijn mes, pakte het linkeroor van de man en sneed het af. 'Klaar, majoor,' zei hij en gooide de schelp achter zich in de struiken. Majoor Azizima verstond het maar half, want het gekerm van de man en het geknetter van zijn darmen overstemden alle andere geluiden.

'Vooruit, ga nu maar hard en lang omroepen,' beval majoor Azizima. 'Vooruit, zei ik.'

De eenorige man liet zijn handen zakken en kroop een eindje weg. Toen sprong hij op en ging ervandoor alsof de duivel hem op de hielen zat.

'Goed werk, sergeant,' zei majoor Azizima en aaide de jongen over zijn bol . 'Straks weet iedereen dat de bezitters van het land terug zijn. We kunnen nu ons nachtleger opzoeken.'

Sergeant Kabalega klakte dankbaar zijn hakken tegen elkaar en ging voorop naar het vervallen huis diep in het oerwoud, waar soldaten op missie zich bij tijd en wijle schuilhielden.

BEEDA STOND EVEN na zessen op, zei zijn moeder goedemorgen, waste zijn gezicht en ging naar buiten. De lucht was kil en vochtig; hij werd klaarwakker van de kou. De boomtoppen in de verte gingen schuil in een strook mist. Vanuit het oosten verspreidde de zon een brede oranje gloed.

Beeda hield van dit vroege uur, waarop alles – insecten, dieren, planten – langzaam energie verzamelde om de nieuwe dag aan te kunnen.

Zoals altijd deed hij eerst de ronde om het huis en controleerde of er tijdens hun slaap geen gevaarlijke pakketjes bij de voordeur of in de raamkozijnen waren neergelegd. Toen hij niets vond, ging hij naar het schuurtje om een hark te pakken. Hij rakelde de bladeren, sommige bezaaid met kleine slakjes, die op het gras waren gevallen in hoopjes bij elkaar, deed ze in een mand en leegde die in de grote compostkuil naast de groentetuin.

Op zijn laatste tochtje vond hij het monster van de afgelopen nacht verborgen in het gras, het gele vlees was zichtbaar door een grote barst. Hij raapte hem op, voelde de vertrouwde ruwe schil. Hij woog hem in zijn hand, mikte en gooide hem in de kuil, tien meter verder. Het was zo perfect gemikt dat er een glimlach over zijn gezicht gleed. Voor hij wegliep, keek hij nog eens goed naar de boom, alsof hij wilde laten weten dat die hem nooit meer bang zou krijgen.

Hij haalde het afval van gisteren uit de keuken en gooide het in de kuil. Hij spoelde de afvalbak uit en ging naar binnen om de vloer van de woonkamer en de keuken te dweilen. Dat vond hij het vervelendste klusje, want hij moest ervoor op zijn knieën om met een dweil te poetsen en te soppen. Hij werkte bij het licht dat nu door de grote ramen naar binnen stroomde. Als hij even ophield, hoorde hij de stemmen van boeren die naar hun plantages gingen. Hij was blij dat hij een ander leven in het verschiet had.

Uit de kamer van zijn moeder kwam geen enkel geluid; meestal was ze rond deze tijd bezig met de boekhouding en ander administratief werk. Dan zat ze over de kasboeken gebogen, fronste bij de ene boeking, glimlachte bij de andere, tot ze geleidelijk aan een goed overzicht kreeg. Ze stond om vijf uur op en deed de administratie tot het tijd was om weg te gaan.

Toen hij klaar was, wrong Beeda de dweil uit, nam hem mee naar buiten en hing hem aan de waslijn. Hij haalde een mes uit de keuken en sneed onder een regen van fijne dauwdruppeltjes dorre bananenbladeren af die tussen de dikke paarsgroene stammen hingen. Hij werkte snel, ging van boom tot boom, paste op dat hij geen wespen verstoorde die nog in sommige bladeren sliepen.

Nadat hij een bundel bij elkaar had, bleef hij staan om uit te kijken over de plantage, die het hele gebied achter het huis bedekte en langs de heuvel het dal in glooide. In de wiedtijd gonsde de plantage van de stemmen van werklieden die, als mevrouw Ogema er niet was, schunnige taal uitsloegen en over hun loon klaagden. 'Zeg tegen je moeder dat ze ons meer moet betalen,' zei iemand dan plagend tegen hem. Waarop hij altijd antwoordde: 'Doe je eigen vuile werk. Wat zijn jullie voor kerels?'

Beeda bracht de brosse, ritselende bladeren naar de ingang van de latrine. Hij pakte een paar bladeren tegelijk op en brak ze in hanteerbare stukken, die hij op de rand van het gat legde, waarna hij een lucifer aanstreek en de hoop in brand stak. Oranje vlammentongen en geurige, witte rook rezen in het bakstenen hokje op.

De combinatie van hitte en rook dwong hem achteruit, de geur prikkelde zijn neus en sloeg zuur op zijn tong. Hij bleef in het paspalumgras staan kijken. Met een lange stok voedde hij de vlammen gestaag. Hij deed nog een stap terug en keek hoe de rook onder het golfplaten dak vandaan kwam en in de koude lucht oploste.

Hij zag de slaapzaal van zijn kostschool voor zich, een langgerekte zaal overgoten met wit tl-licht, en zijn bed met wanordelijke lakens en het drukke heen-en-weergeloop van jongens tussen de bedden. Een baaierd van geluid opgebouwd uit het schrapen van waskommen, luid gegeeuw, gefluisterde gebeden, vaag gemopper, honderden voetstappen, vallend water en nog veel meer kwam in zijn hoofd op. Op die vorm van communicatie was hij helemaal afgestemd. De herinnering aan het warme licht dat door het hele klassengebouw viel, de open deuren en ramen, maakte een intens verlangen in hem los. Hij miste de op zichzelf gerichte intensiteit van het studentenleven, net zoals hij Musa met zijn verhalen, zijn humor en Arabische spreuken miste.

Toen het vuur doofde en er alleen nog sliertjes grijswitte rook onder het dak vandaan kronkelden, pakte hij een bezem en veegde de latrinevloer. Het hele hok rook lekker en uitnodigend, totaal anders dan de latrines van de ontheemden die zulke heerlijke plekken niet op prijs schenen te stellen. De cementvloer zag er schoon uit, al waren twee muren geblakerd. Tevreden met zichzelf verstopte Beeda de bezem achter een dakbalk en liep het huis in om een bad te nemen.

Vanuit de badkamer rook hij de indringende geur van sterke koffie die al een tijdje had staan koken. Koffie zetten en een licht ontbijt klaarmaken was zijn moeders taak, ook op de dagen dat ze geen kookbeurt had.

Na zijn bad kleedde hij zich snel aan en ging naar de keuken. Bij het horen van zijn voetstappen had zijn moeder hem een mok koffie ingeschonken, een gebaar dat hij erg waardeerde, omdat het hem het gevoel gaf dat hij belangrijk was.

'Bedankt voor het werk,' zei ze en maakte een heel alerte indruk. Niet de vrouw die hij de vorige avond op haar bed had gezien. Hij zag een vrouw voor zich die klaarstond om honderden kinderen uit de klauwen van brigadier Balo te houden. Al was het maar een dag langer.

'Geen dank,' mompelde hij met zijn aandacht bij de koffie.

Ze sloot haar ogen en nam weer een slokje van haar mok. Ze leek in stil gesprek met de god van de koffie of iets dergelijks. Hij durfde haar niet te storen. Een paar ogenblikken later deed ze haar ogen weer open en zei: 'Ik heb twee eieren voor je gekookt. Er was geen olie om er iets anders mee te doen.'

Hij liet zijn ongenoegen blijken door te zwijgen. Het had geen zin haar voor de zoveelste keer te zeggen dat hij van gekookte eieren gruwde, hij hield er een smerige lucht in zijn mond aan over en zou er in de klas waarschijnlijk van moeten boeren. Hij was van mening dat zulke eieren taboe waren voor een verantwoordelijke onderwijzer die niet 'de Boer' of 'de Scheet' of een nog ergere bijnaam wilde krijgen. Hij zei bijna onhoorbaar 'dank u' en zette zijn mok op tafel. Halfhartig voelde hij de temperatuur van de eieren. Schipperend om zijn moeder niet te ergeren, pakte hij één ei, tikte het op de rand van de tafel, pelde het vlug, strooide er zout op en beet het doormidden. Hij slikte het zonder te kauwen door en spoelde zijn mond met koffie. Hij werkte de andere helft naar binnen en dronk nog wat koffie.

Het tweede ei liet hij op het bord liggen. Ze zou het waarschijnlijk aan een van haar leerlingen geven. Ze verraste zo wel vaker haar speciale leerlingen.

Er was een leerling die acht kilometer rende om naar school te komen en altijd als eerste aankwam. Iedereen noemde hem de Vliegende Nanderees. Hij was zo'n kandidaat voor eieren, avocado's en andere presentjes.

Nadat ze haar mok had uitgedronken, zette mevrouw Ogema die in de gootsteen en pakte het ei. Beeda waste de mokken, de lepels en de pan af en haastte zich naar de badkamer om de eierstank uit zijn mond te krijgen. Hij spoot een klodder tandpasta in zijn mond, smeerde die met zijn tong uit en spoelde met ruim water. Hij herhaalde de behandeling een paar keer.

Terug op zijn kamer pakte hij zijn tas. Nog één keer bekeek hij zijn spulletjes en genoot van het licht waarin de bijzondere eigenschappen van elk voorwerp mooi uitkwamen. Tevreden verliet hij de kamer en deed de deur op slot. Vervolgens sloot hij de achterdeur af en liep door de woonkamer naar de voorkant van het huis.

Hij bleef even op de veranda staan om de fruitbomen te bekijken, die er in het heldere ochtendlicht heel gewoon uitzagen. Hij zag dat de mist grotendeels was opgetrokken. Hij luisterde naar de kwebbelende apen en de zingende vogels en werd daarin af en toe gestoord door boeren die hem op weg naar hun werk begroetten. Hij riep opgewekt terug, popelend om met de hoofdtaak van die dag te beginnen.

Het geluid van zijn moeder die haar deur op slot deed was een teken dat ze spoedig zouden vertrekken. Toen ze ook de voordeur had afgesloten, kwam ze naar hem toe. Beeda keek om en zag dat de alertheid, die hem eerder was opgevallen, had plaatsgemaakt voor onderdrukte angst. Hij wist dat die angst voortkwam uit de onzekerheid of haar school de nacht ongeschonden was doorgekomen. Daarbij kwam het angstige besef dat ze zelf een doelwit was. Daaronder lag de zorg over de onzekere afloop van het conflict. Angst en zorg waren haar dagelijkse kruis, dat de god van de koffie niet kon wegnemen en dat ze probeerde te bagatelliseren als het ter sprake kwam. 'Anderen hebben het veel zwaarder te verduren,' zei ze dan snel om kreten van medeleven te smoren.

Ze liepen stevig door en waren getuigen van de klucht van ontwakende gezinnen: blèrende hummeltjes die naast de voordeur zaten, slaperige kinderen die het erf aanveegden, volwassenen die verwoed houtjes hakten en langhoornige koeien die om gras loeiden.

Beeda bedacht dat iets van die klucht zich rond de kersttijd bij hem thuis afspeelde, wanneer verre familieleden hun kinderen stuurden om Kerstmis in het huis van de directrice te vieren. Hij dankte God op zijn blote knieën dat het geen vast onderdeel van zijn ochtend uitmaakte.

Toen ze langs het huis van meneer Adima kwamen, hoorden ze hem tegen een kind schreeuwen dat het, als het niet ophield met dat pesten, de zweep zou krijgen. Daar moest Beeda om glimlachen, want in zijn verbeelding, en zeker in zijn dromen, haalde de fors gebouwde Adima altijd uit zonder eerst te waarschuwen. Hij stelde zich voor dat hij in een sportzaal, zoals hij weleens in de stad had gezien, aan het gewichtheffen was om spieren als meneer Adima te ontwikkelen. Terwijl hij nog uitpluste hoe lang hij daarvoor nodig zou hebben, hoorde hij zijn moeder zeggen: 'Dank u, moeder Maria. Dank u, Jezus.'

Hij keek op en zag door een opening tussen de bomen het rode dak. Binnensmonds zei hij 'Allahu Akhbar', wat hem een warm gevoel vanbinnen gaf. Hij hoefde niet naar zijn moeders gezicht te kijken om te weten dat de angst weer had plaatsgemaakt voor de alerte uitdrukking die hij aan de eettafel had gezien.

Ze begon sneller te lopen, haalde hem in en vertraagde haar pas niet toen ze de heuvel op liepen. Ze bleef bij het eerste klassengebouw staan en bukte zich om iets op te rapen. Meteen erna riep ze hem, met enige ergernis in haar stem.

Hij zag dat ze naar glasscherven stond te kijken van een kapot bovenraam. Hij keek naar het holle venster, toen naar de scherven en weer naar het raam. Zijn eerste gedachte was dat brigadier Balo het op zijn geweten had. Toch kon hij niet geloven dat de brigadier genoegen zou nemen met het ingooien van maar één raam. Dat klopte niet, tenzij het verband hield met de brief van de vorige avond.

Van zijn moeders gezicht kon hij aflezen dat voor haar de identiteit van de dader al vaststond. Ze hield een grote scherf in haar handen alsof ze van plan was die in de buik van de vandaal te stoten.

'Dat moet dronkemanswerk zijn geweest,' zei hij, toen hij

haar de scherf zag onderzoeken alsof de oplossing erop geschreven stond.

'Nee, dat kan niet. Hoeveel ramen hebben dronkaards nou ooit ingegooid?' zei ze op bitse toon.

'Hebben de rebellen het dan gedaan? Maar waarom zouden ze één raam ingooien? Als ik rebel was, zou ik nooit één raam ingooien, ik zou...'

'Wat zei je? Als je wát was?' snauwde ze en keek hem woedend aan.

'Ik probeer me alleen in een rebel in te denken,' mompelde Beeda, geschrokken van haar vijandigheid. Hij hoopte dat het niets te maken had met het ei dat hij niet had opgegeten. Hij haalde zijn schouders op en trok zijn mondhoeken omlaag, alsof het hem eigenlijk niet kon schelen.

Geïrriteerd door zijn schouderophaal en de kant die de ochtend begon op te gaan, zei mevrouw Ogema: 'Hou dat gefantaseer over rebellen maar voor je. Daar zit op dit moment niemand op te wachten.'

'Het was maar een idee. Gisteren probeerden we nog te bedenken...'

'Gisteren was gister. Raap die scherven nou maar op en breng ze naar de latrine.'

Eerder gekwetst dan boos zette Beeda zijn tas op de veranda en begon de stukken bij elkaar te rapen, voorzichtig om zich niet te snijden. Hij vloekte een paar keer terwijl hij de scherven op formaat sorteerde: grote onder, kleinere erop. Hij legde de stapeltjes op een rij en bracht ze één voor één naar de latrine. Hij probeerde al zijn energie in dat werkje te steken, maar het eiste te weinig van zijn aandacht op om hem in een andere stemming te brengen.

Hij kon er niet bij waarom zijn moeder zo bot was geweest. Per slot van rekening hadden ze al zo vaak geprobeerd zich in een rebel te verplaatsen en hij snapte niet goed wat daar dit keer mis aan was.

Hij overwoog om erover te beginnen zodra hij haar kantoortje binnen kwam, maar had het gevoel dat ze die poging toch zou afkappen. Ze was er de persoon niet naar om op zulke aanvarinkjes terug te komen. En ze liet nooit merken dat ze spijt had.

Op zulke momenten miste hij Musa, die hem waarschijnlijk de gekste vragen zou stellen om hem aan het lachen te maken en de dwaasheid van alles te laten inzien.

Op een van zijn loopjes naar de latrine zag hij dat zijn moeder de voordeur van het administratiegebouwtje openmaakte. Hij keek snel een andere kant op, blij dat hij niet, zoals op andere dagen, twintig meter van de deur hoefde te wachten tot ze die open had. Ze was als de dood voor valstrikbommen en stond erop zelf de school open te maken. 'Als iemand het leven moet laten bij de ingang van mijn school,' zei ze vaak, 'dan wil ik dat het de oprichtster is.'

Toen hij de laatste scherven wegbracht, zag Beeda haar met een grote bos sleutels naar de klaslokalen komen. Hij liep veel langzamer dan eerder, in de hoop dat ze weg zou zijn voor hij zijn tas kwam halen. Ze moest zijn gedachten hebben gelezen. Ze riep naar hem dat hij moest opschieten. 'We hebben niet de hele dag de tijd, hoor,' zei ze met haar strenge stem. Hij schopte vloekend tegen een mangopit die in het gras lag.

Uiteindelijk was hij blij dat hij zijn tas kon ophalen en naar zijn klaslokaal kon gaan. Hij legde de tas op de onderwijzerstafel en ging de klaslokalen inspecteren. Het was zijn taak erop toe te zien dat ze schoon waren en ruimschoots van krijtjes voorzien.

Het geluid van zijn voetstappen gaf hem enige troost, omdat ze naar de toekomst wezen. Zijn grote droom was een botanische school op te zetten – de William Ogema Academie, ter nagedachtenis aan zijn vader – en zijn studenten alles te leren wat ze over planten wilden weten. Hij zag zichzelf 's morgens vroeg zijn klaslokalen, zijn laboratoria en zijn planten inspecteren. In tegenstelling tot zijn moeder zou hij aan de hoofdingang staan om elke student en docent te begroeten.

Door de dromen over zijn toekomst moest hij terugdenken aan de kostschool in Pamvara, de middelbare school waarop Musa en hij hadden gezeten. Die was gesloten omdat er op zekere dag rebellen kwamen, die de leraren dwongen al het voorradige graan op de vrachtwagen van de school te laden; ze reden ermee weg en lieten iedereen hongerig achter.

Twee weken later waren ze met diezelfde vrachtwagen teruggekomen en hadden de leerlingen in de aula bijeengedreven, terwijl de leraren koffers uit de slaapzalen moesten halen om ze onder de kille blik van twee commandanten in te laden. Toen de vrachtwagen vol was, gaf een rebel een fluitsignaal, waarop zijn kameraden zich verzamelden en vertrokken.

Diep geschokt had de directeur de school gesloten. Musa had extra pech; zijn koffer was meegenomen. Beeda, wiens spullen ongemoeid waren gebleven, had hem kleren voor onderweg naar huis gegeven.

Nadat hij alle klaslokalen had gecontroleerd, ging Beeda naar het kantoor van de directrice om te melden dat alles in orde was. Ze luisterde zonder haar ogen van het document dat ze aan het lezen was op te slaan. Beeda treuzelde met weggaan, maar ze riep hem niet terug. Hij nam aan dat het betekende dat het incident voor haar gesloten was.

Nog steeds verongelijkt liep hij naar zijn klas. Hij zette alle ramen open om veel naar bloemen en gras geurende lucht binnen te laten. Voor een van de ramen keek hij hoe de zon het uitgestrekte schoolterrein met licht overgoot. Het was duidelijk dat het een warme dag zou worden en dat vrolijkte hem een beetje op.

Hij had de pest aan regendagen, want regen maakte het schoolterrein drassig en de paden modderig. Voordat de rebellen de veiligheid hadden verstoord, verheugde hij zich altijd op regenachtige nachten, als het maar goot wanneer hij al in bed lag.

Hij pakte een dunne bamboestok uit de kast en ging naar buiten. Hij liep langs de rand van het terrein, verzonken in gedachten aan zijn toekomstige school. Hij zou hem aan de zoom van het oerwoud bouwen, zodat het makkelijk was om de bomen te bestuderen. Hij zag zichzelf onder de bomen lopen met studenten die aan zijn lippen hingen. Uiteindelijk zou hij net zo lang bomen planten tot hij zijn eigen bos had.

Hoe meer hij zich in zijn droom verloor, hoe meer hij opkikkerde. Hij werd er zo rustig van dat hij benieuwd begon te worden wie er die ochtend als eerste op school zou zijn. Hij vermoedde dat het juffrouw Adongo was, de onderdirectrice met haar granieten kop, die zijn aanwezigheid in het lerarenkorps niet kon velen. 'Hé, ik heb een hekel aan die kroonprinsjes,' had ze zo luid tegen een collega gezegd dat Beeda het kon horen. 'Denken ze nou echt dat ze kunnen oogsten zonder te hebben gezaaid?' Hij probeerde haar zoveel mogelijk te ontlopen. Na een tijdje dacht hij dat de Vliegende Nanderees het van haar zou winnen en het ei zou krijgen.

Tegen zijn verwachtingen in was het juffrouw Alaso, de lerares Engels, die als eerste kwam aanlopen. Ze zette er de pas in, met stijf bovenlichaam, haar tas stevig met één hand tegen zich aan geklemd. Beeda wist dat er iets mis was, want gewoonlijk nam ze overal de tijd voor en was ze het grootste deel van de dag de gratie zelve. Hij was niet echt in de stemming voor een gesprek en hoopte dat ze hem voorbij zou lopen. Hij probeerde zich achter de reuzenmango te verschuilen en deed alsof hij de knoestige bast bestudeerde.

Zodra ze hem zag leek de spanning uit haar weg te vloeien en vertraagde ze haar pas. Hij wist dat ze, zoals altijd, zou proberen hem te verleiden, maar hij zag geen mogelijkheid om weg te rennen zonder zich belachelijk te maken. Hij hield zijn aandacht bij de boom en hoopte tegen beter weten in dat ze linea recta naar zijn moeders kantoor zou gaan.

'Goedemorgen, lieve prins,' zei ze op drie meter afstand van hem.

'Ik ben je prins niet. Ik ben niemands prins,' zei Beeda afwerend, terwijl een wolk parfum zijn neus het gevoel gaf dat die het middelpunt van zijn wezen was. De koran ging open en 'De koe' fluisterde: 'Vrouwen zijn een akker voor u; zo komt dan tot uw akker zoals gij maar wilt.' Hij wilde het gezag van die stem graag geloven. Tegelijkertijd kon hij het schuldgevoel en de angst voor het onbekende, die hem omlaag leken te trekken in een modderstroom van inertie, niet van zich afschudden. Hij wou dat hij de tijd kon stilzetten en deze confrontatie kon uitstellen.

'O jawel, dat weet je best,' zei ze met een hoog lachje. 'Je bent al mijn prins vanaf het moment dat ik je zag. Moet je die ogen zien! Heb je jezelf weleens zien glimlachen? Wist je dat je de zelfverzekerde tred van een man hebt? Ik weet zeker dat je een oude ziel in een jong lichaam bent.'

'Ik hou toevallig helemaal niet van jou,' zei hij met kloppend hart en hese stem.

'Hoeft ook niet. Ik heb er genoeg aan om van jou te houden.'

'Je bent te oud voor me,' zei hij bijna fluisterend. 'Je bent acht jaar ouder dan ik.'

'Leeftijd is een geestesgesteldheid, lieve prins. Hoe oud is het gros van brigadier Balo's moordenaars? Amper de luier ontgroeid, maar we liggen 's nachts allemaal wakker van ze. Bovendien, is er een grotere ramp dan twee maagden in één bed?' zei ze en haar spottende hoge lachje sneed dwars door hem heen.

'Ik ben geen maagd,' sputterde Beeda zonder haar aan te kijken. De vlammen sloegen hem uit, ook al stond er een briesje. Hij wilde de bovenste knoopjes van zijn overhemd losmaken en zich met zijn handen koelte toewuiven. Alleen de angst om te laten merken dat ze bij hem een tere snaar aanroerde weerhield hem.

'Lieve prins, ik beschuldig je niet. Ik zeg alleen dat ik een plicht te vervullen heb. Ik kan best wachten.'

Beeda zag dat er in de loop van hun gesprek al veel leerlingen waren aangekomen en dat de brutaalste steeds op een bepaalde manier naar hem en juffrouw Alaso keken. Het was alsof ze wisten dat hij aan de verliezende hand was. Hij probeerde te zien of de Vliegende Nanderees er al was, maar zonder werkelijke aandacht. Hij was bang dat elke blik hem zou blootgeven aan de scholieren en dat die hem zouden uitlachen. Hij zou willen dat ze thuis waren gebleven. Hij had pijn in zijn buik, zijn oksels voelden nat. Juffrouw Alaso zag er echter zo fris uit als een jonge graspriet.

'Zoek een man die je van je hunker kan afhelpen,' zei hij en dacht aan de smartelijke kreten van zijn moeder ieder jaar op de avond van de sterfdag. Hij dacht aan de smachtende hoofdpersonen in *Ademloos* en vond dat juffrouw Alaso eigenlijk in de rolbezetting ontbrak. Daar moest hij om lachen, want hij geloofde niet dat hij de aangewezen man was om zulke vrouwen genot te verschaffen.

'Ik ken mannen die op hun knieën vallen om mijn hart te winnen. Ik stuur ze met lege handen weg, want ik wacht op de kans om mijn prins naar diepere zelfkennis te leiden. Daarna zal ik hem met rust laten als hij dat wenst,' zei ze met een ernstig gezicht.

'Essentia geeft je de bons als ze van je snode plannen hoort,' zei hij zachtjes met oksels die nog natter aanvoelden dan daarvoor.

Juffrouw Alaso zweeg, er kwam een strenge uitdrukking op haar gezicht. Een kort ogenblik zag hij in haar zijn moeder, op wie hij nog steeds kwaad was. Juffrouw Alaso nam hem van top tot teen op, alsof ze op het punt stond hem op te tillen en op de grond te smakken. Even plotseling als hij was gekomen, ebde haar ernst weg en maakte plaats voor een gepijnigde glimlach. 'Scheer je me over één kam met brigadier Balo en zijn jongens? Ben ik zo misdadig?'

Beeda verloor de moed; schuldgevoel overmande hem. Ze had het woord 'misdadig' zo uitgesproken dat het zweemde naar daden als moord, verkrachting en gewapende overvallen. 'Je probeert me iets af te nemen.'

'Je vergist je, prins. Ik wil je iets kostbaars geven,' zei ze met zachtere stem. 'Ik zou je zelfs de tong kunnen geven.'

Beeda's speeksel liep in zijn verkeerde keelgat en hij kreeg een verschrikkelijke hoestbui, de tranen sprongen in zijn ogen. Terwijl hij die wegveegde, merkte hij dat juffrouw Alaso hem zichtbaar had opgewonden. Hij bad dat het beest van de nacht mocht komen om alles in zwarte inkt onder te dompelen en hem voor nog meer verlegenheid te behoeden. Hij wou dat hij als een aap in de boom kon klimmen om zich tussen de takken te verschuilen.

Hij had het gevoel dat de tijd hen, als gestrande schipbreukelingen, was ontgaan, dat de schooldag was afgelopen en de leerlingen op het punt stonden om naar huis te gaan. Hij hoorde zijn moeder hem al een uitbrander geven vanwege plichtsverzuim.

In een poging zijn evenwicht te herwinnen, wreef hij een paar keer in zijn ogen. Toen hij om zich heen keek, zag hij dat er niets was veranderd, behalve zijn innerlijke wereld.

Juffrouw Alaso had al vaker geprobeerd hem te verleiden, zij het lang niet zo opdringerig. Hij kon niets bedenken waarom ze die morgen zo gedreven was.

'Het spijt me als ik een beetje te hard van stapel loop. Ik weet zeker dat je het later zult waarderen. Je kent het soort vrouwen niet voor wie ik je wil behoeden,' zei ze en ze klonk als zijn moeder wier dijen hij wilde ontvluchten en wier scherpe tong hem diep had gekwetst. Het leek hem niet ondenkbaar dat juffrouw Alaso haar probeerde te verdringen als de belangrijkste persoon in zijn leven.

Om een gênante erectie tot bedaren te brengen, besloot hij op een ander onderwerp over te gaan. 'Waarom kwam je aanlopen alsof je iets verschrikkelijks was overkomen?'

'De jongens van brigadier Balo hebben afgelopen nacht een man z'n oor afgesneden. Ze zeiden dat hij hun radio was geworden.'

'Godallemachtig.'

'Ik vergat het leed van die arme man helemaal toen ik jou zag. Ik was van plan mevrouw Ogema op de hoogte te brengen. Maar ze zal al wel door iemand anders zijn ingelicht.'

'Je moest je schamen,' zei hij met een quasi verwijtend gezicht.

'Helemaal niet,' zei ze lachend op die schelle toon van haar. 'Ik zou het zo weer doen, zelfs als er meer mensen waren aangevallen. De liefde gaat voor, lieve prins. Altijd.'

Beeda zag dat een paar onderwijzers de leerlingen al in groepjes hadden ingedeeld om in het paspalumgras bladeren en bloemen te rapen. De school gonsde van het geroezemoes van mompelende, fluisterende, giechelende en elkaar plagende kinderen. Af en toe verhief een onderwijzer zijn stem op een toonhoogte die verried dat er gedreigd werd met harde aanpak. Ergens gaf een leerling een gil en Beeda wist dat een onderwijzer hem met een rietje op zijn kuit had geslagen. Het verbaasde hem dat hij dat allemaal nog kon waarnemen. Die luciditeit wilde hij niet verliezen.

'Ik moet naar mijn klas, ik wil niet dat juffrouw Adongo me moet komen halen,' zei hij, terwijl hij zijn hele lichaam voelde tintelen. Hij dacht: is het missen van zulke gevoelens niet de reden waarom Essentia ieder jaar huilt op de avond van de sterfdag en misschien ook op andere momenten?

De woorden van juffrouw Alaso bleven in zijn hoofd nadreunen, hij kreeg er kippenvel van en was bang dat de vervelende plekken onder zijn oksels niet zouden opdrogen, dat zijn moeder ze zou zien en zijn geheim zou raden. Even had hij een hekel aan juffrouw Alaso dat ze hem zo te kijk zette.

'Ik zie je in de pauze. Wie weet trakteer ik je wel op een broodje, prins,' zei ze op zakelijke toon, niet langer als de oudere vrouw die een jongere man het hof maakt. Dat wisselen van aard fascineerde hem. Hij wou dat híj dat met zoveel flair kon.

'Doe geen gekke dingen,' zei hij met het idee dat het hem nu was gelukt. Ze gaf geen antwoord en hij betwijfelde of hij ook maar íets had bereikt. Ze liep weg, haar rug werd snel kleiner, haar billen wipten in haar bruine jurk.

Toen ze achter het dichtstbijzijnde lokalenblok was verdwenen, schaamde hij zich dat hij niet eens naar de naam van het slachtoffer had gevraagd.

Normaal zou hij hebben geprobeerd zich voor te stellen wat er was voorgevallen: ten eerste, wat de man zo dringend buiten te zoeken had; ten tweede, waar hij op de rebellen was gestuit; ten derde, wat de man had gedaan toen zijn oor eraf was. Hij dacht: ben ik aan het slaapwandelen?

Hij haastte zich naar het toilet om zijn kleren grondig te bekijken. Hij kwam eruit in het volle vertrouwen dat niemand aan hem kon zien wat hij zojuist had doorgemaakt. Hij zette een ernstig gezicht, deed zijn best om de vochtplekken met zijn bovenarmen te verhullen en wachtte op de bel.

Die ging om halfnegen. De scholieren hadden zich in lange, rechte rijen voor de school opgesteld, met de zon in hun rug. Mevrouw Ogema posteerde zich in het midden van de veranda en bekeek haar leerlingen. De onderwijzers stonden links en rechts van haar en probeerden er zo waardig mogelijk bij te kijken.

Beeda stond helemaal aan de zijkant, zijn ogen speurden de gezichten van de scholieren af om te zien of ze zijn geheim hadden ontdekt. Op een gegeven moment kruiste zijn blik die van juffrouw Adongo en hij keek snel een andere kant op. Hij bedacht dat zijn moeder haar als onderdirectrice had aangesteld omdat ze er zowel bij de onderwijzers als de leerlingen de wind onder had.

Het drong eigenlijk nu pas tot hem door dat zijn moeder een blauwe jurk met zwarte wandelschoenen droeg. Haar haar was naar achteren gekamd, waardoor ze even zelfverzekerd leek als hij verward was. 'Zijn zonder schijn, dat is de essentie van een succesvol leven. Die essentie dringt door tot de kern van alles en wie haar vindt stijgt tot grote hoogten,' hield ze haar gehoor met stentorstem voor. Beeda vond dat de onderwijzers verveeld keken; ze kregen dan ook jaar in jaar uit dezelfde boodschap te horen. ZIJN ZONDER SCHIJN, die essentie prijkte op het insigne, het stempel en de vlag van de school. Geen wonder dat ze zowel door onderwijzers als leerlingen Essentia werd genoemd. Beeda kon geen betere bijnaam bedenken.

Hij hoorde nauwelijks wat zijn moeder en de andere sprekers zeiden. Het ochtendappèl verveelde hem vanwege de vele mededelingen die de onderdirectrice en de ordemeester deden. Hij slaakte een zucht van verlichting toen de rijen uiteengingen. Hij haastte zich naar zijn klas, verward alsof hij een achtervolger probeerde af te schudden.

Beeda gaf rekenen en natuurkunde; hij putte de meeste voldoening uit het eerste vak, dat hij was begonnen met de tafels van vermenigvuldiging, tot elke leerling die van buiten kende. Het streelde hem dat zijn leerlingen daardoor later aan hem zouden terugdenken. Deze morgen zou hij hun leren delen. Na het afwerken van de presentielijst nam hij zijn klas mee naar buiten om takjes, bladeren, mango's en kiezels te verzamelen die hij als leermiddelen wilde gebruiken.

Tien minuten later bracht hij zijn klas weer naar binnen. Hij verdeelde de leerlingen in groepjes en hielp hen het verband tussen delen en vermenigvuldigen te ontdekken met de dingen die ze hadden verzameld.

Terwijl zijn leerlingen werkten en kibbelden en af en toe met vragen kwamen, vooral over het delen van oneven getallen, keerden zijn gedachten telkens terug naar juffrouw Alaso. Het ene moment was hij opgetogen dat iemand serieus belangstelling voor hem had, het andere moment bang dat zijn moeder erachter zou komen en haar zou ontslaan. Als dat gebeurde zou juffrouw Alaso naar Fort Magogo of naar de hoofdstad moeten verhuizen, waar ze uit meer scholen kon kiezen. Zijn gedachten werden onderbroken toen de stem van de onderwijzer in het lokaal naast het zijne tot hem doordrong. Hij gaf aardrijkskunde en was aan het uitleggen hoe wolken ontstaan. 'Wolken ontstaan wanneer lucht tot het dauwpunt afkoelt en waterdamp tot minieme druppeltjes condenseert.'

Beeda was bang dat zijn hersens zich in minieme kloddertjes zouden opdelen. Hij dacht: zal ik ze bij elkaar kunnen houden?

Tegen het eind van de les gaf hij zijn leerlingen een proefwerkje. Hij zag uit naar het nakijken van hun schriften, in de hoop daarmee zijn gedachten van zijn huidige toestand af te leiden.

Toen de bel voor de pauze ging, liet hij zijn leerlingen uit. Krijsend van plezier holden ze naar buiten om te spelen, elkaar betaald te zetten of uit te schelden en, voor de eenlingen, om doelloos onder de bomen te dwalen. In een mum van tijd was het voetbalveld, blikkerend onder de zon, vol met groepjes leerlingen die achter zelfgemaakte ballen aan renden. Leren ballen werden alleen gebruikt wanneer het schoolteam op het veld stond.

Opgelucht dat hij alleen was, sloot Beeda de deur en even waande hij zich op zijn kamer, zonder vrees gestoord te worden. Hij ging aan zijn lessenaar zitten en probeerde de schriften na te kijken. Op dit uur gingen de meeste onderwijzers naar de lerarenkamer om thee te drinken en pannenkoek met banaan te eten. Het leek hem dat de mens een fantastisch dier zou zijn als hij geen maag had en net als planten zijn energie uit de zon haalde. Zo'n mens zou niet gebukt gaan onder seksualiteit, verwarring en het gevoel tekort te schieten. Hij wou dat hij zo'n wezen was.

Luid kabaal van buiten onderbrak zijn gedachtegang.

De pauze was ook het moment dat onderwijzers met problemen plaatsnamen in de 'elektrische stoel' om hun problemen aan mevrouw Ogema voor te leggen. Ze gingen één voor één naar binnen en spraken op gedempte toon. Soms drongen de woorden tot buiten door en hoorden degenen die op hun beurt stonden te wachten wat er werd besproken.

Een van de onderwijzers kwam om de haverklap bij mevrouw Ogema klagen dat zijn vrouw met de kinderen en de hele inboedel was vertrokken. Door zijn moeders tussenkomst kwam ze dan weer terug. Maar nog geen maand later nam ze weer de benen.

'Zorg dan ook beter voor je huisgezin,' had Beeda zijn moeder de vorige dag tegen de man horen zeggen. 'Het is niet mijn taak om je gezin bij elkaar te houden.' Beeda had de man niet op het appèl gezien; hij bedacht dat hij misschien achter zijn vrouw was aangegaan.

Zulke onderwijzers hielden er niet van dat Beeda in de buurt van mevrouw Ogema's kantoor rondhing. Hij wist dat ze zich voor hem geneerden, een snotaap die hen waarschijnlijk minachtte omdat ze hun eigen problemen niet konden oplossen, maar die niet kon bevatten hoe ingewikkeld en ingrijpend ze waren. Sommigen gingen zelfs zo ver dat ze kindergeluidjes maakten als hij in de pauze in de buurt van het kantoor kwam. Nu was hij blij dat hij de directrice met hen alleen kon laten.

Tegen het eind van de pauze kwam een door juffrouw Alaso gestuurde leerling hem twee rijpe bananen in een krijtdoos brengen. Eerst wilde hij ze terugsturen. Maar bij nader inzien besloot hij ze toch maar op te eten.

De uren die volgden brachten geen verlichting. Beeda kon zich niet volledig op zijn lessen concentreren. Het was alsof hij op twee plaatsen tegelijk was, met twee stemmen sprak en maar met moeite zijn energie kon verdelen. Hij kreeg tijdens het lesgeven twee keer een erectie. De eerste en ergste kwam toen hij op het bord aan het schrijven was. Hij bleef maar schrijven en wat hij net had opgeschreven weer uitvegen. Gedrild om geduldig te zijn, hielden zijn leerlingen zich rustig; slechts hier en daar werd discreet gemompeld. Hij sloeg er geen acht op en na een tijdje, dat heel lang leek te duren, ging de storm liggen. De metafoor herinnerde hem aan de onderwijzer die over wolken had verteld. Ik heb last van opgehoopt vocht, dacht hij. De tweede erectie kwam terwijl hij zat. Hij trok aan de haren op zijn onderarm en door de pijn ging die over.

De drukte rond het middageten ging langs hem heen. Hij bleef in zijn stoel uit het raam zitten kijken. Bij het voorgebouw dat als schoolkeuken fungeerde, zag hij de kinderen met een kom in hun hand in de rij staan wachten. Hij kon hun stemmen als bijen horen gonzen zonder de woorden te verstaan. Hij zag de onderwijzer die toezicht hield, een dikke man in een te strakke broek, met een stok in de hand langs de rijen lopen in een poging de orde te handhaven. De kok kon hij achter de rijen leerlingen niet zien. Beeda kon zich voorstellen hoe hij met een grote pollepel almaar kommen vulde, terwijl het zweet in straaltjes van zijn gezicht gutste.

Opnieuw stuurde juffrouw Alaso een leerling met eten naar hem toe. Hij vroeg zich af hoe lang ze hem zou blijven bemoederen. Het idee om twee moeders te hebben die om hem vochten, bracht een tevreden glimlach op zijn gezicht. Hij moest denken aan de belachelijke titel van 'prins'. Die kon hij alleen dulden en misschien zelfs vagelijk waarderen, omdat hij uit de mond van een oudere vrouw kwam. Als de bedenkster niet de nodige ervaring had gehad, zou hij haar hebben verboden hem nog ooit zo te noemen.

Hij nam zich voor er niets over tegen Musa te zeggen. Musa was iemand die om zo'n overdreven benaming zou lachen. Hij zou zoiets afdoen als 'poesjespraat'. Musa had een keer gezegd dat het poesje een buitengewoon welsprekend orgaan was. Beeda had toen smalend gelachen. Maar nu begon hij in te zien waar zijn vriend het over had. Er zat een nieuwe taal, een nieuwe muziek in zijn botten, een heerlijke roekeloosheid die hij nooit eerder had gehad en die alleen uit zulke ongekende regionen kon voortkomen. Hij herinnerde zich verhalen over getrouwde mannen die over schuttingen klommen om bij opgesloten minnaressen te komen en over getrouwde vrouwen die, wat de goegemeente er ook van zei, hun minnaar aanhielden. Hij begon een idee te krijgen hoe ingewikkeld dergelijke situaties waren.

Om vijf uur, toen de hitte van de dag over zijn hoogtepunt was, het geblikker weer was overgegaan in licht en alleen de zesde en zevende klas nog op school waren, schrok hij op toen hij meneer Oryang aan zag komen. Hij was de brief van brigadier Balo met zijn dreigementen en valse ironie totaal vergeten. Dat staaltje van verdringing verraste hem en maakte hem trots. Kon hij onplezierige dingen maar altijd als hij dat wilde zo doeltreffend uit zijn hoofd zetten! Hij was echter wijs genoeg om te bedenken dat dit toeval was.

Terwijl hij meneer Oryang naar het administratiegebouw zag kuieren in de schaduw van de mango- en flamboyantbomen, waardoor hij kleiner en donkerder dan gewoonlijk leek, viel er een spanning van hem af. Onmiddellijk sprong hij op en liep uit het lege klaslokaal naar buiten.

Meneer Oryang bezag de wereld met een kalme, bedachtzame blik en als Beeda in die ogen keek, wist hij dat er mensen waren die de geheimen van het leven kenden en anderen konden bezielen. De vrouw van meneer Oryang was een paar jaar geleden door de rebellen vermoord, maar als hij over hen sprak lag er opvallend genoeg geen bitterheid in zijn stem. Hij scheen in zijn hart een plek te hebben gevonden om zijn verlies in weg te bergen en daardoor te voorkomen dat zijn verdriet hem helemaal zou verteren. Beeda voelde zich vanwege dat leed met hem verbonden. Hij vermoedde dat de oudere man hun onuitgesproken band op prijs stelde. Meneer Oryang was de enige man bij wie Beeda het gevoel had dat hij weer een kleine jongen was, die zou willen dat hij hem op zijn schouders over heuvels en door dalen kon dragen met zijn benen om zijn nek geklemd.

'Goedemiddag, meneer Oryang,' zei Beeda al toen de bezoeker nog vijf meter bij hem vandaan was. 'Wat ontzettend leuk u te zien.'

'Goedemiddag. Ik hoop dat het goed met jullie gaat.'

'Wij maken het uitstekend,' antwoordde Beeda. 'De directrice zal blij zijn u te zien.'

'Laten we dan naar haar toe gaan.'

Beeda ging voorop en liep voor de tweede keer die dag zijn moeders kantoor in. In het koele namiddaglicht dat van drie kanten binnenviel, oogde het groot en fris. Door de tafel met de schrijfmachine en het stencilapparaat, de lange grijze archiefkasten, de stoelen en de boekenplanken zag het eruit als een goed ingerichte, maar niet te volle ruimte. In het besef dat zijn woorden hier weinig gewicht in de schaal zouden leggen, ging Beeda op een stoel tegenover beide volwassenen zitten en spitste zijn oren. Hij hield zijn moeder altijd scherp in de gaten als ze in het bijzijn van meneer Oryang was. Dan smolt haar autoritaire houding weg, deed ze zenuwachtig en scheen ze met haar handen geen raad te weten; ze wreef ze tegen elkaar of stopte ze onder tafel om ze meteen weer te voorschijn te halen. Beeda dacht dat het dit keer misschien anders zou gaan.

Meneer Oryang zat rechtop in de 'elektrische stoel' met zijn handen gespreid op zijn bovenbenen. Hij keek mevrouw Ogema, die telkens ongedurig ging verzitten, kalm aan. Hij zei: 'Je zult het nieuws over de aangevallen man wel hebben gehoord.'

'Mijn hele dag is erdoor bedorven. Het heeft me ontzettend kwaad gemaakt,' zei mevrouw Ogema met een hogere stem dan normaal. 'Zijn we gevangenen? Is er dan geen enkele plek in deze streek veilig?'

'Toen ik hem bezocht was hij nog steeds overstuur.'

'Hoe kan het anders,' zei mevrouw Ogema ietwat hoofdschuddend. 'Ik hoop dat hij er niet gek van wordt.'

'Ik denk dat hij er wel overheen komt. Hij heeft familie en vrienden,' zei meneer Oryang. 'Ik heb het incident al in mijn logboek genoteerd.'

Beeda herinnerde zich dat meneer Oryang elke aanval op burgers bijhield, of het nu plunderende rebellen waren of regeringssoldaten op zoek naar handlangers van de rebellen.

'Ik weet het,' zei mevrouw Ogema, terwijl ze haar handen wreef. Beeda vond dat ze zich meer als bezoeker dan als gastvrouw gedroeg.

'Deze keer hebben ze geen moeite gedaan onopgemerkt te blijven. Ze praatten en lachten luidruchtig om ervoor te zorgen dat de mensen wisten dat ze in de buurt waren. Ik heb ze op hun tocht door de plantages gevolgd. Het was griezelig.'

'Waar hadden ze het over?' vroeg mevrouw Ogema, terwijl ze zich vooroverboog.

'Wat ze zeiden was van weinig belang. Maar ik was helemaal perplex toen ik een van hen herkende.'

'Jij? Perplex?' zei ze met een hoog lachje om haar begrijpelijke ongeloof te tonen.

'Hij is de zoon van wijlen mevrouw Epeuru,' zei hij zacht, bracht zijn handen van zijn bovenbenen omhoog en spreidde ze. 'Hij noemt zich tegenwoordig majoor Azizima.'

Beeda schrok zo dat hij er hevig van moest hoesten. Toen hij de tranen uit zijn ogen had geveegd en opkeek, zag hij zijn moeder met haar handen voor haar gezicht zitten. Ze was zo kalm en stil als iemand die kracht verzamelt om tot een uitbarsting te komen.

Beeda wist dat ze terugdacht aan mevrouw Epeuru, voorzitster van de Vrouwencoöperatie, die altijd de coöperatiedag organiseerde waarop honderden mensen afkwamen om te eten, te drinken en artikelen te kopen of te ruilen die door leden van de coöperatie waren gemaakt. De dag werd vanwege de beschikbare ruimte altijd op de lagere school van Nandere gehouden.

Na Kerstmis was coöperatiedag de dag waaraan Beeda de dierbaarste herinneringen bewaarde. Op die dag logeerden Zima met zijn zusjes bij Beeda thuis, omdat hun moeder te moe was om ze naar huis te brengen.

Beeda wist dat de dood van mevrouw Epeuru het op één na grootste verdriet in het leven van zijn moeder was. De dingen die hem het levendigst bijstonden waren de spleet in haar voortanden en de manier waarop ze met haar handen wapperde als ze praatte. De kinderen uit de omgeving noemden haar 'Helikopter'.

'Ik had beloofd voor haar kinderen te zorgen als zij het eerst kwam te overlijden. En zij had beloofd voor Beeda te zorgen als ik het eerst ging. Ik weet nog dat ze lachend zei dat haar taak een stuk gemakkelijker zou zijn. Hoe is het toch mogelijk dat alle pogingen om erachter te komen wat er met haar kinderen is gebeurd op niets zijn uitgelopen? Vaak heb ik Beeda gezegd dat zijn broer en zussen waren ontvoerd en op weg naar Soedan of tijdens gevechten tussen de rebellen en regeringstroepen waren omgekomen. Elke dag heb ik om een wonder gebeden. Ik wilde dat op zijn minst één van hen bij ons zou terugkomen. En nu komt de jongste terug met een mes in zijn knuisten!' zei mevrouw Ogema in haar handen, als iemand die een verschrikkelijke misdaad opbiecht.

Meneer Oryang hief één hand van zijn dijbeen op en legde die op de arm van zijn gastvrouw en sloot toen zijn ogen. Het zag er zo komisch uit dat Beeda er bijna om moest lachen. Ze deden hem denken aan leden van de pinkstergemeente tijdens een gebeds- en genezingsbijeenkomst. Meneer Oryang was net een zielenherder die de pijn van zijn schaap probeert te peilen om die te kunnen genezen. In Pamvara zaten veel pinkstergelovigen. Ze maakten luide muziek en deden alsof iedereen stond te springen om bekeerd te worden.

Meneer Oryang verbrak de ban door in de ongemakkelijke stilte het woord te nemen. Zijn stem schudde mevrouw Ogema wakker en ze keek op met ogen zo rood als de bloesem van de flamboyant. Meneer Oryang nam zijn hand van haar weg en zei: 'Ik heb wijlen meneer Epeuru ook beloofd voor zijn gezin te zorgen. Ik heb me sinds zijn dood altijd een enorme sukkel gevoeld. Wie had gedacht dat een week na zijn begrafenis zijn vrouw dood en zijn kinderen gestolen zouden zijn?'

De rebellen waren nu weer helemaal terug in Beeda's leven. Hij herinnerde zich hoe klein en koppig Zima altijd was. Hij daagde hem altijd uit om hard te lopen of te vechten. Hij verloor altijd, maar nooit de moed. Als ze aan het boksen waren, sloeg Beeda hem nooit te hard, want zijn moeder zou hem op zijn beurt hebben geslagen. 'Hij is kleiner. Je moet hem juist beschermen,' zei ze een keer na een stoeipartij. Ze duldde geen tegenspraak en gaf hem een pak voor zijn broek met de woorden 'Ik heb een hekel aan bullebakken.' Nu waren de rollen omgedraaid en was hij het ukkie. Hij hoopte dat de majoor geen wraakgevoelens koesterde.

Net als zijn moeder had Beeda op de begrafenis van mevrouw Epeuru gehuild, want ze had hem altijd haar zoon genoemd. Op de begrafenis van meneer Epeuru had hij niet gehuild; hij had zich altijd geïntimideerd gevoeld door diens dreigende blik. Hij had Zima gemist, maar niet zo erg dat hij om een wonder had gebeden. Het enige wonder waar hij om bad, was wat iedereen wilde: de verandering van jungle in nachtleger, die op de dood van de Epeuru's volgde, te overleven. Zijn gebed was verhoord en het wonder geschied, want de rebellen hadden zijn streek, een kleine vijf kilometer van hen vandaan, niet bezocht.

'De situatie wordt benard,' merkte mevrouw Ogema op.

'Ik had gisteravond twee goed bewapende jongens van de plaatselijke burgerwacht bij me. Maar hoe kon ik bevel geven om een jongen neer te schieten die ik als mijn zoon beschouw?' zei meneer Oryang terwijl hij door het raam naar de bomen staarde. Hij keek even naar Beeda en liet zijn blik toen op mevrouw Ogema rusten. 'De kampen van het Leger van de Heilige Geest zitten vol kinderen. Ze ondergaan vreselijke ontberingen. Ze krijgen voor de minste of geringste overtreding slaag. Ze eten bedorven voedsel. Overal heerst diarree. Het zijn onze kinderen. Ze hebben nog steeds recht op onze bescherming.'

Beeda kon het niet meer aanhoren. Zijn rechtsgevoel zei hem dat moordenaars helemaal geen medeleven verdienden, hoeveel verzachtende omstandigheden er ook mochten zijn. Hij geloofde dat als mensen medelijden met moordenaars kregen, ze de misdaad en de slachtoffers uit het oog zouden verliezen. Met een stem vol opgekropte emotie zei hij: 'Ook als ze iemand de oren afsnijden? En iemands vrouw vermoorden?'

Mevrouw Ogema werd kwaad om Beeda's tactloze opmerking. Haar ogen waarschuwden hem dat hij onmiddellijk zijn mond moest houden. Hij negeerde haar, want hij vond dat hij gelijk had. Bovendien bedacht hij dat hij haar zo lik op stuk had gegeven.

Meneer Oryang richtte zijn blik op Beeda en zei: 'Jazeker. We zijn er niet in geslaagd hen tegen hun ergste vijanden te beschermen. We zullen met de gevolgen moeten leven.'

'Brigadier Balo verdient de strop. Alleen dan is er gerechtigheid,' zei Beeda nog steeds boos.

'Zijn bazen verdienen tien keer de strop,' zei meneer Oryang en wendde zijn gezicht af, alsof de kans om ooit de grote vis te vangen een illusie was.

In een poging het gesprek weer in goede banen te leiden, zei mevrouw Ogema: 'Ik denk dat je de brief even moet lezen.'

Meneer Oryang nam de brief aan en las hem rustig door, van zijn gezicht viel niets af te lezen. Hij nam er de tijd voor en schiep daarmee een stilte die af en toe werd onderbroken door het gezang van de avondvogels en het loeien van het vee. Beeda herkende de roep van een spoorkoekoek, die klonk als water dat uit een grote fles klokt.

'Dit is tekenend voor Balo,' zei meneer Oryang. 'Hij probeert je te zeggen dat hij alle touwtjes in handen heeft. En wat die orenoorlog betreft, die is al begonnen.'

'Ik heb een brief aan de districtscommandant geschreven.'

'Ik zal hem morgen persoonlijk afleveren en rapport uitbrengen over de situatie. Ik denk dat hij actie zal ondernemen. Het zou voor iedereen een klap zijn als deze school dichtging.'

'Zou je hier niet minstens één bewaker neerzetten?'

'Nog niet. We moeten majoor Azizima niet uitlokken. Als de commandant soldaten over heeft, zal hij hier voor bewaking zorgen. Voorlopig moet je doen alsof je die brief nooit hebt ontvangen.'

Er kwam een geschokte uitdrukking op mevrouw Ogema's gezicht. Maar die verdween bijna even snel als hij was verschenen. Beeda maakte eruit op dat ze een grenzeloos vertrouwen in deze man had.

'Ik zal proberen mijn contacten binnen het kamp van het Leger van de Heilige Geest te bereiken. Misschien kunnen die me iets over de plannen van de brigadier vertellen.'

'Ik ben benieuwd,' zei mevrouw Ogema, zenuwachtig handenwringend.

'Voor wat die contacten waard zijn,' zei meneer Oryang mismoedig. 'Zeven jaar lang hebben ze me niet kunnen vertellen dat de zoon van mijn overleden vriend nog leefde.'

'Maar hij had een andere naam.'

Aan het einde van het gesprek overhandigde mevrouw Ogema het schrijven dat ze meteen na ontvangst van brigadier Balo's brief had uitgetikt.

Beeda schoot uit zijn stoel toen meneer Oryang opstond om weg te gaan. Omdat er nog les werd gegeven, liepen ze in stilte.

Toen ze bij de reuzenmango waren zei Beeda: 'Bewapend, zei u? Waarmee bewapend?'

'Dat zijn veiligheidsgeheimen, maar ik kan misschien een uitzondering maken,' zei meneer Oryang. 'De districtscommandant heeft ons twee geweren gegeven voor de bescherming van dit gebied.'

Beeda wist dat meneer Oryang de gewerenkwestie alleen maar een geheim had genoemd om hem te vleien. Elders waren plaatselijke burgerwachten ook bewapend, waarom zouden zij daarop een uitzondering zijn? 'Heeft elke burger het recht om ermee te leren omgaan?'

Zonder zijn pas in te houden, zei meneer Oryang: 'Ik denk het niet. We kunnen ze moeilijk laten rouleren.'

Het leek Beeda ook een belachelijk idee om het geweer vandaag aan meneer Atotol, morgen aan meneer Adima en overmorgen aan mevrouw Ogema te geven. 'Maar stel dat ik wil leren schieten?'

'Je mag die geweren alleen gebruiken als je lid van de burgerwacht wordt.'

'Kan ik niet alleen leren om een geweer te laden en af te schieten?' smeekte Beeda. De pijn van de afwijzing was omgekeerd evenredig met de geringe hoop die hij had gekoesterd.

'Zo eenvoudig is het niet. Weten hoe je een auto moet starten die op een helling staat, heeft niets te maken met kunnen autorijden. Maar je hoeft er niet over in te zitten. Ik zal een extra oogje op je moeder en jou houden.'

Beeda wilde zeggen dat hij best wist hoe ingewikkeld alles was. Op zijn vierde had hij kennisgemaakt met de grillen van het leven. Maar naar zijn gevoel had hij het moment om daarover te beginnen voorbij laten gaan. Hij ging door op zijn gedachte. 'Ik won altijd van majoor Azizima als we met elkaar vochten. Stel dat hij wraak wil nemen?'

'Is dat waarom je wilt leren schieten? Er is meer voor nodig dan angst voor vergelding om een goede schutter te worden. Er zijn moed en ervaring voor nodig. Azizima zou je blindelings doodschieten. Bovendien willen we je niet opzadelen met het schuldgevoel dat je overhoudt aan het neerschieten van mensen,' zei meneer Oryang met klem.

Van het woord 'schuldgevoel' draaide Beeda's maag om. Uit de manier waarop hij het had gezegd maakte Beeda op dat het voor meneer Oryang een vertrouwd begrip was. 'Verwijt u zichzelf de dood van uw vrouw?'

Meneer Oryang bleef abrupt staan. Hij keek Beeda diep in de ogen. Beeda wilde wegkijken van het peilloze donker dat hem naar binnen leek te trekken. Even dacht hij dat meneer Oryang hem haatte. Maar hij had de vraag gesteld en was bereid de klap te incasseren als het moest.

Uiteindelijk ontspande meneer Oryangs gezicht en verbrak hij de ban met een grijns. 'Het was één tegen vijf. Ik kon weinig uitrichten. Ja, ik voel me schuldig. We waren gewaarschuwd dat de rebellen ons wilden aanvallen, al hadden we geen idee wanneer. Net als veel anderen, hadden we kunnen vluchten. Wat me rust geeft is dat Esa weet dat ik heb gedaan wat ik kon. Ze ziet de littekens.'

De bekentenis had het oogwit van meneer Oryang rood gekleurd. Beeda wilde zijn gedeelde smart uitschreeuwen. Maar meneer Oryang leek hem niet iemand die zulk vertoon op prijs stelde.

Meneer Oryang herhaalde zijn pastorale gebaar door een hand op Beeda's bovenarm te leggen. Beeda zou willen dat het een stevige omhelzing werd. Dat gebeurde nooit. Opnieuw zocht hij troost in woorden. 'Ik voel me nog steeds schuldig over mijn vaders dood.'

Meneer Oryang liet de woorden in de koele namiddaglucht verdwijnen. Alles, de lucht, de heuvels en het oerwoud, was bezield met een geladen zachtheid, als strijders die aan het eind van hun krachten waren. 'Dat vermoedde ik al. Het is een last die je van je hoofd naar je schouders moet verplaatsen. Dat is iets wat je nog wel leert.'

'Ik hoop het,' zei Beeda zonder overtuiging.

'Als je erover wilt praten, kun je altijd naar mij toe komen.'

De pijn in Beeda's buik werd heviger, het verbaasde hem hoe schrijnend zijn schuldgevoel over zijn vaders dood nog was. Hij had het er nooit met zijn moeder over gehad, en de pogingen van zijn oom om hem gerust te stellen hadden niet geholpen. Nu had hij het gevoel dat hij een toeverlaat had. Hij voelde tranen in zijn ogen opkomen.

'Zoals ik al zei, te zijner tijd leer je ermee omgaan.'

Ondertussen waren ze aan de rand van het schoolterrein, niet ver van de bocht in de weg. Beeda wilde het moment rekken; misschien blijven staan kijken hoe het licht over de aarde afnam.

'Ik denk dat je maar terug moet gaan,' zei meneer Oryang.

Beeda protesteerde niet. Hij gaf hem een hand en terwijl hij langzaam terugliep, probeerde hij iets van die dag te begrijpen.

Hij moest toegeven dat hij niet echt met een geweer wilde

schieten. Hij had gehoopt in de voetsporen te kunnen treden van meneer Oryang, die met vuurwapens had leren omgaan toen hij tijdens het bewind van Idi Amin in de jaren zeventig van de vorige eeuw schoolinspecteur van het district was geworden. 'Toen Idi Amin aan het bewind was zijn er veel gruweldaden begaan door Zuid-Soedanese huurlingen,' had hij hem een keer horen zeggen. Hij vond het ironisch dat veel Zuid-Soedanezen nu leden onder de Oegandese rebellen van het Leger van de Heilige Geest, die hen vermoordden en hun voedsel stalen.

Na wat hem een hele tijd leek, bereikte hij het klassengebouw. Hij ging naar zijn klaslokaal, half en half in de verwachting dat juffrouw Alaso zich ergens in een koel, donker hoekje had verschanst, met ogen fonkelend als van een muizende kat. Terwijl hij ging zitten om zijn lessen van de volgende dag voor te bereiden, vroeg hij zich af wat voor idiote dingen juffrouw Alaso's welsprekende poesje haar nu weer zou influisteren.

Op weg naar huis, zei mevrouw Ogema: 'Kennelijk ontloop je me al de hele dag.'

Dat kon hij niet van haar uitstaan. Ze had er een handje van om pijnlijke incidenten te vergeten als zij er de aanstichtster van was. Maar als ze zelf de gekrenkte partij was, bleef ze over de kwestie doorgaan tot ze genoegdoening had. Aanvankelijk reageerde hij dan ook niet. Toen hij zover was, zei hij: 'Helemaal niet. Ik wou u alleen de tijd geven om de problemen van uw onderwijzers op te lossen. Als ik meer dan één keer per dag in uw kantoor kom, begint de grofste van het stel babygeluidjes te maken.'

'Waarom heb je me dat nooit eerder verteld?'

'Ik hoef u toch niet alles te vertellen,' zei hij op hogere en bozere toon dan hij had bedoeld. Nadat hij een paar keer diep adem had gehaald, mompelde hij: 'Sommige problemen moet ik gewoon zelf oplossen.'

Ze zei niets terug. Beeda luisterde naar hun voetstappen en

verwachtte dat 'Kumbaya' zou losbarsten om de eentonigheid te doorbreken. Hij wachtte tevergeefs, want mevrouw Ogema gedroeg zich als een radio zonder batterijen. Hij vermoedde dat de aanwezigheid van majoor Azizima in de streek daar iets mee te maken had.

Juffrouw Alaso spookte door zijn nacht. Het was al begonnen bij het avondeten, dat hij aan haar had opgedragen en had klaargemaakt alsof zij te gast was. Op een gegeven moment was zijn moeder naar de keuken gekomen om te zien waarom hij er zo lang over deed. Hij kwam met een slap smoesje. Aan tafel had hij zichtbaar moeite zijn opwinding in toom te houden. Zijn moeder vroeg hem ernaar. 'Meneer Oryang heeft ons bescherming toegezegd. Daar zijn we toch allemaal blij om.'

Toen hij slechts onder een laken op bed lag, kwam juffrouw Alaso bij hem. Ze wilde een sponsbad. Uitzinnig van plezier ontkleedde hij haar en wreef de schuimende spons over haar borsten, kneep er een beetje in om haar kippenvel te bezorgen. Hij daalde af naar haar buik, cirkelde met de klok mee en tegen de klok in tot hij haar venusheuvel, het dichte kroeshaar en de natte lippen bereikte. Hij bleef daar lange, gelukzalige ogenblikken talmen. Toen hij bij het afspoelen van haar lichaam zijn vingers bij haar naar binnen duwde, kwam hij, tintelend van zijn kruin tot zijn tenen, met een angstvallig ingehouden schreeuw tot uitbarsting.

In de naïeve veronderstelling dat de genotscurve zou blijven stijgen, trok hij zich drie keer af. Maar de laatste keer bracht hem ruw op de aarde terug. Het deed hem denken aan een stel vissers dat hij ergens op een meer bezig had gezien, in werkelijkheid of bij zijn oom thuis op de televisie. Ze stonden in grijs water, hun ruggen glommen van het zweet. Ze trokken zo lang aan de netten dat hij het kijken beu werd. Aan het eind van hun gezwoeg, spreidden ze hun netten in het natte zand uit om hun vangst in ogenschouw te nemen: een paar glinsterende visjes.

OP ZATERDAG WERD Beeda om zes uur wakker en hoorde dat zijn moeder koffie aan het zetten was. Hij volgde haar gang naar de woonkamer. Toen hij de stoel hoorde kraken, wist hij dat ze tegenover het grote raam was gaan zitten, haar lievelingsplekje om op zaterdag koffie te drinken. Ze vond het heerlijk om te kijken hoe het licht opkwam tot het hele erf erin baadde en ze elke boom met zijn vruchten duidelijk kon onderscheiden. Ze genoot ervan om naar het bos in de verte te kijken, de boomkruinen nog verscholen achter een rand van mist, de stammen scherp afgetekend. 'Het bos is zo stil, het is net een schilderij,' zei ze vaak tegen hem. 'Ik kan er naar blijven kijken.'

Vele minuten later hoorde hij de stoel opnieuw kraken. Het licht was zijn kamer binnen gedrongen en hij kon nu zijn vaders kist en koffers en zelfs de korantekst aan de muur zien. Hij hoorde haar naar de badkamer gaan om de teil kleren op te halen die ze 's nachts in de week had gezet. Ze bracht hem naar buiten en algauw klonk het raspende geluid van katoen op katoen en van water dat in de teil terugvalt.

Hij dommelde weer weg. Hij werd wakker toen ze op zijn deur klopte en zijn naam riep. De geur van eenzaamheid zweefde zijn kamer in zodra ze haar hoofd om de deur stak. Ze droeg dat parfum alleen op de dag dat ze het salaris van haar onderwijzers ging ophalen. Tegenwoordig deed ze het in twee gedeelten. Het was nu twee weken na de eerste betaaldag en de tweede groep onderwijzers zat met smart te wachten.

Ze bleef in de deuropening staan en keek de kamer rond. In het flauwe licht was haar jurk heel donker en haar gezicht somber.

Vanaf zijn bed luisterde Beeda naar de instructies die ze kwam geven. Ze sprak met een vlakke, bijna toonloze stem, alsof ze in zichzelf praatte. Hij begreep dat hij zijn kleren moest wassen, het paspalumgras maaien, avocado's plukken en het avondeten maken.

Hij kwam uit bed zodra ze het huis uit was. Hij voelde zich rusteloos en zocht wat afleiding. Hij trok een korte broek en een wijd T-shirt aan en begon de vuile kleren op het bed te gooien. Hij rolde de was in zijn beddenlakens en nam de bundel mee naar de badkamer.

Terug op zijn kamer viel zijn oog op het kistje met zijn vaders schoenen. Hij pakte het en zette het op het bed. Hij streek met zijn vingers over het gladde hout en glimlachte voldaan. Met een sleutel uit een la maakte hij het kistje open. Hij snoof de lucht van de schoenen diep op – ieder spoor van zijn vaders geur was eruit verdwenen. Hij streelde de ronde neuzen en voelde de groeven in de dikke, doorlopende zolen. Hij haalde ze eruit, stak zijn blote voeten erin en knoopte de dikke veters vast. Triomfantelijk liep hij twee keer zijn kamer rond en vervolgens in paradepas naar de woonkamer en de keuken.

Daar schonk hij lauwe koffie in een mok. Hij deed er suiker bij en begon al drinkend op en neer naar de woonkamer te lopen. Toen de mok leeg was, zette hij die in de gootsteen en ging terug naar zijn kamer.

Hij maakte de metalen kist open en kneep zijn neus dicht. Naftaleen walmde naar buiten en prikte in zijn ogen. Hij trotseerde de penetrante lucht en keek voorovergebogen naar boeken over geologie, natuurkunde en biologie. Hij pakte een geologieboek en sloeg het open. Zijn oog viel op een hoop kreukels en plooien: hij keek naar een dwarsdoorsnede van een rotsblok. Hij sloot het boek weer en bedacht dat het gesteente op de huid van een olifant leek. Hij sloeg het dunne biologieboekje open. Het was een atlas van het menselijk lichaam; een figuur toonde de baan van voedsel van mond tot anus. Het zag er zo grotesk uit dat hij moest lachen. De bladzijde waarop de mannelijke en vrouwelijke geslachtsdelen moesten staan was eruit gescheurd. Het intrigeerde hem dat iemand van alle kostbaarheden juist die had gestolen die hij zelf al bezat.

Met een spottend lachje sloot hij het boek en opende een deel oude literatuur. Ene John Milton had gezegd: 'Ik kies voor open strijd; ik ga niet prat op sluwheid die mij vreemd is!' Hij voelde zich deze ochtend niet bijzonder strijdlustig en de tekst was voor hem een raadsel. Hij sloot het zware, muffe boek met de gedachte dat zijn vader gek op raadsels en puzzels moest zijn geweest.

Hij ging op zijn bed zitten en trok de schoenen uit. Hij rook eraan en wreef de neuzen nog eens op. Hij had het gevoel dat zijn vader nog aanwezig was, ook al was de ruimte die hij in huis innam tot twee kisten geslonken. Het deed hem goed dat hij zich, ook al kon hij zijn vaders gezicht niet zien, kon inbeelden dat die door het huis liep of naar een vergadering ging. Uiteindelijk stopte hij de schoenen terug en zette het kistje weer op zijn oude plek.

Best tevreden met zichzelf bracht hij het wasgoed naar buiten. Hij legde het op het stukje paspalum voor de latrine waar de was werd gedaan. Hij rekte zich uit en ademde de koele, frisse lucht in. Links om het huis zag hij juffrouw Alaso verdwijnen. Ze droeg dezelfde bruine jurk, haar voeten staken in sandalen. Ze bewoog zich zo gracieus dat het leek of ze deel van het zonlicht was. Hij deed zijn mond al open om haar terug te roepen, toen hij zich realiseerde dat hij aan het dagdromen was. Hij begon zich af te vragen of hij niet bij haar op bezoek zou kunnen gaan als hij voortmaakte met zijn karweitjes.

Hij haalde een kruk, zeep en twee teilen en begon zo verwoed te wassen dat het sop tot aan zijn ellebogen kwam. Hij werkte stevig door, want de dag had zoveel te bieden. Onder meer omdat op zaterdagen krap bij kas zittende ouders etenswaren kwamen brengen als zoethoudertje of gedeeltelijke betaling van het schoolgeld voor hun kinderen. Hij herinnerde zich nog dat zijn moeder een tijdje had geprobeerd een eind aan die gewoonte te maken; de ouders hadden echter zo heftig gereageerd dat ze van haar voornemen had moeten afzien.

Na een kwartiertje wassen hoorde hij iemand haar naam roepen. Hij spoelde vlug zijn handen af, wreef ze droog aan zijn T-shirt en rende naar de voorkant van het huis. Pal voor de deur stond een sjofele man met een rode haan zo stijf tegen zijn ribben geklemd dat Beeda vreesde dat het beest de verstikkingsdood nabij was.

'Is ze thuis?' vroeg hij nadat ze elkaar hadden begroet. Beeda aarzelde, in tweestrijd of hij de waarheid zou zeggen of het kostbare geheim van zijn moeders reis moest bewaren.

'Ze is op bezoek bij de man wiens oor is afgesneden.'

'Ik kom van die kant af. Dan had ik haar tegen moeten komen.'

'Ze is al een tijd weg.'

De man beet op zijn onderlip, ging in één vloeiende beweging op de veranda zitten en zei: 'Dan wacht ik wel.'

'Ik geloof niet dat dat een goed idee is. Ze wilde ook nog bij andere mensen langsgaan. U weet hoe druk ze het door de week heeft.'

De man fronste zijn voorhoofd en zoog op zijn tanden. Hij had kennelijk gehoopt een lange toespraak over zijn grote opoffering te kunnen houden voor hij de vogel overhandigde. Beeda was opgelucht toen hij hem hoorde zeggen: 'Dan moet ik maar een andere keer terugkomen.'

'Dat lijkt me beter.'

'Zeg maar tegen haar dat ik haar later kom opzoeken,' zei de man, die zijn haan nu nog stijver tegen zich aan drukte.

'Zal ik doen.'

Beeda ging terug naar zijn was. Korte tijd later kwam er nog een bezoeker. Die bracht eieren en een paar kilo gierstmeel mee. Mevrouw Ogema zou in haar nopjes zijn met het meel; gierstbrood was haar lievelingskostje. Maar de eieren had Beeda het liefst naar de man zijn hoofd gegooid. Hij begon zich af te vragen of dit niet een hopeloze zaterdag zou worden.

Later kwamen er nog meer mensen: een met een grote kam bananen, een ander met een blik aardappelen, een derde met een kip. De kippenbrengster vertelde Beeda dat zijn moeder de vogel de vorige dag al had gezien. Ze stopte het dier snel in zijn handen. Beeda was in zijn nopjes dat ze die avond kip zouden eten.

Terwijl hij het laatste wasgoed aan de lijn hing, kwam er een leerling die aanbood hem met wat klusjes te helpen. Hij behoorde tot de groep ontheemden en mevrouw Ogema had hem vrijgesteld van schoolgeld. Als tegenprestatie kwam hij om de veertien dagen op zaterdag wat werk doen.

'Agoolu, is er iets wat je het liefst zou willen doen?' vroeg Beeda in het heerlijke vooruitzicht nu één taak minder te hebben.

'Ik kan het gras snijden,' zei de jongen met een blik op de paspalum en hij wreef zich met kennelijke voorpret in de handen. 'Het staat veel te hoog.'

Glimlachend ging Beeda naar binnen en haalde een scherp kapmes en een grashark. Hij ging op de veranda staan kijken hoe Agoolu het mes hoog ophief en het liet neerdalen onder een regen van gekapt gras. Op Agoolu's gezicht was de gretigheid te zien van iemand die iets heerlijks oogstte. Beeda ademde de geur in van vers gemaaid gras en liep naar het achtererf om de kip te slachten.

Met een paar bananenbladeren op elkaar maakte hij een bedje bij de compostkuil. Hij bond de poten met droge bananenvezels bij elkaar en legde de kip op het bed. Hij drukte een knie op de poten en plukte de veren van de nek. Daarna pakte hij een mes en sneed de kop af. Hij hield het lijf stevig vast, voelde het in zijn greep rukken en spartelen en keek hoe het wegvloeiende leven de donkergroene bladeren helderrood kleurde. Binnen enkele minuten lag de vogel stil, met stijve poten, gekromde klauwen en blote, vochtige nekwervels waar de huid was doorgesneden. Hij trok het vel eroverheen en bond het met bananenvezel vast. Daarna plukte hij de poten, de romp en de vleugels, waardoor het pukkelige gele vel bloot kwam.

De rest was gemakkelijk: het afsnijden van de poten, het uithalen van de ingewanden, het wassen van het karkas en het roosteren op een geurig vuurtje onder de avocadoboom om er een heerlijke smaak aan te geven. Terwijl de witte rook om het vlees kringelde, verzamelde hij de ingewanden, de kop en de geschubde poten en gooide die in de latrine. Hij sneed een vers bananenblad af, vouwde het in tweeën en bedekte er het vlees mee. De bladeren met de bloedspatten gooide hij in de compostkuil.

Terwijl de kip kleurde, het vet spetterde en de geur zich over het hele achtererf verspreidde, sneed Beeda wat uien en tomaten, stak het fornuis aan en zette de pannen klaar. Nadat hij de nu prachtig gebruinde kip naar de keuken had gebracht, sneed hij die in stukken en liet de bakolie warm worden. Hij gooide er de uien bij en roerde. Hij voegde tomaten en kruiden toe en roerde opnieuw. Ten slotte legde hij de stukken kip in het lichtrode mengsel en keerde ze om de saus er goed in te laten trekken. Hij bleef hiermee doorgaan, deed er toen zout bij, zette het vuur laag en legde een deksel op de pan.

Hij strooide rijst op een blad en haalde er de minuscule stukjes kaf uit. Terwijl hij zo bezig was, kwam de dag dat Musa's moeder hem had geleerd pilav te maken weer onweerstaanbaar bij hem boven.

Musa had al lang voor de vakantie haar toestemming gekregen. Toen Beeda bij zijn oom in de stad op bezoek ging, had hij er een dag voor uitgetrokken om bij de familie langs te gaan. Hij kwam er tegen de middag aan, klom de heuvel op en sloeg vol verwachting de lange oprijlaan in. Hij herinnerde zich het warme onthaal, de grote ingelijste koranspreuken aan de muur, en de ogen van acht nieuwsgierige kinderen. Musa's moeder riep de namen van ieder kind af om de bezoeker te begroeten. Ze vroeg naar mevrouw Ogema en de school, en Beeda beantwoordde nogal omstandig haar vragen.

Musa's moeder, een hartelijke, mollige vrouw met een prachtige stem, stelde hem op zijn gemak. Een uur na zijn aankomst nam ze hem mee naar de keuken. Er stonden een petroleumkomfoor, een houtskoolstoof, potten, pannen en voorraden in kartonnen dozen.

'Als Musa half zo enthousiast was als jij, zou ik al apetrots zijn geweest. Maar net als zijn vader kan hij niet koken.'

Beeda hield zijn mond.

'Het zal je verbazen hoe eenvoudig het is.'

Beeda, die vond dat niets eenvoudig was, maakte daar een opmerking over.

'Let maar eens op,' zei ze met een ernstig gezicht.

Ze begon de les met hem een paar uien te laten snijden. Op een krukje gezeten vulde hij een grote schaal met fijngesneden ui. Toen hij bijna klaar was, stak ze het petroleumkomfoor aan en liet bakolie warm worden. Ze deed de uien in de pan en zei: 'Het gaat om de uien. Die geven de kleur.' De geur was overweldigend. Toen de uien zacht en bruin waren, goot ze twee kopjes water in de kleine pan en voegde een halve theelepel pilav-massalakruiden toe. 'Nu weet je het geheim,' zei ze zachtjes lachend. 'Ik zei je toch dat het eenvoudig was.'

Zodra het modderkleurige water aan de kook kwam, strooide ze de inhoud van een kop rijst in de pan. Ze deed er een snufje zout bij en begon te roeren.

'Het is nooit eenvoudig,' zei Beeda, terwijl hij in het vuur keek.

'Voor ik trouwde was ik verpleegster,' zei ze. 'Ik heb het uniform al meer dan twintig jaar niet meer gedragen. Misschien heb je gelijk. Het leven is niet eenvoudig.'

Beeda wilde vragen waar ze haar opleiding had gehad, hoe lang ze in de verpleging was geweest, hoe de werkomstandigheden in die tijd waren en hoe ze haar man had leren kennen, maar hij was te verlegen. Hij hoopte maar dat Musa snel zou komen om de ongemakkelijke stiltes op te vullen.

Met mensen die hij goed kende vond Beeda de gaten in een gesprek niet erg. Met anderen had hij de neiging om rare vragen te stellen.

Een kwartier later was het water verdampt en er een pappige rijst achtergebleven. Ze liet hem nog even op het vuur staan en roerde hem om als hij siste en plofte. Daarna dekte ze de pan af. Hij stelde zich voor hoe ze in een wit uniform een patiënt voor de nacht toedekte.

'Klaar is Kees,' zei ze met een lachje op haar gezicht. 'Laten we weer naar de kamer gaan.'

'Ontzettend bedankt voor de les,' zei Beeda. Hij hoopte dat hij alle stappen had onthouden als hij thuis was.

Ze lachte en zei: 'De goede vrienden van Musa zijn mijn zonen. Jij bent nu mijn zoon. Het is mijn plicht jou een kleinigheid te geven.'

Musa kwam van zijn kamer zodra hij hen de huiskamer in hoorde gaan. 'Je zult wel bekaf zijn,' plaagde hij.

'Ik vond het een leuke les,' zei Beeda.

'Wanneer ga je je eerste maaltje voor ons koken?' vroeg Musa met een grijns op zijn gezicht.

'Volgend jaar.'

'Daar houd ik je aan. En denk erom, ik ben een strenge keurmeester.'

'Net als de meesten die nog geen ei kunnen koken,' onderbrak Musa's moeder hem.

Musa trok zijn schouders op.

Een uur later haalde ze de rijst en zette die voor hem neer. Ze schepte wat vleessoep voor hem op en nodigde hem uit om aan te vallen.

'En de anderen dan?' vroeg hij heel verlegen.

'Het is ramadan. Wij vasten,' herinnerde Musa hem.

'Jij moet je bord leegeten,' zei ze. 'Niemand zal er nu een hap van nemen.'

Musa haalde met een veelbetekenend lachje zijn schouders op.

Beeda vond het nog altijd de heerlijkste maaltijd die hij ooit had gegeten.

Hij keek naar zijn rijst op het vuur en dacht aan Musa's

moeder. 'Bedankt voor dit kleine geschenk,' zei hij toen hij de pan afdekte. Hij vroeg zich af of hij haar ooit zou weerzien.

Tegen de middag was het eten klaar. Beeda kreeg zo'n trek van de geur van rijst en kip dat hij een hoop zelfbeheersing nodig had om niet meteen aan te vallen. Op die luxe zou hij nog een paar uur moeten wachten.

Hij waste zijn handen zorgvuldig en ging kijken hoe het Agoolu verging. Buiten rook de lucht zwaar naar vers gemaaid gras. Hoewel Agoolu het werk erop had zitten, zweette hij nog als een otter.

Beeda bracht hem een kan water en keek toe hoe hij die tot de laatste druppel leegdronk. Met een diepe zucht gaf hij de lege kan terug.

'Nu gaan we avocado's plukken.'

'Mij best,' antwoordde Agoolu. Hij klom in de dikste boom en begon te plukken.

Beeda haalde een mand en begon de vruchten op te vangen. Nu en dan riepen boeren, die met suikerrietstengels in de ene en een hak in de andere hand van het land kwamen, hem in het voorbijgaan een groet toe. Van een boer hoorde hij dat de rebellen de vorige nacht het oor van een oude vrouw hadden afgesneden. Hij gaf Agoolu een seintje om geen avocado's meer te gooien en richtte al zijn aandacht op de man.

'Het is zonde,' sprak hij meelevend.

'Ik weet niet waar het naartoe moet met ons land,' zei de man schuddend met zijn grijze hoofd. 'Ze zeiden dat ze hun radio was geworden.'

Beeda zag de panische angst op Agoolu's gezicht. De jongen probeerde die te verbergen door weg te kijken. Hij wist dat de rebellen het ouderlijk huis van Agoolu hadden platgebrand, zijn vader hadden vermoord en een aantal kinderen uit de omgeving hadden ontvoerd. Agoolu en zijn moeder waren ontkomen, doordat ze zich destijds in de struiken hadden verstopt.

Beeda begon zich af te vragen of meneer Oryang er niet verkeerd aan deed om majoor Azizima maar zijn gang te laten gaan.

'Vroeger waren er mannen in dit land die dergelijke dingen absoluut niet duldden.'

'Dat zal wel.'

'Ik vertel je de waarheid,' zei de man vinnig.

'Als ik de verhalen over de vorige generatie hoor, dan waren er niet veel van dat soort mannen.'

'Wou je soms zeggen dat ik lieg?'

'Dat heb ik niet gezegd, meneer.'

'Wat sta ik hier eigenlijk mijn tijd te verdoen?' zei de man en hij liep weg.

Beeda was dolblij de man te zien verdwijnen. Hij had een hekel aan zeurkousen die altijd maar weer het verleden ophemelden.

Hij gaf Agoolu een teken om door te gaan met avocado's plukken. Hij werkte gestaag en vulde vijf manden. Toen de jongen naar beneden klauterde, voelde Beeda een drang om naar juffrouw Alaso te gaan. Het ongeluk van de oude vrouw bood een geweldig excuus.

Hij beloonde Agoolu met avocado's, bananen en de eieren en stuurde hem naar huis.

Inmiddels hingen de kleren stijf en droog aan de lijn. Hij haalde ze eraf, vouwde ze netjes op en legde de stapel op de bank in de woonkamer. Hij zou het strijkwerk doen als hij terugkwam.

Van het idee om juffrouw Alaso op te zoeken kreeg hij weer honger. Hij had trek in iets lichts om zijn honger te stillen zonder zijn eetlust voor het avondmaal te bederven.

Hij liep met grote stappen naar de keuken en at twee grote bananen. Hij sneed een rijpe avocado in stukken, snoof de geur op en at het gele vlees. Dat alles spoelde hij weg met een mok koude koffie. Hij klopte dromerig op zijn buik en ging naar zijn kamer.

Terwijl hij op zijn bed zat te denken over de voorgenomen

tocht, zei hij hardop: 'De muren hebben een verfje nodig.' Als het aan hem had gelegen, zou hij het huis ieder jaar schilderen om het ware karakter ervan beter tot zijn recht te laten komen. Maar zijn moeder dacht er anders over. Ze vond het schilderen van de muren opzichtig vertoon. Beeda vroeg zich af wie ze voor de gek probeerde te houden; iedereen wist dat ze geld had. Niemand zou ook maar een ogenblik geloven dat de directrice van de enige school in de streek armlastig was. Eigenlijk, dacht hij, was het opzichtig om het huis niet te schilderen.

Hij trok zijn kleren uit en ging naar de badkamer. Hij waste zich zorgvuldig en dacht telkens: stel dat juffrouw Alaso met me naar bed gaat en ik het niet kan? Hij zou zich doodschamen als hij naast haar lag en niet kon doen waar hij al jaren van droomde.

Terug op zijn kamer bracht hij deodorant op met de enige roller die hij had. Hij vond het vervelend dat zijn tante hem nooit parfum stuurde. 'Ik wil lekker ruiken, tante,' riep hij, alsof ze hem in de woonkamer kon horen. 'Ik heb er genoeg van om altijd Musa's deodorant te lenen.'

Hoogst ontevreden met het resultaat, besloot hij de toiletdoos van zijn moeder te plunderen.

Met het raam gesloten was haar kamer gevangen in een subtiel spel van licht en schaduw. Het grote bed onder het raam zag er reusachtig uit, hoewel de roze lakens er een meisjesachtig tintje aan gaven. De witte, met stroken versierde dubbele kussens zagen er te dik uit, het was een wonder dat ze niet iedere morgen met een stijve nek wakker werd. De hoge tweedeurs kleerkast stond in de schaduw en kreeg er iets mysterieus door, alsof er smokkelwaar in zat. De mahoniehouten toilettafel met zijn ovalen spiegel, lotions, crèmes en kwastjes viel eigenlijk uit de toon; die zag er te rijk uit. Het nachttafeltje vond hij mooi, met de boeken, een parfumfles en een kaars erop.

Het parfum van de eenzaamheid raakte hij niet aan. De inhoud ervan was te vrouwelijk. Hij koos voor Poison, rook eraan en glimlachte tevreden. In een vlaag van uitbundigheid bespoot hij zijn oksels, zijn hals, zijn polsen en zijn kruis. Hij keek even wat zijn moeder aan het lezen was. Het verbaasde hem dat ze nog steeds met *Land voor de levenden* worstelde. Normaal vloog ze in een week, zo niet een paar dagen, door een dik boek. Hij bedacht dat ze misschien zó in de war was van de aanwezigheid van de majoor dat ze zich niet meer op literatuur kon concentreren.

De laatste tijd had hij zelf ook weinig gelezen. Maar vooral omdat hij 'het hyenaboek' niet uit wilde hebben. Hij was bang dat hij nooit meer zo'n betoverend boek zou vinden. Hij rekte het door een pagina of twee per dag te lezen.

Op zijn eigen kamer trok hij zijn beste kleren aan: donkerblauwe broek, roomwit overhemd met een blauw streepje en zwarte schoenen. Hij sloot de achterdeur, zijn deur, die van zijn moeder en de voordeur. Hij was blij dat de hanenman niet was teruggekomen. We hebben die klotehaan van je niet nodig. Voor mijn part snij je je bast open en stop je hem onder je lever.

Hij stak de sleutels in zijn zak en wandelde in de richting van de katholieke kerk, als hij iemand tegenkwam zwaaide of groette hij snel. Hij wilde oponthoud en vragen naar zijn moeder zoveel mogelijk vermijden.

De zon brandde nog fel en hij liep langzaam om te voorkomen dat zijn parfum zou vervliegen. Toen er een windje opstak, rook hij stof en brandlucht. Het droge seizoen was de tijd voor het afbranden van struiken en de geur wees erop dat iemand zijn akkers aan het schonen was. Het schoot hem te binnen dat de regering de mensen aan de grens met Soedan aanmoedigde om struikgewas te verbranden en zo de rebellen van schuilplaatsen te beroven.

Bang dat het vuur vlakbij was, keek hij om zich heen. Maar boven het oerwoud en op de heuvels zag hij geen rook. Gevangen in een machtige stilte wekten de gigantische bomen de indruk dat ze niet konden bezwijken aan zoiets banaals als vuur.

Op een zeker moment had Beeda het gevoel dat hij werd begluurd. Het was een griezelige sensatie, die werd versterkt omdat hij het niet met zekerheid kon vaststellen.

Toen hij de grote kerk bereikte, zag hij verschillende mensen bezig met het opruimen van het kerkplein voor de zondagsmis. Twee van hen waren ouders van zijn leerlingen. Ze lieten hun werk in de steek en kwamen naar hem toe om te informeren hoe hun kinderen het op school deden. Hij hield zich erg op de vlakte om verder vragen af te weren.

Onder de bomen op de erven zag hij volwassenen zitten, uitgeteld door de dubbele klap van de hitte en zwaar eten. De mannen zaten op houten stoelen, de vrouwen op matten. De kippen die hun toevlucht hadden gezocht in de korte schaduwen, harkten met luie poten in het stof en kakelden erop los. Kinderen lieten zich nauwelijks zien, tenzij ze water aandroegen voor dorstige volwassenen. Beeda vond die taferelen van huiselijke apathie heel geruststellend. Hij ging er maar vanuit dat de rebellen ook rustten in afwachting van hun nachtelijke taken.

Toen hij bij de bananenplantage kwam, in het midden waarvan het huisje van de oude vrouw was gebouwd, werd hij getroffen door de stilte. Hij liep in de schaduw van de kemiri- en neembomen langs het pad te luisteren of hij enig menselijk geluid hoorde. Het was doodstil.

Tot zijn grote verrassing trof hij aan de rand van het erf vier mensen aan, twee mannen op een houten bank en twee vrouwen die op een prachtige mat zaten. Ze zagen eruit als mensen die bij zaten te komen van recente spanningen.

Een vrouw met een lange kinnebak en grote ogen begroette hem en een blootsvoetse man met eeltige handen maakte plaats voor hem op de punt van de bank. Hij ging zitten en zag de man zijn neus optrekken, alsof hij een vleug van bederf opsnoof. Hij zou hem graag een por met zijn elleboog hebben gegeven.

Naast iemand in een hemd met een gescheurde kraag, wiens

knieën door twee ronde gaten zichtbaar waren, voelde Beeda zich belachelijk opgedoft. Hij voelde de afkeuring van de man met slaapogen aan de andere kant van Eelthand.

Hij vervloekte zichzelf dat hij voor dit rookgordijn had gekozen. Hij wou dat hij naar 'De koe' had geluisterd en regelrecht naar juffrouw Alaso was gegaan en de oude vrouw pas op de terugweg had bezocht.

Hij onderging het rituele rondje begroetingen lijdzaam en sprak zijn medeleven met luidere stem uit dan normaal. 'Ik vind het verschrikkelijk wat er met onze grootmoeder is gebeurd. Ik wou dat het nooit was gebeurd.'

Kinnebak keek hem doordringend aan en zei toen: 'Heel attent van je om te komen. Helaas kan mevrouw Eresu geen bezoek ontvangen. Ze heeft vreselijke hoofdpijn en heeft het dringende advies gekregen om in bed te blijven.'

'Ik begrijp het,' zei Beeda en wierp een blik door de open deur. De woonkamer was volgestouwd met het lijvige soort meubels dat je meestal bij jonge mensen thuis aantrof. Hij vermoedde dat een overenthousiast kleinkind het op zijn geweten had om zulke lelijke dingen als kerst- of nieuwjaarscadeau te geven. Hij zag dat de oude vrouw in een bed lag te slapen dat vast veel te groot en te hoog naar haar zin was.

'Het was een ontzettende schok voor haar,' zei Kinnebak bits, alsof ze tegen de daders sprak. 'Je kunt je nauwelijks voorstellen wat ze heeft doorgemaakt.'

Beeda boog zijn hoofd en mompelde medelevend.

'Hoe gaat het met je moeder?' vroeg Kinnebak, alsof ze op een onderwerp wilde overgaan dat Beeda wel zou kunnen bevatten.

'Ze is naar een begrafenis. Anders zou ze wel hier gekomen zijn.'

De vrouw die nog geen woord had gezegd vroeg: 'Wie is er dood?'

'Dat weet ik niet.'

'Waarom ben je niet met haar meegegaan?'

Beeda voelde de vijandigheid en wist dat ze hem de misdaden van zijn leeftijdsgenoten verweten. Van de weeromstuit had hij geen zin meer om ook maar iets goed te praten. Hij zei droogjes: 'Ze heeft het me niet gevraagd.'

Slaapoog grinnikte.

Ineens sloeg de stemming van de mensen om. Het was alsof iedereen aan het woord wilde komen. Eelthand zei: 'Je ziet eruit alsof je op weg bent naar een bruiloft, onderwijzer.'

Beeda kromp ineen van het gelach dat erop volgde. Uit zijn ooghoek zag hij Eelthand meesmuilend grijnzen. Het viel hem tegen dat vreemden zo makkelijk doorzagen dat zijn bezoek aan mevrouw Eresu maar bijzaak was. In een poging de aandacht van zichzelf af te leiden, zei hij: 'Waar hebben de rebellen haar gevonden?'

Kinnebak was kennelijk blij dat ze weer haar leidende rol kon overnemen en de volgende grappenmaker voor kon zijn. Ze antwoordde: 'Op weg naar de kerk. Ze hebben haar gedwongen om te knielen en toen haar oor afgesneden.'

Eelthand en de anderen lieten weer meewarige geluiden horen, alsof de daad opnieuw werd gepleegd. Beeda schudde zijn hoofd, zoals zijn moeder dat op moeilijke ogenblikken deed.

'Ze moesten zulke lui afmaken. Ze horen niet meer in enige mensengemeenschap thuis. Alles waarnaar ze kijken raakt besmet,' poneerde de vrouw naast Kinnebak.

'Helemaal mee eens. Het zijn net honden die geleerd hebben mensenvlees te eten. Je moet ze afschieten,' viel Slaapoog bij.

'Hun uur komt nog wel,' zei Eelthand vol vertrouwen. 'Daar zorgt de Heer wel voor.'

'Welke heer? De fles? Wanneer heb jij voor het laatst een voet in de kerk gezet?' viel Slaapoog tegen hem uit en keek met een glimlach naar de vrouwen alsof hij applaus verwachtte.

'Dit is niet het moment voor steken onder water. Denk niet dat ik mijn God niet ken.'

'Natuurlijk ken je die. Ik heb net zijn naam voor je genoemd,' zei de man en keek opnieuw naar zijn publiek.

Beeda vond het tijd om op te stappen. Hij had geen zin om dat soort gehakketak aan te horen. 'Ik blijf niet lang. Ik kom wel terug wanneer ze me kan ontvangen.'

'Ik had gelijk,' zei Eelthand triomfantelijk grinnikend. 'Ik zei je toch dat meneer de onderwijzer gekleed was voor een bruiloft. Jammer dat wij niet zijn uitgenodigd.'

'Wie zou jou op zijn bruiloft uitnodigen? Mensen als jij zijn eeuwige uitvreters. Jij ziet eruit en je stinkt als een oude geit,' zei Slaapoog onder algemeen gelach.

'Ik hoef tenminste geen vrouwenparfum te dragen,' giechelde Eelthand. 'Trouwens, het zijn mensen zoals ik die het salaris van de onderwijzer betalen.'

'We hebben het over trouwerijen, niet over salarissen. Dat weet je best,' kaatste Slaapoog terug.

'Jij weet niet waar je het over hebt,' brieste Eelthand.

'Jij wel soms?' zei Slaapoog lachend.

Kinnebak kwam tussenbeide. 'Er is iemand die daarbinnen rust probeert te krijgen.'

'Ik ben niet begonnen,' zei Eelthand schijnheilig.

Het zweet stond op Beeda's voorhoofd en hij was boos dat hij kostbare tijd had verdaan. Hij stond op, boog naar de vrouwen en liep weg zonder de mannen nog een blik waardig te keuren.

Als een overbelast juk was de hitte van de dag gebroken en maakte plaats voor de koelte en het milde licht van de avond.

Het huis van juffrouw Alaso lag een halve kilometer verderop. Beeda kwam langs huizen waar mensen de middagloomte inmiddels van zich af hadden geschud en druk bezig waren met het avondeten. Toen hij vrouwen en kinderen aardnoten in houten vijzels zag stampen, was hij blij dat hij thuis zijn tanden in een lekker gekruide kip zou kunnen zetten. Terwijl anderen brandhout kloofden met bijlen die neerkwamen op lange stukken hout die met één voet op hun plaats werden gehouden, was hij blij dat hij dat niet meer hoefde te doen. De trots van hen die vooruitzien vervulde hem en wiste de vernedering uit die Eelthand hem had laten voelen.

Beeda was opgetogen dat juffrouw Alaso thuis was. Hij begroette haar vanaf de weg en ze vroeg hem natuurlijk het erf op te komen. De maïs die ze aan weerszijden van het pad had geplant stond op heuphoogte. Hij strekte beide handen uit en streelde de buigende bladeren in het voorbijgaan.

Zodra hij een paar meter van haar af was, zei hij: 'Ik heb niet veel tijd. Ik was onderweg naar iemand anders.'

'Dat moet dan wel een bijzonder iemand zijn,' zei ze en liet haar hoge lachje schallen. 'Vast niet een van je moeders vriendinnen. Maar maak je geen zorgen. Ik zal je niet ophouden. En mocht ik dat toch doen, dan zal ik je niet opeten.'

'Blij dat te horen.'

Ze haalde een stoel uit huis en zette die met een uitnodigend gebaar voor Beeda onder de jambolan aan de rand van het erf. Hij liet zich erop neerploffen zodat de stoel kraakte en wuifde zich met zijn handen koelte toe. Hij deed alsof hij de uitputting nabij was.

'Wat kan ik je aanbieden, prins?' zei juffrouw Alaso met een brede glimlach.

Dat laatste woord stak hem en hij fronste zijn wenkbrauwen. Onder de boom op een erf dat zo was versmald door rijen maïs, klonk het woord volkomen misplaatst. 'Je moet me geen prins noemen.'

'Waarom niet?'

Hij zweeg en keek naar het gezicht waarvan hij wist dat hij het binnenkort zou omvatten. Het zag er minder imposant uit op dit kleine erf voor een klein huis. Even dreef er een donkere wolk door zijn hoofd en hij dacht aan de tijd en de kleren die hij nog moest strijken. Uiteindelijk ontdooide hij wat en zei: 'Er gaat niets boven passievruchtensap.'

'Het spijt me, ik heb alleen sinaasappels.'

'Ik hou helemaal niet van sinaasappel,' zei hij en dacht aan de kan passievruchtensap die altijd bij zijn oom in de koelkast stond. Wat zou het heerlijk zijn om dat bedauwde handvat vast te houden en de warmte weg te drinken! 'Maar geen nood, ik maak wel een uitzondering.'

Ze liep naar het huis, de katoenen wikkeldoek accentueerde fraaie welvingen en stevige dijen, dingen die hem eigenlijk nu pas opvielen. Hij probeerde zich voor te stellen wat er zou gebeuren als hij mee naar binnen ging en zich met dezelfde voortvarendheid in haar armen stortte als zij onder de mangoboom aan de dag had gelegd.

Ze bleef lange tijd weg. Het jammeren van de trompetneushoornvogel drong tot hem door, daarna het eigenaardige gorgelen van de spoorkoekoek. Samen met de invallende koelte waren het allemaal tekenen dat de tijd vloog. De geur van houtvuren dreef op de wind naar hem toe. Iedereen scheen zich voor te bereiden op de officieuze avondklok, die niet op een vast tijdstip inging. Ongeduld borrelde in hem op en hij wilde haar roepen, maar wou haar ook niet de indruk geven dat hij hem voor zijn moeder kneep.

Zijn geduld werd beloond toen ze het sap bracht in een met een plastic schoteltje afgedekt glas. Hij nam een slokje en trok een vies gezicht. Hij vond het lekker, maar zette het glas ostentatief weg. Per slot van rekening had hij als 'prins' bepaalde privileges, waaronder niet al te overdreven onbeleefdheid. Ze nam het goed op, bijna alsof ze het had verwacht.

Hun gesprek verliep met horten en stoten. Op een onderstroom van onuitgesproken bedoelingen en onderdrukte hartstocht aan beide kanten sprongen ze van de hak op de tak en was er geen sprake van enige diepgang. Beeda vroeg zich af waarom ze zo afstandelijk deed, wat hem erg onzeker maakte. Als het voortaan zo tussen hen moest gaan, zou de relatie nooit van de grond komen.

Hij vertrok om halfzeven met een buik vol jus d'orange en een hart vol zelfverwijt. Hij verweet zichzelf dat hij niet de moed had gehad om te zeggen wat hij voelde, dat zou de tocht meer de moeite waard hebben gemaakt.

Hij liep snel, want hij was bang dat zijn moeder allang terug was en niet wist waar hij uithing. Hij zag haar al over het erf op en neer lopen met de geur van gras in haar neus en woede in haar hart. Hij zag hoe ze haar handen ten hemel hief uit angst dat hij was ontvoerd. Dat zette hij al weer snel van zich af, want ze was niet zo gauw bang te krijgen. Maar hij was er zeker van dat hij haar in alle staten zou aantreffen.

Een bron van zorg welde in hem op. Hij was bang dat hij zich vreemd begon te gedragen en ze achter de oorzaak zou komen voor hij met juffrouw Alaso naar bed was geweest.

Hij liep het erf op toen het beest van de nacht uit zijn hol begon te kruipen. Hij was enorm opgelucht dat zijn moeder niet in het donker stond. Dat beurde hem op, zijn ademhaling werd weer normaal en hij maakte de knoopjes van zijn overhemd los om zijn borst in de wind te laten drogen. Hij stootte zijn vuist twee keer in de lucht om te vieren dat hij de dans was ontsprongen. Terwijl hij midden op het erf met zijn handen in zijn zij stond, ging hij het lijstje af van dingen die nog moesten gebeuren voor zijn moeder thuiskwam: hij moest thee voor haar maken, de kip opwarmen en de jurk strijken die ze morgen naar de kerk aan moest.

Wanneer hij alleen was, ging Beeda altijd door de achterdeur naar binnen. Hij liep linksom langs het huis en het keukenraam naar het achtererf. Hij diepte de bos sleutels uit zijn zak op. Moeiteloos vond hij de goede. Maar toen hij die in het slot stak, voelde hij tot zijn verbazing dat de deur meegaf. Met kloppend hart trok hij zachtjes en de deur ging open.

Beeda's hart stond stil. Een zwak stemmetje fluisterde dat hij misschien was vergeten de deur af te sluiten. Hij smoorde het onmiddellijk, want hij wist zeker dat hij elke deur van het huis op slot had gedaan.

Het flitste door hem heen dat er nog iemand binnen kon zijn. Hij deed een stap terug, kuchte luidruchtig en riep naar de eventuele indringer om te voorschijn te komen. Hij herhaalde de oproep een paar keer; er kwam geen enkel antwoord.

Inmiddels stond hij op zijn benen te trillen. Terwijl hij zijn angst de baas probeerde te worden, moest hij terugdenken aan de nasleep van de dag dat de rebellen de koffers hadden gestolen. Musa Kawanda was op de vuist gegaan met een andere jongen die hem voor lafaard had uitgemaakt omdat hij niets had gedaan.

Beeda deed de deur helemaal open en liep de donkere gang in. Er hing een vreemde, benauwende lucht die zijn hoofd deed bonzen. Bij zijn deur bleef hij staan en zette zich schrap. Onder het tastende gewicht van zijn hand ging hij gemakkelijk open. Hij liep wijdbeens, met zijn armen voor zich uitgestrekt tot hij bij de vensterbank kwam waarop hij zijn doos lucifers bewaarde. Met bevende handen stak hij een kaars aan.

In het flauwe schijnsel zag hij dat zijn bed helemaal was afgehaald. De deken, de lakens en het matrasdek waren weg. Aan zijn voeten lagen snippertjes van zijn affiches. Op de muur tegenover het bed ontbraken de papierbastvijg en de koranspreuk. Zijn boeken lagen over een groot deel van de vloer verspreid. Terwijl hij *De buik van de hyena* opraapte, moest hij onwillekeurig denken aan de reis die de boeken hadden moeten maken voor ze hier aankwamen. Zijn moeder stuurde een verzoekje naar Holland en zijn tante zocht de boekwinkels af. Als ze niet verkrijgbaar waren, bestelde ze de boeken in Engeland of Amerika. Eenmaal in haar bezit, stuurde zij ze naar Kampala, vanwaar ze hier kwamen.

Tot zijn ontzetting waren al zijn kleren weg. Hij durfde almaar niet in de hoek te kijken waar hij de spullen van zijn vader bewaarde. Hij besloot eerst de lantaarn aan te steken. Zijn handen beefden zo dat hij bijna het lampenglas brak.

Met de lantaarn in de hand haalde hij een paar keer diep adem en draaide zich om. Hij kreeg koude rillingen toen hij het lege schoenenkistje zag. Tevergeefs zocht hij de hele kamer af naar de schoenen. De metalen kist stond open en zijn vaders boeken lagen er overal omheen verspreid. Met elk exemplaar dat hij opraapte, vervloog iets van zijn hoop om de schoenen te vinden. Hij wist dat als de dief ze niet in een andere kamer had laten liggen, hij ze nooit meer zou terugzien.

Hij stond midden in de kamer en probeerde te bedenken wie dit gedaan kon hebben. Doordat de dief een loper of iets van dien aard had gebruikt, was hij ervan overtuigd dat het plaatselijke of rondtrekkende dieven waren. De rebellen waren niet zo subtiel dat ze lopers gebruikten; ze bliezen deuren gewoon aan splinters. En omdat majoor Azizima kennelijk bezig was met een provocatiecampagne, kon Beeda zich niet voorstellen dat hij uitgerekend nu met een loper zou werken.

Behalve zijn vaders schoenen, waren ook al zijn eigen schoenen verdwenen, inclusief zijn kaplaarzen. Mistroostig liep hij naar de kamer van zijn moeder. Bij haar deur moest hij bijna overgeven van de stank. Hij zette het raam open en overzag de verwoesting.

Allerlei parfum- en lotionflessen lagen gebroken op de grond. De scherven waren op een hoop geschoven. De toiletspiegel was gebroken, de tafel omgegooid. Het nachttafeltje was van het bed losgerukt en leeggehaald. De vloer lag bezaaid met mevrouw Ogema's kleren. De dieven hadden alles van haar bed getrokken op de kale matras na. De boeken op de grond waren klam van het parfum en zouden voorgoed lekker ruiken. Beeda wist dat geurende boeken zijn moeder niet zouden verzoenen met het feit dat hij het huis onbewaakt had achtergelaten. Haar verwijten zouden terecht zijn.

Met de moed in zijn schoenen stommelde hij naar de huiskamer. De dieven hadden de foto's waarop de metamorfose van de school van Nandere te zien was van de muur getrokken en op de grond gesmeten, waardoor het glas was gebroken. Met de gedachte dat je glas nog kon vervangen, ging Beeda naar de keuken.

Tot zijn ontzetting ontdekte hij dat al het eten verdwenen was, de keukenkastjes openstonden en de plekken waar suiker, zout, gember, koffie en andere levensmiddelen hadden gestaan, hem leeg aanstaarden. Hij had wel willen brullen, maar wist dat het niet zou helpen.

In noodgevallen was het gebruikelijk om om hulp te schreeuwen. Maar het leek hem belachelijk om rond dit uur mensen te laten opdraven. Hij besloot geen alarm te slaan en zo de daders te waarschuwen, want hij geloofde dat ze nog in de buurt waren.

De akelige gedachten die door zijn hoofd schoten leken de tijd stil te zetten. Hij wilde gerechtigheid en hij wilde wraak, maar die lagen achter een ondoordringbare, vuile mist buiten zijn bereik. Hij wou dat hij een geweer had en een vrijbrief om met de dieven de strijd aan te binden. Hij stelde zich allerlei manieren voor waarop hij ze mores kon leren.

Een schrille kreet van een beest dat hij niet kon thuisbrengen verbrak zijn gedachtegang.

Ineens leek het of de tijd nu nog sneller ging dan toen het begon te schemeren. Hij realiseerde zich dat hij iets moest doen voor zijn moeder thuiskwam. Straks zou ze uitgehongerd en doodmoe voor de deur staan.

Hij zette de lantaarn neer, rolde zijn mouwen op, pakte een mes en begon groene bananen te pellen, het enige eetbare dat nog in huis te vinden was. Terwijl hij de gepelde vruchten in de pan schoof en er water bij deed, dacht hij na over het feit dat je een paar jaar geleden je deur nog open kon laten staan zonder dat iemand in de verleiding kwam om ongenood naar binnen te stappen. Hij vermoedde dat er onder de ontheemden een stel dieven zat. Misschien kende Agoolu er een paar en kon die hem helpen met de naspeuringen. Hij wilde dat meneer Oryang een actie op touw zette om de dieven op te sporen, hen te dwingen de spullen terug te geven en ze dan uit de streek te verbannen.

Hij stak het fornuis aan, zette de pan op het vuur en hoopte dat zijn moeder laat genoeg thuis zou komen om hem de tijd te geven iets goed te maken, hoe weinig het ook was.

Hij dacht almaar: wat moet ik tegen Essentia zeggen? Zijn hersens lieten het op dat punt afweten. Hij wou dat een wild beest hem in de grond kon stampen, zodat hij niet meer hoefde uit te leggen waar hij geen verklaring voor had.

Hij reageerde zijn rusteloosheid af met gedrentel door het huis. Zodra hij even in zijn kamer was geweest, liep hij naar die van zijn moeder en vervolgens terug naar de keuken.

Hij probeerde te bedenken wat Musa in zo'n situatie zou hebben gezegd of gedaan, maar was te kwaad om zijn gedachten bij elkaar te houden. In alle verwarring vroeg hij zich af waar zijn vader was toen zijn huis werd ontheiligd. Hij dacht: hoe kon u toestaan dat een ordinaire dief dit huis binnen drong en er met die unieke schoenen vandoor ging? Waarom heeft u hem niet met blindheid geslagen? Hoe kon u zo onverschillig zijn?

Een halfuur later was het eten klaar. Beeda had er hartzeer van dat een of andere malloot de kip had opgegeten die hij voor zijn moeder had klaargemaakt en er voor haar nu niets anders te eten was dan dit hopeloze prakje. Hij dacht met gemengde gevoelens aan de man met de rode haan. Kon hij niet de dief zijn geweest? Misschien was hij alleen aan de deur geweest om de boel te verkennen. Als hij daarentegen niet de boosdoener was, dan hadden ze als troost nog een haan in het vooruitzicht.

Om acht uur kwam mevrouw Ogema thuis. Ze rook meteen alle parfum en de vermoeidheid op haar gezicht maakte direct plaats voor verontruste waakzaamheid. Zodra ze in de woonkamer was, bukte ze zich om een glasscherf van de vloer op te rapen. Ze keek er een ogenblik naar, draaide zich naar Beeda en zei: 'Wat is gebeurd? Het stinkt hier een uur in de wind.'

De tranen stonden in Beeda's ogen en zijn stem trilde van woede. 'Er is iemand geweest die paps schoenen heeft gestolen en...'

'Waarom heb je die kleren aan?'

'Ze hebben de andere meegenomen.'

'Waar was je?' vroeg ze op een toon, milder dan hem lief was.

'Ik ben bij mevrouw Eresu op bezoek geweest. De rebellen hebben haar een oor afgesneden.'

'Hoe was het met haar?'

'Ze lag op bed met vreselijke hoofdpijn. Ze kon niemand ontvangen.'

Mevrouw Ogema legde de scherf terug op de grond, pakte de lantaarn van de salontafel en ging naar haar kamer. Beeda zag haar in de deuropening het slagveld in ogenschouw nemen. Ze zuchtte of jammerde niet; ze stond daar maar te staren, alsof ze de vernielingen met haar ogen ongedaan kon maken.

Uiteindelijk deed ze een stap naar voren en raapte *Land voor de levenden* op. Ze keek naar de zwaar geparfumeerde pagina's als iemand die een uitweg zoekt uit een dodelijke valstrik. Ze sloeg een bepaalde bladzij op en las zwijgend. Na een tijdje legde ze het boek op het bed en raapte de overige op. Ze hield ze als breekbare voorwerpen in haar handen. Zo'n eerbied had Beeda nooit eerder gezien. Hij vroeg zich af of boeken het enige werkelijk kostbare in huis waren.

Ze stoof naar de plek waar ze *Ademloos* bewaarde en hij zag dat ze het boek tussen de brokstukken van de kapotte koffer vandaan haalde. Ze legde het voorzichtig op het bed.

'Ik begrijp dit niet,' mompelde ze.

'Het moeten de ontheemden zijn. Er zitten dieven bij,' opperde Beeda.

'Dat denk ik niet. Waarom hebben ze mijn kleren dan niet meegenomen?'

'Misschien heeft iemand ze met een bepaalde opdracht gestuurd. Misschien wisten ze dat iedereen uw kleren herkent.'

'Ik denk van niet,' zei ze beslist.

Beeda wilde zijn schouders ophalen, maar hief uiteindelijk

zijn handen op. 'Moeten we meneer Oryang niet op de hoogte brengen?'

'Ik kom net bij hem vandaan. De begeleider die hij me had meegegeven is teruggegaan. Het zou gekkenwerk zijn om onbeschermd de weg op te gaan.'

'Ze hebben de schoenen gestolen,' zei Beeda met hernieuwde woede.

'Ik heb een bad nodig en moet iets eten,' zei zijn moeder, terwijl ze weer naar haar boeken keek.

'Ze hebben de kip met rijst gestolen. Alleen bananen...'

'Zijn ze gekookt?'

'Ja.'

'Dan eet ik die wel. Maar eerst wil ik een bad nemen,' zei ze zonder hem aan te kijken. Hij ving een glimp op van de oude vrouw die ze ooit zou worden.

'Ze hebben alle lakens gestolen,' jammerde Beeda.

'Daar vinden we wel iets op. We gaan niet dood van een nachtje zonder,' zei ze op een toon die geen tegenspraak duldde.

Toen hij maar dom bleef staan, schreeuwde ze: 'Ik wil nu even alleen zijn. Ga weg.'

Hij ging terug naar de woonkamer. Hij hoorde haar een indroevige negrospiritual neuriën. Hij vond het muziek voor mensen die een pijnlijke dood te wachten stond.

Hij liep naar zijn eigen kamer, ging op de matras zitten en vroeg zich af waarom ze zo tam had gereageerd. Was het vermoeidheid? Of de troost die ze in de bladzijden van een roman had gevonden? Kon het de tussenkomst van zijn vaders geest zijn geweest? Als dat zo was, waarom had hij de dieven dan niet buiten de deur gehouden? Hij wist het allemaal niet meer. Zijn gedachten werden onderbroken door het kletteren van water op cement. Het leek eindeloos door te gaan, alsof zijn moeder eindeloos stof uit haar poriën aan het schrobben was.

De een na de ander gingen de hoofdstukken van de koran door zijn hoofd. Hij zag 'De vrouwen', 'Het vee', 'De donder', 'De bij', 'De overwinning' en nog veel meer raadselachtige soeratitels. Maar zoals gewoonlijk bleek 'De koe' toch het meest toegankelijk. Die hield hem voor: 'God heeft de overtreders niet lief. En strijd op de weg van God tegen degenen die tegen jullie strijden.' Het idee om tegen overtreders te strijden stond hem wel aan. Hij zag zichzelf met het zwaard in de hand, hoofden afhakken.

Na haar bad trok mevrouw Ogema een zwaar geurende jurk aan en ging naar de keuken. Ze smachtte zo naar een kop thee dat ze wel kon krijsen om de wreedheid van de dieven. Ten slotte nam ze genoegen met een beker water, die ze staande opdronk. Ze riep Beeda en vroeg hem het eten op te scheppen. Ze aten in een stilte zo diep, dat het kleinste geluid in de kamer klonk als een koeienbel.

Gewoonlijk vertelde ze Beeda wat ze onderweg had beleefd. Maar dit keer verkoos ze alles voor zichzelf te houden. Ze at vlug, zonder het voedsel echt te proeven en verliet de keuken zonder hem voor het koken te bedanken.

Beeda keek haar na zoals je een gevaarlijk beest gadeslaat wanneer het zich in zijn hol terugtrekt. Hij deed zijn uiterste best haar niet op stang te jagen. Het feit dat ze zijn 'bruiloftskleren' had opgemerkt, maar niet op het onderwerp was teruggekomen, maakte hem extra beducht om de broze vrede of het uitstel van een aanvaring te verstoren.

Terwijl hij de borden afwaste, kwam het beeld van Musa's moeder die hem rijst leerde koken weer bij hem boven. Hij zag de liefde en de vrolijkheid waarmee ze het had gedaan. Het verlangen naar haar mollige omhelzing bezorgde hem kippenvel. Hij wilde weer horen dat ze hem 'haar zoon' noemde.

Op weg naar zijn kamer liep hij op zijn tenen langs zijn moeders deur. Toen haar stem uit die gewelddadig geparfumeerde ruimte kwam, schrok hij zich wezenloos. De vriendelijke klank verraste hem. Ze riep hem binnen en gaf hem een paar van haar jurken om de ergste kou van zijn bed te houden. Ze wuifde met een vastberaden gebaar zijn pogingen om iets te zeggen weg.

Op zijn kamer trok Beeda zijn kleren uit, vouwde ze netjes op en ging naar bed zonder zijn tanden te poetsen. De zware walm van parfum die uit de jurken opsteeg, bezorgde hem een zeurende hoofdpijn. Maar door geestelijke of emotionele uitputting viel hij uiteindelijk in slaap.

Midden in de nacht werd hij wakker van een zacht, maar aanhoudend geklop op de achterdeur. Kort daarna hoorde hij iemand zijn moeders naam roepen. Het verbaasde hem dat de bezoeker niet meteen naar haar raam was gelopen. Dat kon erop wijzen dat hij de indeling van het huis niet kende. Hij wou dat hij een hamer had om naar het doelwit te slingeren zonder dat hij zijn bed uit hoefde te komen. Hij was ervan overtuigd dat de dieven of de rebellen iemand met een wapen in de rug hadden gedwongen om te roepen. Het was zo'n oude truc dat niemand er meer intrapte.

Terwijl hij lag te wachten tot de bezoeker wegging of de deur intrapte, hoorde hij zijn moeders voetstappen.

'Ben je wakker?' fluisterde ze toen ze binnenkwam.

'Ja,' antwoordde hij en vroeg zich tegelijk af hoe ze in hemelsnaam de zachte stem van de bezoeker had kunnen horen.

'Ik ga kijken wie er aan de deur is.'

Het geluid van haar voetstappen weergalmde door de onttakelde kamer. Hij hoorde haar vragen: 'Wie is daar?'

'Oryang.'

Beeda was kwaad op zichzelf dat hij die zo vertrouwde stem niet had herkend. Terwijl hij luisterde hoe zijn moeder de grendels wegschoof en de deur openmaakte, wist hij dat er storm op til was.

'Jullie moeten het huis uit. Nu,' hoorde hij meneer Oryang zeggen.

'Nu?'

'Ze komen voor het geld. Schiet op.'

Beeda vloog zijn bed uit en stootte in de haast zijn knie aan de rand. Hij wilde zijn trui van het hangertje grissen, maar halverwege schoten de gebeurtenissen van een paar uur eerder hem weer te binnen. Hij miste nu deerlijk zijn kaplaarzen, die hem tegen slangen en de elementen moesten beschermen. Met het gevoel dat hij voor gek liep, trok hij zijn 'bruiloftskleren' aan en griste drie jurken mee.

Tegen de tijd dat zijn moeder kwam kijken, was hij klaar om het huis te ontvluchten. Ze holde naar haar kamer en pakte wat spullen bij elkaar.

Beeda ging naar buiten en bleef op een paar meter van meneer Oryang staan, die zonder zijn hoofd te bewegen links en rechts keek. Hij probeerde het ook, maar kreeg er pijn van aan zijn ogen.

Omdat hij aanvoelde dat Beeda zijn mond open zou doen, stuurde meneer Oryang hem met handgebaren naar de bananenplantage. Met tegenzin liep Beeda die kant op, alsof hij door een moeras vol waterslangen moest waden. Achter zich hoorde hij zijn moeder de achterdeur sluiten. Toen hij omkeek zag hij haar met meneer Oryang als laatste naar hem toekomen.

Hij liep langs het uienbed en de compostkuil en stapte op brosse bananenbladeren die knetterden als verre schoten. Hij bleef stokstijf staan en keek om, in de verwachting dat meneer Oryang een vermaning zou laten horen. Toen die niet kwam, tilde hij zijn voeten hoog op en zette ze in de open plekken tussen de droge bladeren.

Na wat hem een eeuwigheid leek, kwam meneer Oryang naast hem lopen en beende hem toen met bijna onhoorbare voetstappen voorbij. Beeda vond dat hij liep als een commando op verkenningstocht.

Meneer Oryang koos een plek achter een groepje bananenbomen, vanwaar je de achterkant van het huis in de gaten kon houden. Hij wenkte hen naar zich toe.

'Laten we hier blijven,' fluisterde hij. 'Niet bang zijn. Hier zitten jullie veilig.'

Beeda en zijn moeder trapten het onkruid onder hun voeten plat. Met een zakmes sneed meneer Oryang een paar groene bananenbladeren af om een leger te spreiden. Ze bedekten het met de jurken en gingen zitten. Meneer Oryang zat schouder aan schouder met mevrouw Ogema. Geen man had ooit zo dicht bij haar gezeten; daardoor kreeg Beeda het gevoel dat ze misschien genoeg begon te krijgen van haar eigen gezelschap.

Na korte tijd begonnen zijn ogen aan de duisternis te wennen en was hij in staat afzonderlijke voorwerpen te onderscheiden. De lucht was steenkoud, waaruit hij opmaakte dat het over luttele uren al licht zou worden.

'Je bent een engel,' hoorde hij zijn moeder zeggen.

Meneer Oryang reageerde niet, alsof mevrouw Ogema en iedereen in de streek hem voortdurend een engel noemden. Misschien was dat ook zo, alleen niet met zo'n liefdevolle stem. Hij bleef links en rechts kijken zonder uit te leggen wat hij zag. Na eindeloos aarzelen, antwoordde hij: 'Dat betwijfel ik.'

Mevrouw Ogema duldde geen tegenspraak. 'Als iemand recht op die titel heeft, dan ben jij het wel.'

'Daar moeten we het later nog maar eens over hebben.'

Algauw voelde Beeda zich overbodig. Gelukkig waren er geen muskieten. Hij leunde zwaar tegen een bananenstam, sloot zijn ogen en luisterde naar de krekels, wier onophoudelijk gesjirp hem deed denken aan de eeuwige straf die Allah de ongelovigen in het vooruitzicht had gesteld. Hoewel hij de taal van de koran moeilijk vond, sprak de gespierdheid ervan hem aan. Een kwade tong likte zijn ingewanden en hij wilde dat de dief in eeuwig vuur zou branden.

Geleidelijk aan werden zijn oogleden zwaar en viel hij in slaap.

Voor zijn gevoel niet meer dan een ogenblik later schrok hij wakker van zware voetstappen die vanaf de zijkant van het huis kwamen. Hij luisterde met een mond vol as. Er doken twee silhouetten van jongens op die voor de achterdeur bleven staan. Een van hen begon met een kei of een baksteen op de deur te hameren. Het kabaal zwol aan en Beeda kreeg het er doodsbenauwd van. Nadat hij een tijdje had gebonkt, schreeuwde een jongen: 'Mevrouw Ogema. Doe open. Ik wil met u praten.'

Beeda herkende de harde, rauwe stem niet die hem deed denken aan een oudere man met een schorre keel.

Toen er geen antwoord kwam, bonkte de jongen opnieuw, hield op, schreeuwde dreigementen en bonkte weer. 'Laat ik u daar niet vinden als ik binnenkom, hoofdjuf. Mijn geduld begint op te raken.'

Weer kwam er geen antwoord, alleen de immense stilte van de nacht en zijn vermogen om alles op te slokken wat erin wordt gegooid. Getergd liet de jongen het werktuig vallen en beval zijn kameraad de deur te forceren. In het duister klonk het kraken van brekend hout als een boom die in tweeën splijt. De krachtige lichtbundel van een zaklantaarn verlichtte een kort moment twee figuren. Ze volgden het licht naar binnen.

'Mevrouw Ogema, waar zit u?' hoorde Beeda de schorre jongen schreeuwen. 'Als u niet te voorschijn komt, zult u er spijt van krijgen.'

Door de wijd openstaande achterdeur golfden de geluiden uit het huis onbelemmerd de nacht in. Beeda hoorde een bed over de cementen vloer schrapen en een schop tegen een teil. Hij hoorde voeten in de gang stampen en naar een andere kamer verdwijnen. Heel duidelijk klonk het geluid van brekend glas.

Toen werd het stil. Het was alsof er een diepe kuil was opengegaan die de jongens had opgeslokt zonder ze de kans te geven nog een laatste kreet te slaken. De drukkende stilte werd verbroken door voetstappen die naar buiten kwamen. Een jongen stond in de deuropening, een andere buiten.

'Het huiff iff leeg,' zei de jongen in de deuropening. 'Of er moeten ondergrondsje kamers zijn, majoor.'

'Daar heb ik vanmiddag geen spoor van gezien,' gilde majoor Azizima. 'Ik denk dat we verraden zijn. Iemand moet die lummels hebben gewaarschuwd. Volgens zeggen zijn ze afzonderlijk van elkaar thuisgekomen. Waarom zijn ze er dan niet? We zijn verraden. Wee de lummel die dat op zijn geweten heeft.'

Beeda kreeg stekende pijn in zijn buik. Hij drukte zijn handen ertegen en probeerde de kramp weg te denken. Een verschrikkelijk woede nam bezit van hem en hij zou willen vliegen, op het hoofd van majoor Azizima landen en het tot pulp slaan. Hoe was het mogelijk dat hij de sporen van de misdaad zo verkeerd had begrepen en majoor Azizima als potentiële verdachte over het hoofd had gezien? Het gebruik van de loper had hem volstrekt op het verkeerde been gezet. Het was nooit bij hem opgekomen dat rebellen ook met tact te werk konden gaan. Hij klapte dubbel, met zijn handen in zijn buik geduwd. Meneer Oryang stak zijn arm uit en legde zijn hand zachtjes op zijn hoofd.

In zijn verbeelding zag Beeda de jongens het huis binnen gaan, de kip opeten, meenemen wat ze niet op konden en er met zijn kleren en andere persoonlijke zaken vandoor gaan. Nu wist hij dat ze uit een diepgewortelde wrok zijn vaders schoenen hadden gestolen. Als iemand het verhaal achter die schoenen kende, was het majoor Azizima wel. Beeda wist nog dat hij het hem had verteld en hem de schoenen had laten zien, die in die tijd wel boten leken.

Op dat moment hoorde hij de stem van de tweede jongen. 'Laten we dit huiff platbranden. Als ffe onder het dak zitten worden ffe uitgerookt.'

'Ben je gek?' brulde majoor Azizima. Zijn stem werd gevolgd door een daverende klap, waaraan je kon horen dat het een voltreffer op een wang moest zijn. Er klonk geen kreet of gekreun. Alsof de ontvanger de klap had verwacht.

'Als je niet kunt nadenken, hou dan je mond, lummel,' siste majoor Azizima. 'Is het in je botte hersens opgekomen dat het geld van brigadier Balo daarbinnen ligt?'

'Het ffpijt me, majoor,' stamelde de jongen.

'We kunnen beter gaan. We verdoen hier alleen maar onze tijd.'

'Ja, majoor.'

'We kunnen die idioten te grazen nemen wanneer we maar willen.'

Beeda zag de twee silhouetten langs de linkerkant van het huis verdwijnen. Uit de verhalen van meneer Oryang over de rebellen wist hij dat ze nooit aanvielen wanneer ze sterk in het nadeel waren. Dat was de reden dat ze geen enkele moeite hadden gedaan om hen in de plantage te gaan zoeken.

Meneer Oryang had Beeda verteld dat de rebellen om de een of andere reden slangen vereerden en de generalissimo er tientallen in zijn kamp hield en dat jongens er soms door werden aangevallen en gebeten. Hoeveel mensen een slang ook beet, hij werd nooit gedood. Beeda fantaseerde dat hij majoor Azizima in een kuil vol groene mamba's gooide. Hij kon hem horen smeken om eruit getrokken te worden.

'Ze zijn weg. Jullie kunnen nu terug,' hoorde hij meneer Oryang tegen zijn moeder fluisteren.

'Naar dat huis zonder deur? Weet je dat ze gisteren overdag zijn gekomen en al Beeda's kleren hebben gestolen, mijn spullen hebben vernield en ervandoor zijn gegaan met ons eten? Ik moet er niet aan denken wat er gebeurd zou zijn als ze Beeda thuis hadden getroffen.'

Beeda schrok van de woorden; nu begreep hij waarom ze niet had gereageerd zoals hij had verwacht. Hij wilde iets zeggen, maar meneer Oryang was hem voor.

'Het spijt me dat te horen.'

'Ze hebben al onze dekens en beddenlakens meegenomen. Zie je niet dat we alleen mijn jurken hebben om de kou van ons lijf te houden?'

'We zullen jullie huis in de gaten houden totdat de districtscommandant actie onderneemt,' beloofde meneer Oryang.

'Vooruit dan maar,' zei mevrouw Ogema met een zucht. 'Ik weet niet wat ik zonder jou zou moeten beginnen.'

'Het is me een waar genoegen dat ik de belangrijkste vrouw van het district kan helpen. Bovendien is die schurk mijn zoon. Ik kan niet toestaan dat hij jou iets aandoet.'

'Hij is ook mijn zoon, maar wees alsjeblieft voorzichtig.'

'Ik zal eraan denken.'

'Ik hoop dat ik ooit iets voor je terug kan doen.'

Meneer Oryang zweeg even, alsof hij probeerde uit te maken wat ze precies met die woorden bedoelde.

'Dank je, maar voor mij zal de beloning het einde van de oorlog zijn. Elke dag dat hij langer duurt, voel ik me een grotere mislukking. Ik hoop dat juristen op een dag mijn logboek over deze schending van ons aangezicht kunnen gebruiken om de mensen te helpen begrijpen wat er is gebeurd. En misschien om diegenen achter de tralies te krijgen die voor de ergste wreedheden verantwoordelijk zijn. Als ik majoor Azizima zie rondlopen, zou ik hem wel willen doodschieten, maar dan denk ik aan de gevolgen en het feit wij hem zo hebben gemaakt. We hebben hem niet beschermd toen hij ons het hardst nodig had. Ik kan niet vergeten dat hij heeft moeten toezien hoe zijn moeder zo lang werd beschoten dat haar hoofd eraf viel. Bovendien zou met zijn dood de oorlog niet afgelopen zijn. Ik ben bang dat hij maar één radertje in een reusachtige organisatie is.'

Beeda kon deze praat niet langer aanhoren. Met een van emotie gesmoorde stem zei hij: 'Die moordenaar heeft onze spullen alleen gestolen om ons te vernederen.' Hij zou de smerigste scheldwoorden over majoor Azizima willen uitstorten, maar de aanwezigheid van meneer Oryang weerhield hem.

'Kon je maar eens een kijkje nemen in de rebellenkampen! Twee op de drie rebellen heeft diarree. Veel van hen bezwijken door gebrek aan medische verzorging. Medicijnen zijn gereserveerd voor de commandanten. En dan de regels! Als een jongen een mango steelt, hakken ze zijn hand af. Als hij probeert te vluchten, hakken ze zijn voeten af, of ze slaan hem dood. Als hij met een stukje krant wordt betrapt, wil je niet weten wat ze met hem doen.'

Beeda's hoofd ziedde van woede en zijn vingers balden zich tot een stevige vuist. Hij zou zo hard op meneer Oryang willen inbeuken dat die al zijn medeleven met koelbloedige moordenaars zou uitbraken. Aan de andere kant besefte hij maar al goed dat de rebellen zijn vrouw hadden vermoord en zijn scholen hadden platgebrand. Aarzelend strekte hij zijn vingers en probeerde iets van zijn woede te laten wegvloeien.

'Ieder moment dat ik op school ben is een overwinning op Balo's machtshonger. Dat kan hij mij of mijn leerlingen niet afnemen.'

'Je bent onze grote trots, Akech,' zei meneer Oryang met volle overtuiging. 'Ik droom ervan mijn werk weer op te nemen. Ik mis de schoolbezoeken en het schrijven van rapporten. Iedere nacht droom ik van de geur van een fris klaslokaal en het geluid van lachende kinderen. Ik vertik het om naar een veiliger district te gaan. Hier hoor ik thuis. Dicht bij mijn scholen. Als ik moet sterven, wil ik sterven in hun schaduw of te midden van hun as.'

Beeda verwonderde zich over hun gesprek. Ze zagen elkaar vaak en moesten zo langzamerhand elk belangwekkend onderwerp hebben uitgekauwd, maar het was alsof ze hem deze ochtend, bij het gehuil van de beesten en het gekrijs van de vogels, precies wilden laten weten hoe ze zich voelden. Hij bedacht dat veel van wat ze zeiden onzin was als ze niet samen iets aan hun eenzaamheid konden doen.

Bij het naderen van de dageraad verlangde hij naar het bed van juffrouw Alaso. Hij wou dat zij haar handen op zijn buik kon leggen om de pijn te verzachten. Hij wilde troostende woorden uit haar mond horen. Hij wilde tegen haar aan kruipen en het gevoel hebben dat alles goed zou komen.

Het ergerde hem dat zijn enige gezelschap bestond uit een weduwe en een weduwnaar, die over niets anders konden praten dan over het redden van de kinderen van het land, terwijl ze zelf schreeuwden om een warm lijf dat hen van lege nachten kon verlossen.

De wind stak op en straaltjes dauw roffelden overal om hen heen op droge bananenbladeren. Beeda vermoedde dat de held en de heldin zijn onverschilligheid hadden opgemerkt, want hij hoorde hun stemmen zachter en zachter worden, nauwelijks nog hoorbaar boven de andere geluiden uit. Hij wilde aan de wereld van hun woorden ontsnappen en in een weldadige slaap wegzinken, maar zonder zijn laarzen om zijn voeten warm te houden en zijn deken om zich mee te bedekken, had hij weinig weerstand tegen het kille einde van de nacht. Terwijl zijn lichaam schreeuwde om warmte, vroeg hij zich af of meneer Oryang gewapend was.

MAJOOR AZIZIMA KON maar aan één ding denken toen hij de plek van zijn vernedering had verlaten en op de harde grond onder een grote boom ging liggen in de hoop wat te kunnen slapen: hij wilde zijn gekwetste trots helen. Het feit dat de huidige campagne een provocatiecampagne was, maakte het absoluut noodzakelijk om te allen tijde overwicht te houden. Zijn grootste angst was dat als de kinderen zouden ontdekken dat hij niet onoverwinnelijk was, het heel moeilijk zou worden zijn monopolie op terreur te herstellen.

Om die reden had hij een buitengewoon slecht humeur en dat zou hij houden totdat hij wist wie de verrader was of hoe zijn prooi aan zijn ijzeren greep had weten te ontkomen. Het feit dat de overval jammerlijk was mislukt en het geld niet binnengehaald, maakte de noodzaak om iemand te straffen des te dringender. Zijn dienst in de wijngaard van de Heilige Geest had hem geleerd dat iemand na zo'n fiasco moest bloeden, anders zouden de jongens denken dat hij weekhartig begon te worden.

Zijn vergeefse tocht door het verlaten huis flitste door hem heen en zijn machteloze geschreeuw en dreigementen klonken in zijn hoofd na. Eén gedachte kreeg de overhand: de kinderen kunnen me niet begrijpen, omdat ze geen eergevoel hebben. Eigenlijk wilde hij niet eens dat ze hem of zijn methoden begrepen; ze hoefden alleen maar te gehoorzamen en te doen wat de Heilige Geest van hen verlangde.

Terwijl hij overwoog wat de consequenties waren van die gedachte, klonken de woorden van brigadier Balo in zijn oren: 'Wat weten zij ervan? Ze zijn alleen uit op de kleine genoegens van het leven: lekker eten, sterkedrank… Ze begrijpen niets van mensen die voor ideeën en idealen vechten.'

Die woorden van brigadier Balo – ooit uitgesproken op het exercitieterrein, toen de avondzon achter hem een stralend aureool rond zijn hoofd vormde en over zijn python een glanzend gouden gloed legde – sterkten majoor Azizima in zijn voornemen de rest van zijn leven in dienst te stellen van de Heilige Geest. Hij wist dat het zo zou gaan, want de aasgieren in Kampala hadden de teugels van de macht nog stevig in hun klauwen en waren niet bereid te buigen voor de heilige wil van de generalissimo.

Er zou nog een hoop bloed vloeien, maar hij keek uit naar de dag van de overwinning, wanneer de oorlog was afgelopen en de generalissimo het land bestierde volgens de ingevingen van de Heilige Geest. Tegen die tijd zou hij de officiële woordvoerder van het Leger zijn, zou zijn naam op de radio te horen en zijn gezicht op de televisie te zien zijn. Het gaf hem intense voldoening te weten hoe de toekomst eruitzag, want hij had een hekel aan verrassingen en mistigheden.

Hij zag de vlezige wangen van sergeant Kabalega trekken en zijn tong onrustig over het tandeloze tandvlees gaan. Die zenuwtrekken waren een jaar geleden begonnen, na een vechtpartij met een andere soldaat die zijn tanden uit zijn mond had geslagen. Zodra de jongen nerveus werd, kreeg hij die tic en werd het gewoel in zijn mond heftiger. Dat werkte majoor Azizima op de zenuwen.

'Baby Opa, hou daarmee op, anders moet ik je straffen,' waarschuwde hij.

'Ja, majoor,' zei de jongen met een nog spastischer gezicht.

'Waarom kan je die smoel van je niet stilhouden?'

De jongen gaf geen antwoord.

Majoor Azizima stond op en ging plassen. Toen hij terugliep, bedacht hij dat ze het huis van de directrice wel hadden moeten platbranden en hij de jongen niet had moeten slaan. Een excuus zou te ver gaan, maar hij kon wel nog iets doen voor de dag aanbrak.

'Iedereen opstaan,' commandeerde hij.

Toen luitenant Dagomin ging zitten, schopte hij hem hard tegen zijn scheenbeen. 'In de benen, lummel. Opstaan.'

Met een kwade kop en knarsende tanden stond luitenant Dagomin op.

'Sla me maar als je durft, luitenant Lummel,' daagde majoor Azizima uit en duwde de veel grotere jongen hard tegen de borst.

Luitenant Dagomin bleef overeind en sprong in de houding.

'Denk erom dat je mijn lummel bent zolang je geen hogere rang hebt. Ik kan je maken en breken.'

'Ja, majoor.'

'Goed. Nu voorwaarts mars naar de lagere school van Nandere.'

Ze liepen in stilte.

Bij de school, die in een lichte mist was gehuld, beval hij de jongens door te marcheren naar de kerken. Hij had er lol in dat ze niet wisten wat hij van plan was.

Aangekomen bij het groepje hutten waar de ontheemden verbleven, gaf hij bevel om halt te houden.

'Sommige van de lieden die ons hebben verraden, wonen hier. Maar we hebben geen tijd om die hele bende te ondervragen. Laat vuur het woord doen. Ik wil dat jullie ieder vijf daken in brand steken. Ik geef jullie dekking.'

De jongens slopen op de hutten af en luitenant Dagomin trok wat stro uit een dak. Sergeant Kabalega hield zijn gasaansteker erbij en stak het stro aan. Luitenant Dagomin wachtte met het brandende stro tot zijn ondergeschikte opnieuw stro uit het dak had getrokken voor zijn eigen toorts.

In een mum van tijd stonden tien hutten in lichterlaaie, was de lucht gevuld met hulpgeroep en vluchtten mensen in paniek naar buiten. Majoor Azizima en zijn jongens liepen weg, met hun vinger aan de trekker.

Het gegil dat in de nachtelijke lucht oprees en wegzakte, deed hem denken aan de dood van zijn moeder. Hij zag haar weer schokken, terwijl ze keer op keer werd beschoten. Daarom irriteerden de zenuwtrekken van sergeant Kabalega hem zo. De plotselinge herinnering bracht onverwachte tranen teweeg. Hij snoot zijn neus en veegde de tranen met de rug van zijn hand weg. Ze bleven stromen, nog heftiger dan daarvoor. Bang dat ze in snikken zouden overgaan, dook hij een bosje langs het pad in en wreef brandnetels tussen zijn handen fijn. De pijn bracht hem tot bezinning en hij kwam de struiken uit onder het scanderen van: 'Ik leef en adem voor de generalissimo.'

De jongens vielen in en geleidelijk aan begon hij zich beter te voelen. Ze kwamen precies op het moment dat de eerste hanen kraaiden bij hun schuilplaats terug. Majoor Azizima was uitgeput. Hij beval luitenant Dagomin de wacht te houden, terwijl hij en sergeant Kabalega zich uitstrekten om te slapen.

Vlak voor hij in slaap viel, genoot hij na van de eerste overval op het huis van de directrice. Hij zag luitenant Dagomin, de meesterinbreker, de achterdeur openmaken en hem naar binnen wenken. Het had zo goed gevoeld om terug te zijn.

Majoor Azizima werd nog moe wakker, want hij had bar slecht geslapen. Luitenant Dagomin vertelde hem dat hij had liggen gillen als iemand 'onder de buffel'. Hij had van Sena gedroomd, een jongen die vijfhonderd zweepslagen had gekregen omdat hij geweigerd had hem en een paar van zijn kameraden te verraden. Het was lang geleden dat Sena hem in een droom was verschenen en hij wist niet of het een goed of een slecht voorteken was.

Tijdens het ochtendgebed bad hij om een vruchtbare dag in de wijngaard. Daarna luisterde hij naar het nieuws en vervloekte vervolgens de nieuwslezers en hun bazen omdat ze met geen woord repten over zijn campagne of de heldendaden van het Leger in het noorden. Hij was ervan overtuigd dat de media de wapenfeiten van het Leger bewust verzwegen. Hij overwoog de witte bus te overvallen om in het nieuws te komen. Vooropgesteld dat de brigadier er bevel toe gaf.

Hij zette zijn radio uit en gaf zijn jongens opdracht hun geweer schoon te maken. Zijn gedachten waren bij de brand-stichting van de afgelopen nacht.

'Hoeveel hutten zijn er in vlammen opgegaan, Opa?'

'Miffchien het hele ffootje, majoor,' antwoordde sergeant Kabalega.

'Opa, ik waarschuw je. Hou op met dat spuug sproeien als je tegen me praat,' zei luitenant Dagomin, dreigend met zijn wijsvinger zwaaiend.

'Het ffpijt me.'

'Spijt me, zul je bedoelen,' jouwde de luitenant.

'De kinderen hebben hun lesje nu wel geleerd: verraad wordt duur betaald,' zei majoor Azizima met wrede voldoe-ning op zijn gezicht.

De jongens werkten geestdriftig. Het vooruitzicht van een heerlijk ontbijt gaf hun vleugels. In recordtijd waren de gewe-ren brandschoon en gebruiksklaar. Sergeant Kabalega maak-te ontbijt. Hij stookte een vuurtje en warmde de gestolen kip met rijst op.

'Opa, hoe wou jij kip eten?' plaagde majoor Azizima.

'Majoor, die kan hij altijd fijnstampen met de kolf van zijn geweer,' grapte luitenant Dagomin.

Sergeant Kabalega negeerde zijn meerderen, maakte een tweede vuurtje en zette water op voor de thee. Hij strooide de thee erin, gooide er extra veel suiker in, schepte op en keek hoe ze aten. Hij keerde zijn rug naar hen toe en begon zijn worste-ling om het vlees van het bot te krijgen. In de loop der tijd was het boventandvlees harder geworden, maar niet hard genoeg om er vlees mee te bijten. Het feit dat ze voor elke maaltijd maar vijf minuten mochten uittrekken, maakte het voor hem heel lastig. Hij gebruikte zijn mes om het vlees in stukjes te snijden en slikte die na vluchtig kauwen door; alleen aan de smaak beleefde hij enig genoegen.

'Op de verjaardag van de generalissimo krijg je van ons een hamer, dan kun je de botjes en het vlees tegelijk pletten en de prak in één keer naar binnen werken,' zei luitenant Dagomin lachend.

'Baby Opa, waarom heeft die gast je tanden eruit geslagen?' vroeg majoor Azizima met een valse grijns.

'Hij ffei dat alleen een vrouw ffulke mooie tanden mocht hebben, majoor.'

'Waarom heeft hij dan je ondertanden laten zitten?'

'Iemand heeft onff uit elkaar getrokken,' zei de jongen met tranen in zijn ogen.

'Niet huilen, Opa,' zei luitenant Dagomin honend.

'Hou op,' beval majoor Azizima.

'Nog maar twee weken en de generalissimo is jarig. Oeh, als ik al aan de stier en de vrachtwagen met Pepsi-Cola denk, die we van de brigadier krijgen!' zei luitenant Dagomin watertandend bij het vooruitzicht.

'Daar kan niets tegenop,' gaf majoor Azizima toe. 'En dit jaar wordt het nog beter dan vorig jaar.'

'Zeker weten,' zei luitenant Dagomin.

Sergeant Kabalega bekeek zijn meerderen met een blik die aan haat grensde. Hij droomde er vaak van om weg te lopen, maar de straf als je gesnapt werd hield hem tegen. Hij droomde ervan om honderden stuks vee te bezitten, maar durfde er met niemand over te praten. Hij droomde ervan weer naar zijn familie te gaan, maar was bang dat ze hem zouden verstoten omdat hij een moordenaar was geworden. Hij droomde van een meisje met een stevig achterwerk, maar vreesde dat hij er nooit een zou vinden vanwege zijn tandeloze mond. Hij dacht: wie wil er nou een man zonder tanden? Alleen in het Leger zal ik een vrouw kunnen vinden.

'Sergeant Opa, sta niet te dagdromen, ruim de rotzooi op,' zei majoor Azizima. De jongen schrok op.

De majoor keek toe hoe de sergeant de vuren uittrapte, het eetgerei schoonmaakte en in een kuil begroef.

Om tien uur gaf hij de jongens bevel om naar de grootste bron in de streek te lopen. Onderweg luisterden ze met plezier naar de klanken waarmee de apen met elkaar communiceerden. Majoor Azizima hoefde een aap niet te zien om te weten wat hij deed. Hij kon aan de kreten horen of hij van boom tot boom sprong, de vacht van een andere vlooide of van bessen snoepte. Hetzelfde gold voor allerlei vogels. Die kennis was, samen met zijn kruidenkunde, zijn geheime trots.

Twintig meter van de bron kozen ze een plek met veel bomen en zulk dicht struikgewas dat je je er amper een halve meter van het pad in kon verbergen zonder gezien te worden.

Terwijl ze in het gras lagen, zei luitenant Dagomin: 'Majoor, rond deze tijd komen de Ogen van de Generalissimo meestal voor hun jaarlijkse bezoek. Ik ben benieuwd of de brigadier ons terugroept als ze naar ons kamp komen.'

'Koester je soms de onzinnige droomwens om met eentje te trouwen?' vroeg majoor Azizima. Hij herinnerde zich een Oog die twee jaar geleden op bezoek was. Hij had een terugkerende droom over haar waarin ze hem vroeg een vuiltje uit haar oog te halen. Hij had moeder Maria gevraagd haar als zijn hemelse echtgenote aan hem te schenken. Het probleem was dat hij niet wist hoe ze heette.

Verrast door de vijandigheid in de stem van zijn baas, antwoordde luitenant Dagomin: 'Het was maar een vraag, majoor.'

'Het is logisch dat een soldaat aan andere soldaten denkt als mogelijke huwelijkskandidaat, maar we hebben nog een lange weg te gaan voor we die stap mogen nemen.'

'Majoor, daar dacht ik helemaal niet aan,' zei luitenant Dagomin schaapachtig.

'Zeg dat maar wanneer je weer een natte droom hebt gehad, luitenant.'

Er werd zelden over seks gesproken en luitenant Dagomin wist niet zeker of het niet de bedoeling van zijn meerdere was hem in moeilijkheden te brengen. Hij boog zijn hoofd en hoopte dat zijn baas niet had geprobeerd hem in de val te lokken. Sergeant Kabalega keek hem van opzij aan en grinnikte.

Het schoot majoor Azizima te binnen dat brigadier Balo hem twee weken geleden had meegenomen op een ommetje onder de bomen aan de rand van het kamp. De zon begon onder te gaan en legde een zachte glans over de bladeren en de heuvels in de verte. Toen ze alleen waren, zei de brigadier: 'Er zijn plannen om nog een eenheid tuchtbewakers op te zetten. Dit keer uitsluitend jongens. Denk erover na. Het is nog geheim.'

Majoor Azizima onthulde het geheim als middel om zijn superioriteit te benadrukken.

'Zou de brigadier willen dat wij bij de nieuwe groep komen?' vroeg sergeant Kabalega.

'Weet je wel wat dat inhoudt? Het betekent regelmatig tussen Oeganda en Soedan heen en weer trekken. Op elke tocht honderden kilometers lopen. Kun je dat wel aan?' plaagde luitenant Dagomin.

Sergeant Kabalega besloot op een ander onderwerp over te gaan. 'Zijn de Ogen echt de dochters van de generalissimo?'

'Natuurlijk,' antwoordde luitenant Dagomin. 'Maar ze zijn alleen voor brigadiers, generaals en andere hoge pieten. Niet voor opa's uit de bush.'

Op dat moment hoorden ze stemmen naderbij komen. Majoor Azizima hoorde een vrouw zeggen: 'Ze zeggen dat de rebellen de mensen hun oren afsnijden. Maar wie weet zijn het agenten van de regering die proberen hun vijanden zwart te maken?'

'Waarom zouden die zich tot zoiets verlagen?'

'De wegen van de politiek zijn ondoorgrondelijk. Trouwens, kun jij me vertellen waarom deze oorlog nog niet is afgelopen? Weet jij waarom een regering, die prat gaat op een groot leger met vliegtuigen en tanks, niet een stel snotapen met ongewassen piemeltjes kan verslaan?'

'Wat een taal. Mijn trommelvliezen doen er pijn van.'

'Ik noem de dingen graag bij hun naam.'

'Beweer je soms ook dat agenten van de regering die nederzetting hebben platgebrand en vier mensen hebben verwond?'

'Dat heb ik niet gezegd.'

'Wat zei je dan wel?'

'Dat het snotapen met...'

'Niet nog een keer, alsjeblieft!'

Ondertussen waren de twee in de tang van de hinderlaag gelopen. Op een teken van hun aanvoerder doken de jongens uit het struikgewas op en riepen de vrouwen een halt toe. Ze reageerden met gegil, lieten hun jerrycans vallen en gingen ervandoor. Tevergeefs. Ze werden moeiteloos gegrepen en op de grond gegooid.

Majoor Azizima duwde de struiken opzij en stapte het pad op. Hij stond daar met zijn handen in zijn zij en bekeek de gevangenen met een lege blik, die niets verraadde van de storm die in hem woedde. De ogen van de vrouwen, groot van angst, verhoogden zijn besef van de macht waarmee hij door de Heilige Geest, de generalissimo en brigadier Balo was bekleed.

Uiteindelijk vroeg hij: 'Wie zei dat we ongewassen piemeltjes hebben?' Hij zag hoe de vrouwen elkaar aankeken; de een bang om de ander aan te geven voor een straf waarvan vaststond dat hij wreed zou zijn. Een van hen ademde zwaar, als een machine die lucht opslokt. Die aanblik rakelde een verdorven vuur in hem op. Hij voelde dat de duivel het aanwakkerde en zijn gezonde verstand wilde benevelen. Hij voelde dat hij snel moest handelen om het te blussen. Hij gaf luitenant Dagomin een teken, waarop die zijn mes trok en op het duo af sprong.

'Ik heb het gezegd.' De kalmste van de twee, die met het hoge voorhoofd, hief haar hand op en begon te huilen.

Majoor Azizima voelde kille spijt door hem heen vlijmen. Soldaten mochten hun slachtoffers niet verkrachten, ook al vonden ze het een passende straf. Overtreding van die regel werd automatisch bestraft met amputatie van de linkerarm bij de elleboog, de zogenaamde 'korte mouw'. Een tweede overtreding leverde de dader nog een 'korte mouw' op.

De ernst van de straf ontnuchterde hem en hij zei: 'Zeg me wie me heeft verraden. Nu.'

'We weten niet wat u bedoelt, meneer. We weten het niet,' jammerden de vrouwen samen in koor.

Hoewel hij wist dat kinderen verstokte leugenaars waren, zei hij: 'Ik zal jullie geen kwaad doen. Vertel me alleen wat ik wil weten.'

'We spreken de waarheid, meneer,' smeekten de vrouwen. Majoor Azizima's blik bleef rusten op die ogen, wel zo groot als avocado's.

'Vertel me waar jullie wonen, dan klop ik bij jullie aan wanneer ik inlichtingen nodig heb,' hoorde hij zichzelf zeggen. Een vreemde mildheid stroomde door hem heen. Hij wilde dit ogenblik eindeloos rekken. Hij wilde dat het gouden licht dat door de bomen viel altijd bleef schijnen. Niettemin wist hij dat iemand die sfeer onherroepelijk zou komen bederven.

'Onze mannen...'

Het speet hem dat de vrouwen niet genoeg gezond verstand hadden om die mannetjes van ze erbuiten te houden. Hij dacht: hebben jullie dan nooit de levensbelangrijke kunst van verzwijgen geleerd? Hij was ervan overtuigd dat dit een van de uitzonderlijke gevallen was waarin verkrachting een terechte en passende straf zou zijn geweest, die had gediend om te laten zien dat hij sterker was dan alle mannelijke kinderen van de streek. Maar hij wist hoezeer verkrachting een doorn in het oog van de Heilige Geest was.

Met schaamte over de milddadigheid die hem was overvallen, besloot hij een eind aan de ontmoeting te maken.

'Soldaten van de Geest,' zei hij zich tot zijn jongens wendend, 'ik geloof dat we twee gloednieuwe radio's hebben gevonden.'

'Ja, majoor,' zei luitenant Dagomin en hij stapte naar voren. Lichtstralen speelden op het mes in zijn hand. Met grote voortvarendheid en uiterst vaste hand nam hij het oor van de eerste vrouw. Het was alsof het bos huiverde van het bloedstollende gillen dat erop volgde. Hij gooide het lichaamsdeel in het gras achter zich. Lichtbogen dansten door de lucht toen hij de afwerende arm van de tweede vrouw met het handvat wegsloeg. Ten slotte sneed hij haar oor af en smeet het weg. Het daaropvolgende gekrijs leek de apen en de vogels te verstommen.

'Jullie kunnen je oor oprapen en vertrekken,' zei majoor Azizima tegen de vrouwen. Hij was trots dat hij de aanval van de duivel had afgeslagen en een dubbele overwinning had weten te boeken.

Hij wendde zich naar de luitenant en zei: 'Goed werk. Brigadier Balo zal tevreden zijn.'

'Bedankt, majoor,' zei de jongen die in de houding stond met het mes op de naad van zijn broek.

'Je kunt het mes schoonmaken.'

'Ja, majoor.'

'Sergeant. Vul een van die jerrycans.'

Majoor Azizima keek hoe de jongen een gele jerrycan uit het gras oppakte en ermee naar de vijver achter een groep hoge bomen liep. Hij hoefde er niet bij te zijn om te weten dat het oppervlak helder was als glas en de boomstammen zich er zachtjes deinend in weerspiegelden.

Sergeant Kabalega nam de jerrycan op zijn schouder en ze gingen op weg naar het vervallen huis.

TEGEN HET EINDE van de schooldag hoorden ze het nieuws van de verminkingen. Beeda zat onder een boom tegenover het lege voetbalveld schoolwerk na te kijken. Zo nu en dan viel zijn oog op de schitterende welving van de heuvels, die zich scherp tegen de hemel aftekenden – het gaf hem een gevoel van trots dat hij deel uitmaakte van zo'n tijdloos landschap. Het herinnerde hem eraan dat hij, voor de rebellen de koffers hadden gestolen en het schooljaar hadden opgebroken, Musa had uitgenodigd om op bezoek te komen. Het was een van de dingen die moesten wachten tot de situatie was verbeterd.

Halverwege zijn werk zag hij een adelaar die hing te bidden boven de dichtstbijzijnde heuvel voor hij zich omlaag stortte en verdween. Het beeld bleef steeds bij hem terugkomen.

Beeda voelde zich goed, want eerder op de dag waren mannen een stalen deur komen installeren. Zijn moeder had hem in de pauze naar huis gestuurd om te zien of het werk naar behoren werd uitgevoerd. Hij was weggegaan met de gedachte dat de rebellen konden beuken wat ze wilden, maar die deur niet uit zijn hengsels zouden krijgen.

Als een bonenscheut die uit de aarde opschoot, kwam het begin van de vorige dag weer bij hem boven. Hij dacht terug aan de kou en de zware dauw, aan zijn verbazing dat hij toch nog had geslapen. Hij herinnerde zich dat hij wakker was geschrokken als iemand die uit bed was geduwd. Het eerste wat hem opviel was de afwezigheid van meneer Oryang. Angst, eerder de sluimerende dan nieuwe, schoot door hem heen. Maar die ging uiteindelijk over in een gevoel van bewondering, want alleen een heel moedig man kon zo vroeg op pad gaan.

Hij herinnerde zich hoe schoorvoetend ze het huis waren binnengegaan, alsof majoor Azizima nog achter de deur kon zitten. Daarna verliep alles in hoog tempo: ze hadden alle ramen en deuren opengezet om de stank te verdrijven, de glasscherven in de latrine gegooid, alle vloeren gedweild en de meubels weer op hun plaats gezet. Toen ze ermee klaar waren stond het zweet op hun rug, maar hadden ze het voldane gevoel dat ze met dit ritueel de geest van majoor Azizima het huis uit hadden gejaagd.

Aan het ontbijt zei mevrouw Ogema: 'Meneer Oryang zegt dat we wat er gisternacht is gebeurd voor onszelf moeten houden. Rebellen hebben er een hekel aan als hun fiasco's worden rondgebazuind.'

'Ik was ook niet van plan het iemand te vertellen,' zei Beeda en bedacht dat hij, op juffrouw Alaso na, helemaal geen zin had om met wie dan ook te praten.

'Mooi zo. We moeten aan de veiligheid van onze onderwijzers en leerlingen denken.'

'Weet ik,' zei hij en hoopte dat ze zou terugblikken op haar trip naar Fort Magogo en hem vertellen hoe het gegaan was. Maar ze begon over de dag die voor hen lag en het aanbrengen van een stalen deur. Beeda herinnerde zich dat hij haar ooit een gevangene van haar opvoeding had gevonden; ze maakte liever geen slapende honden wakker.

Vlak voordat ze naar de school zouden gaan, was iemand komen vertellen over de aanval op de nederzetting van de ontheemden. Het was een nogal zinloze daad, maar onderhand verwachtten ze van majoor Azizima niet anders.

Normaal zou mevrouw Ogema meteen een stel leerlingen hebben aangewezen om bij de herbouw van de hutten te gaan helpen, maar deze keer zag ze ervan af. Ze wilde het leven van geen van haar leerlingen in gevaar brengen.

Aan het eind van de lunchpauze was Beeda juffrouw Alaso tegengekomen.

'Is er een speciale reden dat je nog steeds dezelfde kleren draagt, prins?'

'Dat is een lang verhaal, juffrouw So.'

'Moet ik eruit opmaken dat je indruk op me probeert te maken?'

Beeda had geen zin om in het bijzijn van anderen over de inbraak te praten. Ze stonden voor het klassengebouw en overal om hen heen waren rennende en gillende kinderen. De zon, die over alles een harde glans had gelegd, scheen zijn wilskracht te ondermijnen. Hij wilde alleen over de gebeurtenissen praten in een intiemere omgeving, waar hij haar reacties goed op zich kon laten inwerken. 'Wie zou ik anders op het oog hebben?'

Er verscheen een brede glimlach op juffrouw Alaso's gezicht. Beeda wilde dat ogenblik vasthouden, ook al was het door leugenachtigheid verkregen. 'Dat kan ik niet genoeg uit jouw mond horen.'

'Maak je geen zorgen. De komende maanden zal ik het nog veel vaker zeggen.'

Toen de brenger van het nieuws over de verminkingen er was, liet mevrouw Ogema Beeda halen. In de 'elektrische stoel' trof hij een jongeman aan die de echtgenoot van een van de slachtoffers bleek te zijn. Hij keek doodongelukkig en had tranen in zijn ogen.

'Ze zijn door de rebellen aangehouden en moesten gaan zitten, daarna vroegen ze hun wie hen had verraden.'

'Hoe kunnen ze van verraad te spreken, als ze zich op klaarlichte dag vertonen en schreeuwen alsof ze op een druk bezocht voetbalveld zijn?' Mevrouw Ogema zei het met een stem waarin Beeda kon horen dat ze bang was.

'Mijn vrouw en haar vriendin zeiden tegen hen dat ze niet wisten wat ze van hen wilden. En toen hebben ze hen een oor afgesneden.'

'Hoe is het met ze? Hebben ze al medische hulp gehad?'

'Ik heb ze naar de Duitse kliniek gebracht. De wonden zullen wel genezen. Maar ze zijn doodsbang. Ze willen geen nacht langer in dit district blijven. Ze nemen het de districts-commandant kwalijk dat hij hen aan hun lot overlaat.'

Beeda dacht: het leven van meneer Oryang is in gevaar, maar hij slaat niet op de vlucht. Hij moest er niet aan denken wat er zou kunnen gebeuren als hij om zou komen. Hij vond het vreemd dat meneer Oryang nooit over zijn kinderen sprak. Waren ze dood? Hij dacht aan de angst die Agoolu en de andere ontheemden moesten hebben gehad toen ze hun hutten zagen afbranden. Hij nam het niemand kwalijk als ze de benen wilden nemen.

'We wachten allemaal op maatregelen van de commandant,' zei mevrouw Ogema.

Beeda kende de twee slachtoffers goed. Ze waren in de twintig, net als juffrouw Alaso. Hij zou willen dat die een veilig heenkomen zocht en er zou wachten tot de situatie minder bedreigend was. Hij kon haar dan af en toe opzoeken om wat geld te brengen. Hij zou haar verschrikkelijk missen, maar dat moest hij er maar voor over hebben. Hij droomde zo over die mogelijkheid weg dat hij opschrok van de stem van de jongeman. Hij hoorde hem zeggen: 'Ik moet nu gaan. Ik moet mijn vrouw in veiligheid brengen.'

De jongeman verliet het kantoor met de tred van een oude man. Dat deed hem denken aan de adelaar die hij uit de lucht had zien vallen.

'Had meneer Oryang niet gezegd dat de commandant had beloofd iets te doen?'

'Zeker,' antwoordde mevrouw Ogema, terwijl ze uit het raam staarde. Beeda volgde haar blik. De zon ging onder en hij zag een stel vogels boven de heuvels cirkelen. Hij vond het net stukjes houtskool die op blauwachtig water dreven.

Na een tijdje maakte ze haar blik van het landschap los, keek hem aan en zei: 'Ik denk dat het hoog tijd is dat jij naar Fort Magogo gaat om wat beddengoed voor ons en kleren voor jezelf te kopen. Ik zal van de gelegenheid gebruikmaken om je bij het regionaal Onderwijsbureau langs te sturen voor wat schoolbenodigdheden.'

'Wanneer kan ik erheen?' zei Beeda ineens heel opgetogen. Hij wou dat hij juffrouw Alaso kon meenemen en een hele dag met haar kon doorbrengen.

'We kunnen niet tot het weekend wachten. Je moet overmorgen maar gaan.'

Beeda was lang niet in Fort Magogo geweest en het vooruitzicht van een bezoek deed hem goed. Hij keek ernaar uit om een dag in een stad te zijn die niet onder het conflict te lijden had. Een paar uur lang zou hij iemand zijn die als grootste zorg had hoe hij het beste moest kiezen uit de waren die in de winkels lagen uitgestald.

Er werd hard op de deur geklopt. Juffrouw Adongo kwam binnen met de boodschap dat de districtscommandant op de handelspost was.

Beeda haastte zich het kantoor uit, bracht de stoel en de schriften terug naar de klas en vertrok.

Er had zich al veel volk voor de winkels verzameld. Het vulde de lucht met verwachtingsvol geroezemoes. De aanwezigheid van een tiental soldaten, van wie twee met roffeltrommen, droeg bij aan de algemene vrolijkheid. Het was eeuwen geleden dat Beeda soldaten met muziekinstrumenten had gezien. Hij vond het jammer dat de commandant niet een hele drumband had meegebracht.

De commandant, een kleine man van onbestemde leeftijd, stond op een tafel de menigte toe te spreken. Hij onderstreepte zijn woorden met stijve handgebaren. Uit wat hij zei maakte Beeda op dat hij het startsein kwam geven voor een campagne die de mensen een hart onder de riem moest steken. Hij erkende dat de grote meerderheid achter de regering stond en beloofde die te steunen tot de rebellen verpletterd waren.

'We zullen ze tot stof vermalen. Fijn stof,' zei hij, terwijl hij telkens weer met zijn linkervuist in de palm van zijn rechterhand sloeg, en na elke klap lieten de trommels een roffel horen.

De mensen luisterden aandachtig, zonder gejuich of onderbrekingen, alsof ze erop gespitst waren hem op leugens of tegenstrijdigheden te betrappen. Hij wees hen op de recente overwinningen van de regering op de rebellen. Hij gaf zelfs cijfers over het aantal gedode, gevangen en heropgevoede rebellen. Met majoor Azizima in de buurt, werd er maar door een enkeling gejuicht.

'Ik heb vernomen wat hier gisternacht heeft plaatsgevonden. Velen onder u hebben buiten moeten slapen omdat hun huizen waren platgebrand. Houd moed. De president van de republiek staat achter u. Ook ik sta achter u. Ik wil u verzekeren dat dergelijke schandalige minachting voor het leven en de eigendommen van het volk niet wordt getolereerd.'

Beeda keek naar de gezichten van de ontheemden. Die bleven ijzig. Hij wist dat alleen de voorganger van de Kerk van Overvloedige Zegen in Christus in staat zou zijn een vonk in die ogen te ontsteken en die gelaatsspieren met emotie te bezielen. Onder zijn leiding zouden ze over de vloer rollen, zich de haren uit het hoofd trekken en hun leed uitschreeuwen. Tot slot zou hij hun de hand opleggen, onbegrijpelijke woorden uitkramen en hen voor genezen verklaren.

De commandant beloofde, vuist in handpalm stampend, veiligheid te verschaffen en vroeg de menigte te melden waar de rebellen zich ophielden.

'Ze zijn hier,' schreeuwde iemand, waardoor er opschudding ontstond die bijna op wilde paniek uitliep. 'Vanmorgen hebben ze de oren van twee mensen afgesneden.'

'Beste mensen,' zei de commandant, 'vooral kalm blijven. Wie het hoofd koel houdt komt erdoorheen. Dat zijn de mensen die eerst denken voordat ze iets doen.'

De bijeenkomst eindigde met een mars van de soldaten door de omgeving. Beeda ging niet achter hen aan. Hij vond het genoeg om naar de trommels te luisteren, die een monotoon marsritme speelden. Hij miste de trompet, die iets van werkelijke dreiging aan de muziek zou hebben toegevoegd. Hij stelde zich voor dat majoor Azizima in paniek op de soldaten zou gaan schieten, de trommelaars zou doden en verscheidene anderen zou verwonden. De daaropvolgende klopjacht zou in het district maandenlang het gesprek van de dag zijn.

Geleidelijk aan dropen de mensen af en gingen naar huis. Ze zagen er teleurgesteld uit. De algemene opwinding was weggeëbd en de angst voor de rebellen had zich opnieuw in hun hart genesteld. Sommigen hoorde hij mopperen dat de commandant niet goed bij zijn hoofd was.

'Hoe kan een zinnig mens maar twee trommels meebrengen?' hoorde hij iemand zeggen.

Terwijl het beest uit zijn hol begon te kruipen, liep Beeda terug naar school.

Bij de bocht wachtte hem een verrassing. Een paar soldaten hadden een wegversperring opgezet.

Thuis maakte een tweede verrassing zijn dag helemaal goed. Zijn moeder gaf hem een brief die eruitzag alsof hij door vele handen was gegaan. Hij herkende Musa's handschrift onmiddellijk. Hij nam de brief mee naar zijn kamer, scheurde de envelop open en begon te lezen. Hij stelde zich voor dat zijn vriend op een rechte stoel tegen hem zat te praten:

'Assalam aleikum, katholieke hadji.'

'Waaleikum salaam, moslim hadji.'

'Ik hoop dat je deze brief ontvangt en laat het me alsjeblieft weten wanneer dat zo is. Ik heb je al vaker brieven gestuurd, meegegeven aan de chauffeur van de witte bus, zoals je me had aangeraden, maar nooit antwoord gekregen. Allah sta me bij, maar ik weet niet wat ik ervan moet denken.'

Beeda zei onwillekeurig: 'Je hoeft je niet ongerust te maken. We zijn gezond en denken aan je.'

'Mijn moeder doet je de hartelijke groeten. Ze blijft me maar achter mijn vodden zitten dat ik je moet schrijven, ook al heb ik niets op mijn vorige brieven gehoord. Ik kan gelukkig zeggen dat ze in goede gezondheid verkeert. En als je besluit om een tijdlang uit te puffen van je zorgen over rebellenaanvallen, dan kun je altijd bij ons terecht. En als je komt, zeg haar dan alsjeblieft dat ze me niet meer aan mijn kop moet zeuren over koken. Het lijkt wel of er een barst in haar plaat zit en als ze niet mijn moeder was, zou ik haar mond dichtplakken.'

Beeda maakte meelevende geluiden.

'Ik heb het gevoel dat je denkt dat ik naar een andere school ben gegaan. Ik kan het je niet kwalijk nemen, ik zou hetzelfde hebben gedacht. Maar ik moet je uit de droom helpen. We hadden er geen geld voor. Ik begin me zorgen te maken dat mijn vader me misschien niet eens meer naar Pamvara kan terugsturen, met alle gevolgen van dien. Onvoorstelbaar toch, dat ons land een advocaat met mijn capaciteiten zou verliezen door geldgebrek? Terwijl het krioelt van de misdadigers!'

Beeda barstte in lachen uit. Dat was typisch Musa Kawanda. Hij had bewondering voor zoveel plichtsgevoel.

'Vandaar dat ik heb besloten zelf wat geld bij elkaar te scharrelen. Een neef van me met een winkel in Kampala heeft me als loopjongen aangenomen. Ik hol de hele dag door de stad om klanten met schulden te vragen over de brug te komen of om koopwaar bij pakhuizen op te halen. Ik heb ook de fantastische taak om zijn lunch te verzorgen en boodschappen naar zijn meisjes te brengen.'

Beeda zag de vrouwen al achterdochtig naar zijn vriend kijken en moest bijna lachen. Hij hoopte dat Musa een beetje bescheidenheid en doorzettingsvermogen aan zijn beproevingen zou overhouden.

'De stad breidt zich met de dag uit. Het wordt er ook verdomd vol. De straten raken verstopt van het verkeer. Er rijden duizenden motortaxi's rond en maar weinige houden zich aan de regels. Ze komen van alle kanten op je af en dreigen je ballen te vermorzelen. Echt, we bevinden ons hier in levensgevaar.'

Beeda schoot in de lach en moest zo hard lachen dat de tranen in zijn ogen sprongen.

'Mijn vrijetijdsbesteding stelt geen barst voor. De afgelopen twee maanden heb ik geen toneelstuk of film gezien. Ik heb geen geld voor zulke luxe uitjes. Je kunt het geloven of niet, maar ik sterf letterlijk van de armoe. En ondanks al mijn praatjes heb ik nog geen meisje aan de haak weten te slaan. De enige beschikbare meisjes doen het voor hun beroep en ik heb een hekel aan betalen. Ik wil je niet vervelen met de treurige details van mijn leven. Maar goed, ik heb het gevoel dat het deze brief toch net zo zal vergaan als al die andere.'

Beeda las de brief een paar keer over. Wat zou hij graag met zijn vriend in de stad zijn om nieuwtjes uit te wisselen, naar de film te gaan en naar al die mensen te kijken!

In de uren voor hij naar bed ging overdacht hij de brief. Hij was blij dat Musa's moeder nog steeds zo'n hoge pet van hem op had. Hij keek uit naar de dag dat hij haar weer zou zien. Hij wilde haar vragen naar de jaren zeventig, de gouden tijd voor de familie, toen haar man directeur van een glasfabriek was. In zijn sombere momenten zei Musa: 'Hoe krijgt iemand het voor elkaar om een hele fabriek met al zijn personeel te verliezen! De klootzak heeft alles door het tuig laten plunderen toen Amin ten val kwam. Nu heb ik een kleine sjacheraar als vader, katholieke hadji.'

Doorgaans wilde Beeda niet nadenken over de stad of andere plekken waar vrede heerste. Gedachten aan vrijheid maakten een rusteloos verlangen naar zijn eigen vrijheid in hem los. Mensen buiten de gevarenzone die geen gebruik maakten van de beschikbare mogelijkheden vervulden hem met woede. Hij had geen goed woord voor hen over omdat ze niet beseften hoe rijk ze eigenlijk waren.

Hij lag in bed en zijn hoofd liep om van alles wat hij Musa wilde vertellen. Hij had een hekel aan brieven schrijven. Voor hem was de kloof tussen spontane gedachten en de kille woorden op papier onoverbrugbaar. Veel van zijn gevoelens hadden de neiging in dat niemandsland te verdwalen. Als hij een pen pakte, droogden zijn woorden op, raakten zijn emoties verlamd en schreef hij maar een paar zinnen in plaats van de vellen vol die hij in zich voelde borrelen.

Hij wist dat Musa graag iets over majoor Azizima zou willen horen. 'We zijn samen opgegroeid, moet je weten,' hoorde hij zichzelf tegen zijn vriend zeggen. 'We speelden vaak met elkaar en sliepen in één bed als het zo uitkwam. De dagen dat zijn moeder hem en zijn twee zusjes bij ons te logeren bracht, waren heel opwindend. Ik wilde later zelfs met een van zijn zusjes trouwen. Nu maakt hij onze streek onveilig en snijdt oren af. Iedereen zit in de rats. Moeder probeert haar angst te verbergen. Ze is zo bang dat ze niet meer aan haar boeken toekomt. Als de man in huis vrees ik de dag dat de majoor het met mij komt uitvechten. Maar niet alles is kommer en kwel. Soms lukt het ons om alle ellende uit ons hoofd te zetten.'

'Ik begrijp het, kerel. Zorg alleen dat ze je ballen er niet af schieten. Je hebt geen reservestel.'

Beeda's indruk dat zijn vriend luisterde vervaagde en uiteindelijk besloot hij hem een ansichtkaart te sturen. De woorden klonken in zijn hoofd: 'Beste Musa, Bedankt voor je brief. Sorry, ik heb de andere nooit ontvangen. Ik was geroerd door de bezorgdheid van je moeder. Zeg haar dat ik ook aan haar denk. Ik vind het rot dat je niet naar een andere school kunt. Bid vurig dat die in Pamvara weer snel opengaat. Als dat gebeurt, komt het geld ook wel en kunnen we allebei verder met onze toekomstplannen. Gelukkig laten de rebellen ons hier nog redelijk met rust. Denk daar maar aan als je ploetert in je lawaai-stad. Hartelijke groeten, Beeda.'

De woorden bevielen hem en hij viel in slaap terwijl het tafereel van zijn weerzien met Musa door zijn hoofd speelde.

De dag van zijn vertrek brak sneller aan dan hij had verwacht. De nacht ervoor kon hij niet in slaap komen. Het spookte maar door zijn hoofd dat de rebellen hen zouden overvallen om geld te eisen. Hij zag hoe majoor Azizima hem geselde om hem te laten zeggen waar het geld was. Hij geselde zo hard dat hij niet meer kon praten. Hij bleef hem tergen: 'Je bent verdoemd. Waarom sluit je je niet bij ons aan om een stoel in de hemel te verdienen? Wil je de Heilige Geest dan niet zien?'

Het geluid van zijn moeders gesnurk irriteerde hem. Hij wou dat hij haar wakker kon maken om zijn eenzaamheid met haar te delen.

Op het toppunt van zijn ellende kwam juffrouw Alaso naar zijn bed. Ze deed haar kleren uit en zei tegen hem dat hij mocht doen wat hij wilde. De weelde van haar naaktheid overweldigde hem tot schreeuwens toe. De lichte, zeurende vermoeidheid die erop volgde, nam echter niet de dode last van de slapeloosheid van zijn schouders. Hij lag op zijn rug en zijn gedachten schoten alle kanten op. Op het laatst nam hij zijn toevlucht tot de koran en fluisterde zo vaak 'Alhamdoulillah rabil-alamin, alhamdoulillah rabil-alamin' dat hij uiteindelijk in slaap viel.

Hij versliep zich en zijn moeder maakte hem wakker met een mok koffie. Dikke mist sloot alles buiten achter een grijs gordijn. De ruiten waren beslagen. Terwijl hij zijn koffie dronk speelde hij met de fantasie om die dag met juffrouw Alaso in bed door te brengen.

Daarna maakte hij zich klaar voor het vertrek, telde het geld na en bestudeerde nog één keer de lijst met boodschappen. Hij stopte de brief aan de directeur van het regionaal Onderwijsbureau in zijn tas en zei zijn moeder gedag.

Hij had het vreemde gevoel dat hij door een meer van pap waadde. Van de kou die uit de troebele lucht vlaagde, begonnen zijn ogen te tranen en zijn tanden te klapperen. De vogels, die diep in de mist zongen en de apen, die in de verte lachten, klonken heel dichtbij. Het was alsof hij zijn hand maar hoefde uit te steken om ze uit de bomen te plukken als hij dat wilde. De eindeloze echo's, die hem intrigeerden door hun volle klank en waarvan de melodie zich in zijn geheugen vastzette, gaven hem de gewaarwording dat hij naar een kracht toe zweefde die de huizen en al het andere dat hij gewoonlijk 's morgens zag, had weggevaagd.

Bij de wegversperring werd hij door een van de soldaten aangehouden. Die stond met zijn regenjas los om zich heen, zijn ogen verscholen achter de klep van zijn pet en zijn handen diep in zijn zakken gestoken. Beeda had de indruk dat hij door een hongerig roofdier werd gemonsterd. Hij voelde zijn zelfvertrouwen afbrokkelen, ook al had hij niets gedaan waarvoor hij verdiende te worden verslonden.

Terwijl hij de hem toegebeten vragen beantwoordde, elke ademstoot gevolgd door een wolkje mist, dacht hij onwillekeurig aan het noorden, bij de grens van Soedan, waar soldaten zoals deze naar men zei hardhandig optraden als ze rebellenaanhangers zochten, verdachten soms in kuilen vol rook stopten, of eerst schoten en dan pas vragen stelden. Hij voelde zich over al zijn ledematen slap worden van angst, als een dier dat overweldigd zal worden.

De soldaat haalde zijn handen uit zijn zakken en controleerde zijn tas zorgvuldig. Toen hij niets verdachts vond, beval hij hem door te lopen. Beeda's handen trilden toen hij zijn tas oppakte. Met een stijf gevoel in zijn benen liep hij weg. Hij begreep niet waarom hij zich zo had laten intimideren.

Bij de bushalte zag hij mensen in kleine groepjes staan. Sommigen spraken op gedempte toon met elkaar; anderen rookten of hulden zich in gedachten die even ondoordringbaar waren als de ochtendmist. Hij begroette het groepje naast hem en wachtte.

Lang voordat de bus uit de mist opdook was het geronk van de motor te horen. Meteen pakten mensen hun bagage bij elkaar en rekten zich uit. Toen de bus verscheen ontstond er enig gedrang. De reizigers dromden rond de deur, de twee geiten in hun midden blèrden toen ze in de verdrukking kwamen. Iemand vloekte omdat hij aan een hoorn bleef haken. Beeda koesterde de fantasie dat hij in rook veranderde en door het raam naar binnen zou kunnen.

Tot zijn grote verrassing stuurde de chauffeur zijn conducteur naar hem toe om hem een plaatsje bij de bestuurderscabine te geven. Hij was er blij mee, maar moest onwillekeurig denken aan de brieven die de chauffeur was kwijtgeraakt.

Was die plaats een indirecte verontschuldiging of het resultaat van zijn moeders invloed?

Aan het begin van de reis keek Beeda vol belangstelling naar de chauffeur, onder de indruk van de behendigheid waarmee hij zijn machine bediende. Het gezicht van de man straalde zo'n oprechte trots uit dat hij hem wilde vragen wat er zo bijzonder was aan het besturen van een bus. Maar na enige overweging bedacht hij dat de man waarschijnlijk trots was de levensader te zijn naar de stad, de motor van handel, gezondheidszorg en communicatie.

Door de dikke mist die maar langzaam overging in lichte nevel, beleefde Beeda weinig plezier aan de tocht. Zijn favoriete bomen bleven verborgen achter de dichte grijze muur en de zon liet zich niet zien. Het weer maakte zelfs de angst voor een aanval op de bus in hem wakker. Om de andere week gingen er geruchten dat de rebellen hadden gezworen hem op te blazen. Gelukkig was er nooit iets gebeurd. Maar wat lette hun om gebruik te maken van deze omstandigheden?

Midden in het oerwoud was een wegversperring, waar iedereen moest uitstappen en zich in een rij opstellen met zijn identiteitspapieren in de hand en de bagage aan de voeten. Van alle passagiers was er maar één die zich niet kon identificeren. Hij droeg een verschoten spijkerbroek, een wit overhemd, canvas schoenen en een pet. Beeda kon de woordenwisseling tussen de man en de twee soldaten horen.

'Hoe heet je?'

'Oeganda.'

'Waar kom je vandaan?'

'Oeganda.'

'Waar moet je naartoe?'

'Oeganda.'

De soldaten wisten kennelijk niet wat ze met hem aan moesten. Ze hielden hem voor verdere ondervraging vast, waardoor Beeda moest denken aan wat er met zijn vader was gebeurd. Vol angst en weerzin wendde hij zich van de man en de soldaten af. Hij was blij toen de bus weer vertrok. Hij dacht almaar: Stel dat de soldaten geen bevredigende antwoorden uit de man krijgen? Stel dat hij alleen op de wereld is?

Beeda werd van zijn sombere gedachten afgeleid door de slappe, kalebasvormige borsten die hij twee vrouwen in de mond van hun baby's had zien duwen toen hij weer in de bus stapte. Hij had weggekeken, ineens bang dat de borsten van juffrouw Alaso misschien even futloos en onaantrekkelijk zouden zijn. Nu het geluid van huilende zuigelingen tot hem doordrong, kwamen die beelden terug. 'De koe' zei tegen hem: 'Moeders dienen hun kinderen twee volle jaren te zogen.' Hij dacht telkens: als een vrouw met tien kinderen elk ervan twee jaar lang zoogt, dan betekent dat twintig jaar borstvoeding. Omgerekend in dagen: twintig maal driehonderdvijfenzestig is...

Tegen de middag gluurde de zon tussen de wolken door. Rond de tijd dat ze in Fort Magogo aankwamen scheen overal de zon.

Fort Magogo was een provinciestadje aan de voet van een paar grote heuvels. De ruïnes van het oude Britse fort, met een hemelwaarts gericht kanon, leken in de lucht te zweven. Voor Beeda leek het alsof de hele vesting ieder moment omlaag kon storten en de halve stad verpletteren. Maar hij wist dat het al meer dan een eeuw op zijn plaats stond.

Tegenover het fort lag het complex van het districtsbestuur, een groep lage gebouwen met zachtbruine muren. De katholieke kerk, van rode baksteen die tot een vale tint was verweerd, stond op de volgende heuvel. Beeda's moeder had hem verteld dat de kerk geen toren had, omdat de Britten niet hadden gewild dat er een gebouw boven het fort uitstak.

Beeda stapte uit de bus en begaf zich tussen de mensen op straat. Hij voelde zich uit de toon vallen. Ze liepen rustig en spraken met elegante omhaal, als zorgeloze mensen, waardoor de zorgen in zijn hoofd naar de oppervlakte borrelden. Zijn voornaamste troost was de aanblik van de witte vuilbomen die langs de hoofdstraat en voor veel gebouwen stonden. Hij was nieuwsgierig waarom die boom hier zo overheersend was, maar wilde het niet vragen. Hij bedacht dat de Britten die beplanting om de een of andere reden hadden opgelegd.

Muziek schetterde uit speakers die aan winkelpuien hingen, de overwegend Kongolese muziek van voorheen was vervangen door Oegandese pop, niet echt zijn smaak.

Onderweg naar het postkantoor probeerde hij de muziek uit te bannen. Het postkantoor was gevestigd in een klein gebouw met een rood dak. Er was één beambte die alle zaken afhandelde.

Beeda kocht een ansichtkaart met de ruïne van het fort en een postzegel. Hij ging op de veranda zitten en schreef de woorden op die hij de avond tevoren had bedacht. Hij las de tekst twee keer na en bekeek de zegel met de kop van de Engelse koningin toen ze nog een jonge vrouw met bolle wangen was. Als Musa geen vrouw kon vinden om mee te praten, moest hij dat maar met het Engelse staatshoofd doen. Hij zou haar zeker verkiezen boven de eeuwige favorieten van de postzegelmakers: de leeuw, olifant, buffel, neushoorn en zilverruggorilla. Met een vaag glimlachje om zijn mond stopte Beeda de kaart in de postzak en liep naar de stoffenwinkels.

Hij was twee uur lang bezig met afdingen en kopen van beddengoed, kleren en een paar andere dingen. De meeste winkels lagen vol Chinese producten van bedenkelijke kwaliteit.

Hij kon het gevoel niet van zich af zetten dat majoor Azizima hem overal volgde en lachte om de onbenulligheid van zijn bezigheden. Die inbreuk, hoe bescheiden ook, dreigde zijn humeur te bederven en dat probeerde hij te voorkomen door over China als de nieuwe gigant op de importmarkten in Afrika te denken. Het kon hem weinig schelen waar iets vandaan kwam, zolang de kwaliteit maar goed was.

Hij verschilde van veel andere jongens op school die klaagden dat het land niet in staat was om goederen te produceren, terwijl ze nauwelijks in staat waren voor zichzelf te zorgen.

De meesten konden, net als Musa, niet koken. Hij had er min-achting voor en noemde hen in stilte baby's.

Tijdens het keuren van de stoffen stelde hij zich op een gege-ven moment voor dat juffrouw Alaso naast hem stond. Ze zei: 'Laat mij je eens helpen. Let op.' Hij zag hoe ze de artikelen bekeek, ze binnenstebuiten keerde om de etiketten en de stik-sels te beoordelen. Wanneer ze iets vond waarvan de kwaliteit haar beviel, begon ze met de verkoper af te dingen. De manier waarop ze het deed, gaf Beeda de indruk dat elke cent telde.

Hij werd uit zijn dagdroom gewekt door het geluid van ie-mand die herhaaldelijk kuchte.

Het hoogtepunt van zijn aankopen was een zaklantaarn voor juffrouw Alaso. De huls was hemelsblauw met een rode streep in het midden. Hij produceerde een harde, witte bun-del, waarvan hij hoopte dat die licht zou brengen in haar nachten. Hij zag zichzelf al op een donkere nacht in haar bed zitten, terwijl hij alle hoeken van de kamer bescheen en zei: 'Niet bang zijn. Kijk maar, er is daar niets.'

Laat in de middag, toen het stadslawaai op zijn hoogtepunt was, liep hij de heuvel op. Naarmate hij vorderde nam het ka-baal van de fietsbellen af.

Op zijn bestemming nam hij een paar minuten om op adem te komen en de nodige moed te verzamelen. Hij was wat be-ducht om gezagsdragers te ontmoeten die hij niet kende. Hij zette de eerste stappen in een vreemd kantoor altijd met het gevoel dat hij eruit gebonjourd zou worden.

Zonder moeite vond hij de directeur van het regionaal On-derwijsbureau, een grote man van wie thuis in de woonkamer een foto hing. Het stak hem dat hij dagelijks tegen het brede gezicht van deze man aankeek, terwijl zijn vader achter woor-den verscholen bleef. Hij onderdrukte zijn gevoelens en hield zijn blik op het kale hoofd van de man gericht, dat in het zach-te middaglicht glom als een spiegel. Hij overhandigde de brief, die de man onmiddellijk las met een starre uitdrukking op zijn platte gezicht. Met een knikje pakte hij een vel briefpapier en schreef een antwoord. Terwijl hij in een uiterst elegante hand, ongetwijfeld de vrucht van strenge, vroege discipline, aan het schrijven was, stelde hij een paar vragen over de school. Aan zijn luchtige toon was duidelijk te merken dat hij dat uit beleefdheid deed. Toch waardeerde Beeda het.

Hij verliet het kantoor met een goed gevoel en het antwoord op zak. Hij kwam niet in de verleiding het open te maken. De snelheid waarmee de man had gehandeld, wees op een positieve uitslag. Ambtenaren hadden de neiging om de hete brei heen te draaien wanneer ze slecht nieuws moesten brengen.

Hij bleef op het uitgestrekte plein staan en keek omhoog naar het oude fort, dat zachtjes leek te bewegen, alsof het door onzichtbare handen werd opgeduwd. Minutenlang deed hij zijn best de muren en de daken te reconstrueren. Het kanon intrigeerde hem: hoeveel tijd had het gekost om het naar boven te hijsen? En hoeveel man waren er aan te pas gekomen? Hij kon zich voorstellen dat het de bevelhebber een gevoel van macht had gegeven en het de toeschouwer ontzag had ingeboezemd. Hij liet het tot een pistool krimpen en zag zich ermee op majoor Azizima richten. Toen hij op het punt stond de trekker over te halen, smoorde zijn woede in schuldgevoel en verloor hij de moed. Beschaamd over zijn ingebakken angst, riep hij zichzelf snel tot de orde en liep omlaag naar het geluid van fietsbellen.

De reis naar huis verliep zonder voorvallen. Hij reed mee op een vrachtwagen, met zijn aankopen aan zijn voeten. Bij de wegversperring liet hij de kwitanties zien en maakte hij open wat de soldaten wilden inspecteren. De ingehouden dreiging van de vroege ochtend had plaatsgemaakt voor ingehouden vermoeidheid. Hij vond de soldaten net boksers die verlangden naar de bel.

Hij kwam thuis onder dekking van het donker.

MAJOOR AZIZIMA HAD de komst van de soldaten nogal smakeloos en de kleine mars door de omgeving een goedkope klucht gevonden. Op een gegeven moment waren ze vlak langs de boom gekomen waarin hij en de jongens zich hadden verscholen. Hij had de trommels aan flarden kunnen schieten en de mannen ernstig kunnen verwonden als hij daartoe bevel had gekregen.

Gezien de omstandigheden besloot hij dat het beter was zich terug te trekken. De nijlpaarden mochten de lagere school van Nandere houden zolang er nog geen nieuwe instructies waren. Bovendien was er elders nog genoeg ruimte vanwaar hij ze kon bestoken, als de brigadier dat wenste. Het idee van een tactische terugtrekking gaf majoor Azizima het gevoel dat hij een ouderwetse guerrillastrijder was.

Hij verkaste zijn jongens naar een plek op negen kilometer van de school. Het was een ideale schuilplaats dankzij het grote woud met zijn wild, vruchten, kruiden en talloze bronnen. Ze namen de spullen mee die ze uit het huis van de directrice hadden gehaald.

In de lome uren die op de afmars volgden, fantaseerde hij over een aanval op de witte bus en het kaalplukken van de passagiers. Maar hij wist dat het, gezien de omvang van zijn eenheid, ontzettend riskant was, vooral omdat de kans bestond dat er ook nijlpaarden meereisden. Bovendien zou zo'n roekeloze daad hem zijn promotie kunnen kosten.

Op de ochtend van de afmars kerfde sergeant Kabalega een boodschap in de bast van een koolpalm om hun baas op de hoogte te brengen van de nieuwe ontwikkelingen. Tegen het eind van de middag vond hij op dezelfde boomstam een bericht waarin brigadier Balo majoor Azizima opdroeg om de dichtstbijzijnde medische post te overvallen en naar de basis terug te keren.

De medische post lag vijf kilometer bij hun nieuwe stek vandaan. Het was een van de tentakels van een internationale hulporganisatie, wat de voornaamste reden was dat ze aan alle voorraden konden komen. Terwijl ze naar hun bestemming liepen, hoorde majoor Azizima de stem van brigadier Balo, uit een mond waarom een zeldzame glimlach speelde. 'Altijd de buitenlanders ontzien. Het zijn onze beste vrienden. Wij bezorgen ze werk; zij bezorgen ons roem.'

Ze legden de afstand met groot gemak af en posteerden zich in een grote, lommerrijke boom tegenover het anderhalve hectare grote terrein, met een goed zicht op de twee witte gebouwen. Ze kwamen net op tijd om de laatste patiënten naar huis te zien gaan. Sommigen waren te voet, anderen zaten op stokoude fietsen. Hij was blij dat het allemaal onbekenden waren, die geen herinneringen aan zijn verleden opriepen. Ze gingen naar huis om snel het eten klaar te maken voor ze zich in hun huizen opsloten.

Het feit dat hij deel uitmaakte van de macht die verantwoordelijk was voor al dat gehaast en gebeef deed hem geloven dat hij goed terecht was gekomen in het leven.

Hij liet zijn rozenkrans tussen zijn vingers door gaan, want hij bad dagelijks, vooral op momenten dat de last van het leiderschap hem zwaar viel. Brigadier Balo gebood zijn vertrouwelingen de verering van moeder Maria niet te verwaarlozen. 'Ze laat je nooit in de steek, want ze is onsterfelijk. Geen kogel kan haar doden; geen ziekte kan haar vellen.'

Het streelde majoor Azizima dat zijn baas hem wilde zien. Het betekende dat deze onlangs contact had gehad met de Heilige Geest en dat hem een speciale opdracht wachtte. Hij probeerde te bedenken wat het zou kunnen zijn.

Terwijl die vraag hem nog bezighield, drong het schrille 'tie tie' van de malachiet ijsvogel tot hem door. In zijn verbeelding zag hij de rode snavel opzwellen en de vogel flitsend het water in duiken.

Door dat beeld herinnerde hij zich dat het Leger van de Heilige Geest betrokken was bij het delven van goud aan de Kongolese grens. Eigenlijk deed het niet meer dan vrije doorgang verlenen aan handelaren, die flinke bedragen over hadden om naar Kongo te pendelen, en bescherming bieden aan de delvers, die dagelijks een bedrag betaalden om te mogen werken.

Terwijl hij zijn ijsvogel triomfantelijk boven zag komen met een spartelend visje in zijn rode snavel, bedacht hij dat iemand misschien een puinhoop had veroorzaakt en hij zou worden uitgestuurd om de situatie te herstellen. Hij werd zelden betrokken bij zaken die met delfstoffen verband hielden, dat was het werk van de drie generaals van het opperbevel, die hun privilege angstvallig beschermden.

De avond ging langzaam over in de nacht en de eerste nachtvogels begonnen te tsjirpen. Een grote stilte lag over de gebouwen en de bomen binnen de omheining. Zo te zien bewoog er geen blad of grassprietje. In zijn leven volgde op zo'n stilte vaak een storm.

Uit het niets klonk de stem op van zijn moeder, die zei: 'Majoor Azizima, wie ben je? Wie ben je?' Even plotseling als de stem was opgekomen, verstomde hij en liet de majoor achter met een gevoel van ergernis. 'Moeder Maria is mijn moeder,' zei hij binnensmonds, met zijn ogen strak op de witte muren voor hem gericht. 'Of je het nou leuk vindt of niet.' De zin bleef in zijn hoofd ronddraaien en kreeg een troostend ritme.

Impulsief zette hij zijn radio aan en draaide aan het minuscule knopje, dat zijn oor vulde met de muziek, het gebabbel en de nonsens van enkele van de vijftig FM-stations die in de lucht waren. De meeste stations vond hij rotzooi, louter spreekbuizen van commercie, individualisme en morele verdorvenheid. Zijn favoriete station was Monitor FM. Hij vond het algauw. Ze draaiden 'Dorotia' van Jose Chameleon. De zanger beschreef hoe trouw, hoe liefdevol, hoe mooi zijn vrouw was. De tekst verplaatste hem naar zijn toekomst. Hij was een hoge officier en had zelf een vrouw. Hij hield van haar en hij voerde trots het bevel over de kweek van toekomstige generaals die de oorlog zouden voortzetten totdat het Leger van de Heilige Geest aan de macht kwam. Hij was er trots op dat er dit keer geen zondig vuur oplaaide bij de gedachte aan zijn toekomstige vrouw. Het zou een heilige vereniging zijn, verstoken van de wellust die op de meeste FM-stations werd bezongen.

Na één nummer zette hij de radio meestal uit om de batterijen te sparen. Maar de mildheid van het afnemende licht vermurwde hem. Zijn vinger bleef aan de afstemknop draaien tot hij een station had gevonden dat nieuws uitzond. Hij luisterde naar de diepe stem van een man die klonk alsof hij zwaar verliefd was op zijn werk. Na de opening zei de stem iets waardoor hij bijna van schrik zijn tong afbeet. 'Met ingang van heden heeft de regering van Oeganda gedurende zes maanden amnestie afgekondigd voor alle rebellen die zich willen overgeven. Daarvoor hoeven ze zich alleen te melden bij de dichtstbijzijnde legerkazerne of politiepost.'

Het nieuws bezorgde majoor Azizima acute buikkramp. Hij klauterde de boom uit en zocht soelaas achter een kleine struik. Terwijl hij zich ontlastte, vervloekte hij de aasgieren in Kampala om die rotstreek. Amnestie was een aanslag op het moreel van veel soldaten en dat maakte het lastiger om iedereen in het gareel te houden. Amnestie betekende extra werk voor brigadier Balo, die moest uitvissen wie het meest tot overgave geneigd was en ze dat moest laten opbiechten. Met zijn promotie in zicht wilde majoor Azizima liever geen opschudding in het basiskamp.

Brigadier Balo had natuurlijk al eerder informatie over de amnestie gekregen en had zijn hulp nodig om de situatie meester te blijven. Majoor Azizima zag niet naar de opdracht uit, want het betekende dat hij vijanden moest maken. Maar hij wist dat hij het met volle inzet zou doen.

Hij veegde zich af met zachte bladeren, ging staan en trok zijn broek op. Hij voelde zich beter, de verlossing van de klemmende pijn beurde hem op. Hij strekte zijn benen en oefende wat met schaduwboksen. Diep in gedachten liep hij terug naar zijn jongens die onder de boom stonden te wachten. Ze schoten in de houding en hij las duidelijk ongerustheid op hun gezicht. Hij veegde een paar onzichtbare insecten van zijn mouw en zei: 'De aasgieren in Kampala hebben amnestie voor alle soldaten afgekondigd. Wat hebben jullie daarop te zeggen?'

Sergeant Kabalega's wangen begonnen zo heftig te trekken dat hij ervan ging kwijlen. Dit was het beste nieuws dat hij in lange tijd had gehoord en hij kon zich nauwelijks beheersen.

'Opa, hou daarmee op, anders laat ik je brandnetels kauwen.'

'Het ffpijt me, majoor.'

'Ben jij er zo een die droomt van een leven tussen de zwijnen?'

'Nooit. Ik ffal altijd ffoldaat blijven, majoor.'

'Majoor, wilt u hem alsjeblieft zeggen dat hij me niet moet onderspugen?' brieste luitenant Dagomin. 'Ik ben niet degene die hem zijn tanden...'

'Kop dicht, luitenant.'

Luitenant Dagomin keek sergeant Kabalega strak aan. Hij kon zijn groeiende afkeer voor diens klunzigheid nauwelijks verbergen. Ondanks gebrek aan bewijs, verdacht hij hem van ontrouw.

'Luitenant, wat heb jij te zeggen over het nieuws?'

'Majoor, het is een valstrik. Ze willen ons vermoorden,' zei luitenant Dagomin met neusgaten gesperd van haat. 'De smerige drankzuchtige honden!'

'Brigadier Balo heeft ons misschien nodig om potentiële overlopers in het basiskamp uit te roken.'

'Majoor, waar u gaat, gaan wij ook,' zei luitenant Dagomin zonder aarzeling.

Tevreden met hun reacties, sloeg majoor Azizima de jongens op hun schouder en zei: 'Zo mag ik het horen. De toekomst ziet er voor ons allemaal zonnig uit.'

In de toenemende duisternis ging hij voor in het gebed voor de aanval, waarin hij vroeg om succes en meerdere glorie voor het Leger van de Heilige Geest. Hij eindigde het gebed door het kruis van zijn rozenkrans te kussen. Tot slot zei hij: 'Soldaten van de Geest, zijn jullie bereid?'

'We zijn bereid, majoor.'

Daarop liepen ze in de richting van het gebouw waarin nog zwak licht brandde. Majoor Azizima voelde nauwelijks dat zijn voetzolen de grond raakten, hij voelde zich zo licht als een veertje. Die uitwerking had het vallen van de avond altijd op hem. Altijd. 'De nacht is mijn beste vriend, die me nooit zal verraden,' zei hij bij zichzelf. Hij kon zich niet herinneren ooit bang te zijn geweest in het donker. Hij dacht dat het felle licht dat in hem brandde zulke malle angsten uitbande. Hij vond mensen die zulke ongegronde angsten koesterden vaak lachwekkend en soms hoogst irritant.

Ze troffen de nachtwaker pissend tegen een boom aan; zijn boog en pijlen stonden tegen een boom in de buurt. Die achteloosheid was voor majoor Azizima het teken dat de functie van de man eerder symbolisch dan reëel was. Hij was van plan hem voor een keer echt iets te doen te geven. Hij beval hem zijn handen omhoog te steken. De man gehoorzaamde, viel op zijn knieën en smeekte om zijn leven.

'Uitkleden.'

De man gehoorzaamde en trok zonder op te staan onhandig zijn kleren uit. 'De sleutels zitten in mijn linkerzak,' zei hij met een benepen stemmetje.

'Lummel, sta op en kom mee,' beval majoor Azizima.

'Dank u, meneer.'

'Breng ons naar je baas.'

De geneeskundig medewerker, een grote, slank gebouwde man, stak zijn handen in de lucht zodra hij zijn naakte werk-

nemer met drie gewapende jongens zijn kantoor zag binnen-
komen. Hij beloofde de jongens alles te geven wat ze wilden
als ze zijn leven maar spaarden. Bij het zachte licht van een
lantaarn, dat grote schaduwen op de muur liet spelen, fixeer-
de majoor Azizima hem met zijn borende Azizima-blik. De
man voelde direct aan dat het hier om een soort krachtmeting
ging en erkende zijn nederlaag door zijn ogen neer te slaan.

'Uitkleden,' zei hij met zachte stem.

De man trok haastig zijn kleren uit. Naakt als iemand die in
bad stapt, ging hij hen voor naar de ruimte waar de medicijnen, verbandmiddelen, injectienaalden en andere artikelen lagen opgeslagen. En in het uur dat erop volgde sorteerden ze alles en pakten het in.

Majoor Azizima gaf elk van de mannen een bundel van dertig kilo, gewikkeld in ziekenhuislakens. Zijn jongens droegen
ieder tien kilo. Hij dacht: mooi dat er kinderen zijn, je kunt er
prima pakezels van maken.

Voor ze op pad gingen, gaf majoor Azizima ieder een stukje
hout van drie centimeter om op te kauwen. Het was een licht
stimulerend middel, waarvan het gebruik normaal verboden
was. In bijzondere omstandigheden verleende de Heilige Geest
echter dispensatie.

De kwestie van uitzonderingen op de regel hield hem een
poosje bezig. Zo was het verboden om een slang te doden.
Maar als een soldaat zag dat een cobra aanstalten maakte om
een commandant in de ogen te spugen, mocht hij het dier wel
doden. Als de commandant daarentegen toevallig een grote
zonnebril droeg, kreeg de soldaat zeventig stokslagen.

Het marstempo was moordend. Het feit dat ze door veilige
gebieden trokken, ver van vijandelijke troepen, stelde hen in
staat te reizen alsof hun leven ervan afhing. Om druk op de
marscolonne te houden, veranderde majoor Azizima steeds
van positie. Soms liep hij voorop, soms bleef hij in het midden
hangen, soms sloot hij de rij. Het verraste hem enigszins dat
de naakte mannen het konden bijbenen.

Om de tien kilometer liet hij halt houden en moest de groep wachten, terwijl sergeant Kabalega een piepklein bericht in een boomstam kerfde. Op een teken van majoor Azizima ging de mars weer even meedogenloos verder. Af en toe vroeg sergeant Kabalega permissie om te stoppen en de struiken in te mogen. Dan zoog luitenant Dagomin kwaad op zijn tanden en kreunde: 'Alweer!'

Vanwege de verleiding die van de amnestie uitging, kon majoor Azizima geen enkel risico nemen. Hij beval iedereen halt te houden en keek toe hoe sergeant Kabalega zich ontlastte. Eén keer zei hij: 'Een man die wil ontsnappen krijgt buikloop. Als ik je darmen niet zou horen gieren, zou ik denken dat je iets in je schild voerde.'

'Ik ffweer het, majoor, ik ffal nooit uit het Leger gaan.'

Bij het aanbreken van de dag waren de marslopers tot op zes kilometer van het basiskamp gekomen. Kletsnat van het zweet stonden ze bij een koolpalm te wachten, terwijl sergeant Kabalega de stam afzocht op instructies en een wachtwoord. Het was een halsmisdaad om het basiskamp binnen te gaan zonder beide opgepikt te hebben.

Majoor Azizima was stomverbaasd dat sergeant Kabalega niets kon vinden. 'Kijk nog eens goed, Opa,' zei hij ongeduldig.

Sergeant Kabalega probeerde het nog eens, met hetzelfde resultaat.

Geërgerd duwde majoor Azizima hem opzij en klaagde: 'Moet ik dan alles doen?'

Hij onderzocht de boomstam nauwgezet, maar vond niets. Niet van zins zijn ongelijk te bekennen, zei hij dat het nog niet licht genoeg was en beval de groep om te rusten.

Het zag ernaar uit dat het een sombere dag zou worden. De oranje gloed die de hemel gewoonlijk om die tijd kleurde was opvallend afwezig. Mistflarden dreven op een zacht briesje voorbij. Als in een droom keek hij toe hoe de naakte mannen en een van zijn jongens zich in het gras lieten zakken. Ze zagen er zo moe uit dat hij het gevoel had dat ze nooit meer zouden opstaan.

Luitenant Dagomin bood aan om de wacht te houden. Majoor Azizima keek hoe hij op enige afstand van de groep stond en vroeg zich af wat het nut van een sterk geheugen was als je niet kon zeggen waarom de codes ontbraken. Hij had nu behoefte aan verse inlichtingen, niet aan uitgekauwde kliekjes. Hij keerde zijn luitenant de rug toe en liet zijn achterwerk in het gras ploffen. Hij haalde zijn hand door het natte gras, verzamelde wat dauw en waste zijn gezicht. Hij herhaalde de handeling een paar keer tot zijn gezicht schoon was.

De vroege vogels maakten zo'n kabaal dat de grond ervan leek te trillen. Een vogel herhaalde een enkele toon zo indringend dat hij het gevoel had alsof iemand een spijker in zijn hoofd dreef.

Hij hunkerde naar een stilte die zo intens was dat zijn gedachten zouden opspringen als vissen in het water. Zo'n stilte zou hij hier niet vinden. Toch was dit de plek om uit te rusten en de situatie te verwerken.

De euforie die hij bij aankomst had gevoeld, begon te doven met het bekoelen van zijn bloed. Straks zou er ongerustheid voor in de plaats komen. Hij haatte dat heen-en-weer geslinger. Hij had zijn doel bereikt en verwachtte een schouderklopje, geen koude douche.

Net toen hij overwoog op te staan en poolshoogte te nemen, al was het maar om zijn geest van doemgedachten af te houden, hoorde hij voetstappen. Voor hij het wist klonken de striemende woorden: 'Maak je bekend of we schieten.'

Majoor Azizima stak instinctief zijn handen omhoog, trok zijn benen op, draaide zich om en keek in de loop van een geweer. Een ander was gericht op zijn luitenant. Een derde hield sergeant Kabalega en de naakte mannen onder schot. Hij gaf de woordvoerder zijn naam en het wachtwoord dat brigadier Balo het trio had gegeven op de dag dat ze op missie gingen. De stem waarmee zijn jongens hun naam opgaven trof hem. Ze leken van ver weg te komen, er klonk ontzetting in door. Toen ze waren uitgesputterd, sprak majoor Azizima namens de naakte mannen.

Tevredengesteld beval de leider majoor Azizima op te staan en hem te volgen. Majoor Azizima kende de soldaat goed en de spanning die in hem was opgekomen ebde weg. Zodra ze buiten gehoorsafstand waren, bleef de soldaat staan en draaide zich naar hem om.

'Je maakt je schuldig aan verzuim, majoor. Je had het gebied grondiger moeten verkennen,' sprak de snoevende stem. 'Stel dat de vijand had klaargestaan om toe te slaan?'

'Het spijt me, kolonel. Ik beloof het voortaan beter te doen.'

'Heb je over de amnestie gehoord?'

'Ja, kolonel. Op de radio,' zei majoor Azizima nogal ademloos. In de mist had hij de indruk dat hij tegen een spook praatte, wat hem zenuwachtig en in de war maakte.

'Het is nog strikt geheim. Niemand heeft behoefte aan de complicaties die ervan komen. Er zijn dringender zaken.'

'Zoals wat, kolonel?' vroeg majoor Azizima met een haast die hij eigenlijk meer bij sergeant Kabalega vond passen.

'De Ogen kunnen elk moment hier zijn. Ze zitten misschien al in het gebied. Zoals gewoonlijk steken ze overal hun neus in. Godzijdank valt er op ons niets aan te merken. We hebben niets voor de generalissimo te verbergen.'

De bezorgde bijklank, die de verklaring tot een gebed maakte, ontging majoor Azizima niet. 'Zo is het, kolonel. Brigadier Balo doet alles zoals het moet en het opperbevel zorgt goed voor de overige zaken. We hoeven ons geen zorgen te maken, kolonel.'

'Het goede aan de zaak is dat er altijd promoties volgen na hun vertrek,' zei zijn gesprekspartner met een stem vol verwachting.

'Zeker, kolonel.'

'Brigadier Balo geeft je opdracht om terug te gaan en uit te zoeken wat voor plannen de nijlpaarden hebben. Daar krijg je het equivalent van vier dagen voor.'

'Dank u, kolonel.'

'Neem op het afgesproken tijdstip contact met ons op.'

'Ja, kolonel.'

'Laat de bundels hier. Wat de gevangenen betreft, die hebben onze gezichten gezien en onze stemmen gehoord. Die zijn van ons.'

'Ja, kolonel.'

'Ingerukt.'

'Dank u, kolonel,' zei majoor Azizima en salueerde.

DE AANWEZIGHEID VAN de soldaten boezemde de mensen vertrouwen in. Beeda merkte dat ze harder dan voorheen durfden te praten. Zelf gluurde hij, als hij tussen de banken op en neer liep, steeds even door het raam naar de soldaten. Het waren steelse blikken, alsof hij iets deed wat verboden was. Iets in hem fluisterde dat ze weg zouden zijn als hij opnieuw keek. Maar telkens stonden ze er nog in hun nieuwe uniform, het geweer met glimmend oranje staartstuk in de hand, mannen die de indruk wekten dat ze tevergeefs op iemand wachtten. Hij kon zich nauwelijks een voorstelling maken van het immense geduld dat voor zulk werk nodig was.

Terwijl hij toezag hoe zijn leerlingen bezig waren met hun opgaven, hun ballpoints op het papier drukten met de concentratie van kleine ambachtslieden die ranke letters in kostbaar materiaal etsen, hoorde hij de stem van de meest luidruchtige en ontwikkelde dronkeman uit de streek in zijn hoofd.

Onlangs had de man zijn favoriete uitingsvorm hervonden: luidkeels schreeuwen als hij in de kleine uurtjes naar huis terugkeerde. 'Pro bono. Publico. Jullie kunnen allemaal. Naar. De verdommenis lopen. Voor mijn part. Vergeet niet. Je moordenaarskinderen. Mee te nemen. Ik ben toe. Aan een beetje rust. Godverdomme.'

Beeda noemde hem Windzak, want hij gaf aan welke kant het opging met de veiligheidssituatie. Bovendien vond hij hem een rake belichaming van wind waarin je gevloek, gekreun en gesis kon horen.

In een poging minstens zo hard aan de weg te timmeren als de dronkelappen, had de Kerk van Overvloedige Zegen in Christus de Heer snel haar eerste huwelijk sinds maanden ingewijd.

Hij had de kerkdienst bijgewoond, hoe eng hij het ook vond om in dat onvoltooide bouwsel te zitten. Dat zo kort geleden de hutten van de ontheemden waren platgebrand had zijn sluimerende angst nog vergroot. Hij stelde zich voor dat de rebellen vlakbij in de bomen zaten en hun katapults gebruikten om de gelovigen met stenen te bekogelen.

De ogen van de bruid achter de fijne sluier die haar gezicht bedekte en de bruidegom die er in zijn slecht zittende pak gelukkiger uitzag dan een varken in de modder, stonden hem nog levendig bij.

Maar de ster van de show was de voorganger, die het podium bespeelde in een jas die van boven tot onder openstond. Hij beende op en neer, wiste zijn gezicht ostentatief, verheerlijkte de macht van Jezus en riep ongelovigen op zich te bekeren als ze niet in de hel wilden branden.

Beeda zat een deel van de tijd te kijken hoe de zon langzaam door de enorme spleet tussen de houten planken en het dak naar voren kroop tot het licht op de gezichten van de gemeente en een deel van het podium viel. Hij stelde zich voor dat het houten gebouw door de kracht van de zon in brand vloog. Hij zag de dikke buik van de voorganger al schudden terwijl hij door het vuur sprong.

Hij was de kerk uit gegaan toen de voorganger, nu met twee knopen van zijn jas dicht, de bruidegom verzocht de bruid te kussen. Trouwerijen en de gemaakte joligheid die hij op de gezichten van de mensen zag stonden hem tegen.

In de middagpauze begonnen er ouders binnen te druppelen. Ze kwamen vergaderen over de datum van de prijsuitreikingsdag van dit jaar. Mevrouw Ogema was de hele week met de voorbereidingen bezig geweest. Door al het werk zag ze er tamelijk afgemat uit.

Een van de ouders was de sjofele man van de rode haan. Hij droeg gele sandalen die Beeda deden denken aan wanstaltige zonnebloemen. Hij vond het vreemd dat de man nooit meer met de haan was teruggekomen. Hij had zin om te roepen:

'Rebellenvriend! Grijp die verrader!' Wat zouden die woorden een opschudding ontketenen!

De ouders vormden kleine groepjes in het stoffige paspalumgras, onder de bomen en langs de paden. Het viel Beeda op dat sommigen naar sekse, anderen naar godsdienst waren ingedeeld. In haar functie van onderdirectrice ging juffrouw Adongo het ene na het andere groepje af om met een geforceerde glimlach op haar gezicht een woord van welkom te mompelen.

Beeda was blij dat hij weg kon. Hij had een hekel aan vergaderingen en hoe die door leuteraars gebruikt werden om gehoor te krijgen. Hij bewonderde zijn moeder om haar vermogen met al die ego's om te gaan en uiteindelijk iets gedaan te krijgen. Hij hoorde haar al haar geliefkoosde woorden uitspreken: 'Dames en heren, laten we ons tot de essentie beperken.'

De kans om naar juffrouw Alaso te gaan vond hij opwindend, maar ook beangstigend. Aan de ene kant was hij blij dat ze een excuus had gevonden om niet naar de vergadering te komen. Aan de andere kant wou hij dat ze hem had ontlopen. Maar hij wist dat hij de ontwikkelingen tot een logische afronding moest brengen. De liefde legde haar eigen dwang op en aan de eisen en opwellingen ervan moest je toegeven, wilde ze standhouden. En hij wilde dat ze standhield. Hij beneed Musa niet, die wel naar het voorwerp van zijn begeerte keek, maar er niet aan kon komen.

Beeda ging door de achterdeur naar binnen. Hij genoot van de nieuwe geluiden die de stalen deur maakte als hij de sleutel in het slot stak, zijn gewicht ertegen zette of erop klopte.

In de gang sloeg de stank van de wreed vermengde geuren van zijn moeders parfums hem tegemoet. Weken geleden was de laatste glasscherf weggegooid, maar de stank hing er nog. Hij wist niet goed of zijn zintuiglijke herinnering overactief was of dat de muren en dakspanten het geurmengsel nog steeds vasthielden. Die onzekerheid gaf hem het gevoel dat er, ondanks de grondige schoonmaak, nog iets van majoor Azizima's wezen in het huis gevangen zat.

Beeda liep regelrecht naar de kamer van zijn moeder. Hij stond graag in het aangename donker om de geparfumeerde boeken te ruiken.

Lang geleden waren er momenten geweest dat hij verwachtte zijn vader naast het grote bed te zien staan. Tegenwoordig droomde hij ervan meneer Oryang en zijn moeder op de houten latten te horen wippen. Hij zou weleens getuige willen zijn van haar openlijk seksuele kant. Zonder dat bleef ze de hermafrodiet die zowel moeder als vader voor hem was.

Het bezoek van vandaag was des te ingrijpender, omdat hij straks zou weten wat zij al die jaren had gemist. Terwijl hij naar de lakens keek die hij in Fort Magogo had gekocht, vroeg hij zich af of ze wel normaal was. Hoe had ze anders de drang van het vlees kunnen weerstaan? Hij kon niet geloven dat mannen als de directeur van het regionaal Onderwijsbureau nooit hadden geprobeerd haar te verleiden. Hoe had ze hen van zich af weten te houden?

Plotseling zag hij haar in het zwart-witte gewaad van een aikidomeester behendig opzij stappen voor de stormloop van boomlange, woeste aanvallers. En door van hun momentum gebruik te maken, trok ze hen op de grond en liet hen in het stof bijten. Hij zou willen dat zij eens werd gevloerd en tot overgave gedwongen.

Hij was ontzettend bang dat ze uiteindelijk een kribbige, oude vrouw zou worden. Onder die angst lag de angst dat hij, als ze kinds werd, helemaal alleen voor haar zou moeten zorgen.

Hij bleef tien minuten in haar kamer, nam de geuren, het licht en de atmosfeer ervan in zich op zonder precies te weten wat hij met die indrukken moest. Hij had vaag het gevoel dat hij afscheid nam van een deel van zijn verleden.

Terug op zijn kamer kleedde hij zich vlug uit om een bad te nemen. Het gedempte licht in de badkamer was als balsem voor hem. Het paste bij de intimiteit van deze handeling en van het idee dat hij zich straks aan een ander zou geven.

Hij boende zich met de overgave van iemand die een strenge lichamelijke inspectie vreesde. Hij trok en draaide een paar keer aan zijn voorhuid. Hij herinnerde zich dat Musa die voor hem als een belemmering zag om volledig hadji te worden. Grinnikend dat zoiets kleins zoveel kon betekenen, zakte hij op zijn hurken, gooide water over zijn lijf en wreef het diep in zijn poriën. Toen hij onder zijn voorhuid waste, paste hij op dat hij zichzelf niet prikkelde.

Hij ging de badkamer uit met de gedachte dat zijn voorhuid hem te lief was om ooit op te offeren. Er schoot hem een krantenberichtje te binnen over een aantal Amerikaanse mannen die hun ouders hadden aangeklaagd omdat ze hen als peuter hadden laten besnijden. Hij kon met hen meevoelen. In een wereld waarin vrouwen moeilijk te krijgen waren, moest een man zijn voorhuid om voor de hand liggende redenen angstvallig bewaken.

Ditmaal koos hij gemakkelijker kleren en maakte hij bescheidener gebruik van zijn deodorant. Hij bekeek zich nog een laatste keer in de spiegel, stopte zijn cadeautje in een plastic zak, sloot alle deuren en bleef even op het achtererf staan om het scherpe licht en de lichte bries op zich in te laten werken.

Hij liep langzaam en hield zijn armen zo stil mogelijk om zijn deodorant te behouden. Hij was blij dat veel boeren op hun plantages bezig waren met de bananenoogst; de weg en de erven lagen er verlaten bij.

Voor het eerst in lange tijd was er een stel vrachtwagens uit Fort Magogo bananen komen halen. Bij sommige huizen waar hij langskwam, rook hij het sap dat van gekapte bananenbomen omlaagdroop.

Hij sloeg van de weg het pad in dat onder het matte licht van de kemiri- en neembomen naar het erf van mevrouw Eresu voerde. Hij hoopte op een goed gesprek en contact met zijn gastvrouw.

Tot zijn grote opluchting was hij de enige bezoeker. Hij zag dat de bananen van mevrouw Eresu, net als die van zijn moeder, nog niet oogstrijp waren. Als de veiligheidssituatie stabiel bleef zouden ze het komende halfjaar verkocht kunnen worden.

Hij riep een paar keer en zijn stem sneed diep door de middagstilte, waaraan alleen geknabbeld werd door klokkende kippen en een duivenpaartje in een nabije boom.

Na een lange poos hoorde hij zijn gastvrouw zeggen dat ze eraan kwam. Hij legde zijn handen op zijn rug en zette een ernstig gezicht.

Ze kwam het huis uit als iemand die over gebroken glas loopt, een kant van haar mond trok naar achteren. Haar benen leken te getuigen van een trauma dat verder was gegaan dan het gewonde oor. Ze zag er twintig jaar ouder uit.

Mevrouw Eresu vroeg hem plaats te nemen op een bank die door duizenden billen glimmend was gepoetst. Terwijl hij ging zitten kwam in zijn neus de herinnering aan de vlijmend scherpe geur van Eelthands zweet boven.

Mevrouw Eresu ging op een rode mat zitten en doorboorde hem met een blik waarin hij een sprankje wantrouwen meende te bespeuren.

Na de begroeting welde er een gevoel van grote schaamte in hem op, want het waren zijn leeftijdsgenoten en zijn eigen 'broer' die haar dit leed hadden berokkend. Boven het bladergeritsel en duivengekoer uit zei hij: 'Ik vind het vreselijk wat u is aangedaan.'

'Wat zeg je?' vroeg ze, en met een ruk – en een blik die in een andere situatie grappig geweest zou zijn – keerde ze hem haar rechteroor toe.

Hij boog zich wat naar voren, als iemand die een groot geheim gaat onthullen, en zei: 'Ik vind het heel erg wat die jongens met u hebben gedaan. Ik schaam me diep.'

'Ik me schamen? Ik schaam me helemaal niet dat ik maar één oor heb. Hoe kun je zeggen dat ik me moet schamen?' Er lag een trek van hevige verontwaardiging op haar gezicht.

Verder vooroverbuigend zei hij met luidere stem: 'Ik zei niet dat u zich moest schamen. Ik zei dat ik me schaamde voor wat jongens van mijn leeftijd u hebben aangedaan.'

'Dat zeg ik toch, schoolmeester. Ik schaam me nergens voor. Ik dank God dat ik niet ben onteerd.'

Beeda begon zich zorgen te maken. Hij wilde het misverstand per se de wereld uit hebben. Hij zei: 'Veel van ons schamen zich voor wat die rebellen allemaal doen.'

'Wat bezielt je? Waarom blijf je er maar op hameren dat ik me moet schamen? Ik heb niks verkeerds gedaan.'

Beeda begon te geloven dat de mishandeling haar verstand had aangetast. Hij ging weer rechtop zitten en zei: 'U heeft niets verkeerds gedaan. Niemand heeft gezegd dat u iets verkeerds heeft gedaan.'

'Wat moet ik met mensen die me het gevoel geven dat ik het heb uitgelokt? Ik schaam me niet. Die jongens zouden zich moeten schamen. Onze leiders zouden zich moeten schamen dat ze nog geen eind aan deze oorlog hebben weten te maken. Ik niet.'

In de hoop het gesprek positief te kunnen beëindigen, zei Beeda: 'Ik moet u de groeten doen van mijn moeder.'

'Waarom komt ze me zelf niet opzoeken? Woont ze hier soms honderd kilometer vandaan? Je zou denken dat ze met alles wat de mensen voor haar doen waarachtig wel tijd had om een oude vrouw te komen troosten die is aangerand door de zoon van haar vriendin. Waarom vergeten mensen degenen die hen op weg hebben geholpen? Wie stond er voor haar klaar toen haar man stierf? Ik ben een hele week bij haar gebleven. Weet ze dat nog? Nee. Groeten, wat heb ik aan groeten? Ik heb mijn buik vol van mensen die me de groeten doen. Schamen? Zij zouden zich moeten schamen. Niet ik,' zei ze, naar haar boezem wijzend.

Beeda had een hekel aan mensen die bij de kleinste ruzies zijn vader erbij sleepten. Hij vond een dienst van twaalf jaar geleden te oudbakken om nog gewicht in de schaal te leggen.

Het was duidelijk dat de twee vrouwen met elkaar overhoop lagen; hij wilde zo gauw mogelijk zien weg te komen. De snelste manier was zijn aftocht met smeergeld te kopen. Hij stak zijn hand in zijn zak en haalde een bankbiljet te voorschijn. Met zijn pinken tegen elkaar als iemand die een god een zoenoffer brengt, boog hij zich naar voren en bood het geld aan.

Mevrouw Eresu plukte het biljet uit zijn handen, bekeek het nogal omstandig, keek toen naar Beeda's gezicht en begon te glimlachen. Ze zei: 'Je bent een beste jongen geworden. Dat doet me genoegen.'

Beeda verontschuldigde zich en beende met lange, vastberaden passen bij mevrouw Eresu weg. Hij liep alsof hij bang was dat hij teruggeroepen zou worden.

De maïs van juffrouw Alaso was hoger opgeschoten, prille kolven duwden hun neusjes al langs de mergachtige stengels omhoog. De maïs stond zo hoog dat je, als je op de weg stond, niet meer kon zien of er iemand op het erf zat.

Hij zag juffrouw Alaso in de deuropening staan, met haar rug naar de weg. Ze draaide zich om zodra ze zijn voetstappen hoorde. De lach in haar ogen stelde hem gerust, al kalmeerde die niet de zenuwen in zijn buik. In tegenstelling tot mevrouw Eresu wenkte ze hem binnen.

De kamer was zonnig en rook fris. De tafel en stoelen waren bedekt met schone doeken en het plastic kleed glom in het licht. Hij zeeg neer op een iele stoel die in de volksmond 'ik-blijf-niet-altijd-arm' heette.

'Ik hoop dat je genoegen wilt nemen met wat er in huis is, prins,' zei ze haastig. 'Ik ben maar een arme lagereschooljuf.'

'En ik ben maar een eenvoudige student,' zei hij met een blik die deemoedig was bedoeld. 'Wat ik om me heen zie is heel plezierig. Ik hou van een schoon huis.'

'Zou je trek hebben in een glas passievruchtensap?'

'Ben je al afgestapt van het sinaasappelsap?' Ze schoten allebei in de lach. 'Dan graag tien. Maar voordat je wegloopt, wil ik je iets geven.'

Ze begon te glunderen toen ze het pakje in ontvangst nam. Ze kneep erin, maar kon er niet achter komen wat erin zat. Beeda was trots dat hij het cadeautje in karton had verpakt.

'De schijn bedriegt, het gaat om de essentie, toch?' lachte hij. In deze kamer vond hij grappen ten koste van zijn moeder bevrijdend werken tegen de tirannie van de zenuwen.

Juffrouw Alaso maakte het pakje met trillende handen open. De batterijen vielen eruit en hij raapte ze op. Breed glimlachend hield ze de zaklantaarn in haar handen. Haar schelle lachje weerklonk, maar nu meer vervuld van dankbaarheid dan van spot.

'Ik hoop dat je het leuk vindt.'

'Fantastisch. Hoe wist je dat ik er een wilde hebben? Heb je dat toevallig opgevangen toen ik het er met iemand over had?'

'Ik voelde het,' zei hij stralend. 'Ik wist dat het echt iets voor jou was.'

Ze beloonde hem met een onhandige omhelzing en een vluchtige kus op zijn wang. Hij kon haar hart flink voelen bonzen, al had ze haar gezicht nog in bedwang. Hij hield haar voor de eerste keer vast en kon wel schreeuwen van plezier.

Ze maakte zich los en ging het sap voor hem halen. Terwijl hij keek hoe de donkergele vloeistof het glas vulde, wou hij dat ze hem een biertje had aangeboden om zich moed in te drinken. Ze zette het glas op de salontafel voor hem neer.

Terwijl hij van zijn drank nipte, dacht hij ineens aan de vrachtwagen met ananas die hij gister op de weg had gezien. Hij vervloekte zijn eigen sloomheid. Ananas werd op de open plekken tussen de bananenbomen gekweekt en om ananasbier te maken hoefde je alleen maar een rijpe ananas aan stukken te snijden, die in water te koken, er gember, theebladeren en suiker bij te doen, te zeven, het brouwsel af te sluiten en twee weken te laten staan. Hij wou dat hij dat heerlijke bier had gebrouwen en een flesje voor juffrouw Alaso had meegenomen.

'Alles naar wens, prins?' zei ze, toen ze op een stoel naast hem kwam zitten.

'Natuurlijk. Ik ben blij dat ik gekomen ben.'

Opgetogen wierp juffrouw Alaso haar hoofd achterover en lachte. Het was een diepe, muzikale lach die hem vleugels gaf. Hij pakte de hand die ze erbij had opgeheven en voelde zijn penis opspringen. Hij vroeg DE KOE hem wijze woorden te schenken, maar die zweeg in alle talen. Hij wist dat het een kwestie was van zwemmen of verzuipen.

Het gesprek dat volgde was ver van gedenkwaardig, doortrokken als het was van de duizelingwekkende opwinding van een groentje en de omzichtigheid van een vrouw die een jonge minnaar inwijdde in de fijne kneepjes van het genot. Midden tussen de onbeduidende woorden die als kaf rondvlogen, bood ze hem haar lippen en stelde ze haar lichaam tot zijn beschikking. In theorie was het een vaag bekende ervaring, iets dat je jaren geleden in een bui van verstandsverbijstering had gedaan. In werkelijkheid was het nieuw en verfrissend en angstwekkend, alsof je in het holst van de nacht in een bosmeer dook.

Hij wist nog dat hij zijn kleren had uitgetrokken, op het harde bed ging zitten en met al te gretige vingers het geschenk van juffrouw Alaso's lichaam uitpakte. Hij probeerde het moment terug te vinden waarop de droom overging in werkelijkheid maar het ontglipte hem. Hij besefte dat hij zijn waarnemingsvermogen alleen zou terugkrijgen door verdere terreinverkenning.

Verdiept in het non-verbale voorspel had hij haar stem opgevangen, die zei: 'Kun je een kaartenhuis bouwen dat in een storm overeind blijft? Een keer is heerlijk, twee keer is fijn, drie keer verspilling van energie.' Woorden die weerspraken wat hij, Musa en andere jongens elkaar vertelden als de kwestie van willen en kunnen aan de orde kwam. In feite zei ze dat kwaliteit beter was dan kwantiteit. Hij stond paf. Hij vroeg zich af of ze wel normaal was.

Het beeld van het door wind bestookte kaartenhuis bleef hem achtervolgen en telkens wanneer hij zich op zijn lendenen concentreerde, kolkte zijn energie als ingedamd water dat een uitweg zoekt. Dan probeerde hij aan zijn moeder of de soldaten bij de wegversperring te denken, of aan Fort Magogo met het zwevende kanon, of aan Musa in de stad. Op een gegeven moment hoorde hij Windzak zeggen: 'Pro bono publico. Fuck. You. Fuck. You. Fuck. You', tot diens stem verloren ging in de diepere klanken van juffrouw Alaso's gekreun.

Het zuchten en steunen werd hem te machtig en bij het klaarkomen ontlaadde hij zich in een duisternis die hem deed denken aan de nachten dat hij zijn bed nat droomde. Hij werd overspoeld door schuldgevoel, alsof hij verdiende te worden uitgescholden of afgeranseld. De schuld werd uitgewist door de gedachte dat niemand een waanzin hekelt die hij zelf heeft gezocht. Dit is een ander soort controleverlies, een heerlijk verlies.

Geleidelijk aan begon er een overwinningsgevoel in hem te bruisen. Toen dat wegebde werd hij zijn vader en zag hoe hij in zijn moeder werd gezogen. Daarna werd hij meneer Oryang en gebeurde hetzelfde. Een uitdrukking van oneindige droefheid gleed over zijn moeders gezicht; ze had ontdekt dat hij de diepte van haar hunkering kende.

Om zich uit die toestand wakker te schudden, greep hij het gezicht van juffrouw Alaso. Hij voelde dat ze schrok, maar ze hield hem niet tegen. Hij dreef zijn kortgeknipte nagels in haar achterwerk en voelde dat haar stevige spieren zich spanden. Hij hoorde haar zeggen: 'Prins, wat wil je?'

'Voel je je goed?'

'Natuurlijk.'

Hij verlangde naar de dag dat hij zijn controleverlies lang genoeg kon uitstellen om een roemrijk minnaar te worden. De verwoede hunkering van de vrouwen uit *Ademloos* schoot hem te binnen. Hij vroeg zich af of ze ook zo plooibaar, zo meegaand, zo ontvankelijk werden na een goed orgasme.

Beeda lag naast juffrouw Alaso en liet de grijnzen, fronsen en grimassen van de liefde, die in de spieren van haar gezicht scholen, nogmaals aan zich voorbijgaan. Hij hield meer van haar gezicht wanneer het uit de plooi kwam.

Hij had een onstuitbare drang om te praten. Hij vertelde haar over de dag dat majoor Azizima het huis was binnengedrongen. Ze vroeg waarom hij haar dat niet eerder had verteld. Hij verdedigde zich slapjes, voerde aan dat onderwijzers en leerlingen niet bang gemaakt mochten worden. Ze verwierp zijn verweer. Hij liet het onderwerp schieten en vertelde haar hoe ze in zijn nachten rondspookte.

Hoe meer hij uitlegde welke uitwerking ze op hem had, hoe meer haar zelfbeheersing afbrokkelde. Ze kuste zijn lippen, zijn hals, zijn buik en zijn schaambeen in een vloeiende beweging waarvan zijn tenen kromtrokken en zijn handen zich tot harde vuisten balden. Ze was als een priesteres die zijn lichaam zalfde met een speciale olie om het voor haar god te wijden of hem tegen kwaad te beschermen. Ten slotte nam ze hem in haar mond.

Hij wilde haar van alles vragen, maar was bang dat het haar zou tegenstaan en dat ze halverwege zou ophouden. Hij hield wijselijk zijn mond en genoot van de sensatie om gewekt te worden en groter en groter te worden in dezelfde mond die hem met haar intiemste gedachten had gebombardeerd. Terwijl hij tot aan het randje werd gebracht, dacht hij: poesje is een waanzinnig orgaan.

Ze bevrijdde hem en leidde hem toen onder het stugge haar bij zich naar binnen. Deze keer hield hij het langer vol. Ze deed hem denken aan een goede zwemster die door het water sneed en haar romp gebruikte, soms subtiel, soms agressief om vooruit te komen. Hij deed zijn best haar te volgen. Al doende proefde hij haar zweet en ving de heerlijke vleug van liefdessmeer op, het nabad van parfum, zweet en inspanning. Hij zag dat ze klaarkwam, zich ontlaadde van een intense spanning, wat gepaard ging met geluiden, zo primitief, dat ze hem deden denken aan iemand die met geweld zijn darmen leegde. De zweetdruppels op haar huid getuigden van een welvolbrachte daad.

'Ik heb wat eten voor je gemaakt,' zei ze toen ze ontspanden en haar gezicht zo kalm was als een plas melk.

Een hamer sloeg op een gong in zijn hoofd en hij werd zich bewust van de tijd en het beest dat trappelde om zijn hol uit te komen. Hij merkte voor het eerst dat het licht in de kamer een heel stuk minder was. Hij dacht: ik moet het avondeten maken. Dat baarde hem enige zorg. Toen kreeg hij een idee. 'Mag ik dat eten mee naar huis nemen?'

'Wat?' zei ze, en ze schoot overeind.

'Ik zou vandaag koken,' legde hij uit. 'Maar ik heb er geen zin meer in. Ik zal doen alsof ik het gemaakt heb. Misschien komt ze er niet achter.'

Hij wilde zijn moeders naam liever niet uitspreken. Hij had het gevoel dat hij haar op een onbeschrijfelijke manier had verraden. Hij was niet langer haar kleine jongen en was nu, net als elke andere man, in staat tot het oogkleppengedrag en de leugens die onvermijdelijk zijn als je tegen elke prijs wilt winnen. In zekere zin wilde hij best tot die groep worden gerekend. Het betekende dat zijn moeder een vrouw was als elke andere. Geen godin, zoals hij dacht toen hij klein was.

'Ze komt er vast achter. Ze kent jouw manier van koken te goed om het verschil niet te merken.'

'Onderwijzers krijgen weleens wat. Van wie kan ik zeggen dat ik het eten heb gekregen?'

'Het moet iemand zijn die ze niet vaak ziet.'

'Noem eens iemand?'

'Wat dacht je van juffrouw Adongo?'

Ze barstten allebei in lachen uit, hielden elkaars schuddende lichaam vast.

'Volgens mij kookt ze boomstammetjes.'

'Laat ik je het eten maar meegeven. Onderweg naar huis bedenk je wel een dader,' zei ze en gaf hem een zoen op zijn borst.

'Mag ik water halen voor een bad?'

'Dat wilde ik juist doen,' zei ze, terwijl ze haar voetzolen op de vloer zette en haar wikkeldoek pakte om haar naaktheid te verbergen. Hij had haar willen vragen de wikkeldoek te laten vallen en haar bilspieren nog een paar keer te spannen.

Ze stak een lantaarn aan en begon gehaast te redderen. Ze bracht hem naar een kleine badkamer naast de slaapkamer en zei: 'Als ik tijd had gehad, zou ik je hebben gewassen.'

Instinctief sloeg hij zijn hand voor zijn geslacht, alsof ze had gedreigd het te zullen afbijten. 'Ik ben geen kind,' zei hij knorrig.

'Zelfs geen prinselijk liefje?' zei ze met een grimas; haar schaduw viel deels samen met de zijne op de betonnen muur.

'Het is te vroeg om al je liefje te zijn.'

'Ik weet het,' fluisterde ze. 'Ik zal mijn kleine man zijn bad laten nemen.'

'Een prins is nooit klein,' zei hij scherp.

'Goed. Ik zal mijn man zijn bad laten nemen,' zei ze met haar hoge lachje, dat nu weer spottend klonk.

'Ik hoor je graag mijn man zeggen.'

'Zo zo.'

Haar schaduw trok zich terug en hij pakte de luffaborstel en boende zijn lichaam. Boven het geluid van de borstel uit hoorde hij haar in de woonkamer bezig. Hij zei binnensmonds: 'Essentia, dit is het begin van het einde van uw absolute gezag.'

In de dichter wordende duisternis liep hij op de terugweg even haastig als hij het heen op zijn gemak had gedaan. Er zat een heerlijke roekeloosheid in zijn tred. Hij kwam op weg naar huis een paar boeren tegen en door de bondigste groet te gebruiken, zorgde hij ervoor dat niemand hem kon ophouden.

Zijn hart maakte een sprongetje van vreugde toen hij thuiskwam. Sinds de inbraak van majoor Azizima wist hij dat zijn vader nooit opzij van het huis op hun terugkomst stond te wachten.

Hij ging naar binnen, stak de lantaarn aan, kleedde zich om en begon het meegebrachte eten naar zijn eigen hand te zetten.

Gelukkig waren het aardappelen, klaargemaakt met heel weinig kruiden. Hij hakte saag fijn en fruitte het. Hij hoopte dat het ruwe blad zijn moeder voldoende zou afleiden.

Hij had zich geen zorgen hoeven maken. Ze kwam later dan gewoonlijk thuis, want de vergadering had zich eindeloos voortgesleept. En na afloop was ze door overijverige ouders opgehouden. Die wilden allerlei dingen met haar bespreken die niet aan bod waren gekomen. Dat was de reden die ze voor haar zware vermoeidheid aanvoerde.

In het zachte licht van de lantaarn zag hij dat ze ouder was geworden. Hij gaf haar een kop thee en diende later het eten op. En tot zijn grote vreugde had ze er niets op aan te merken. Een keer of twee nam ze hem scherp op, alsof ze een zo mysterieuze verandering had opgemerkt dat ze vreesde dat die eerder denkbeeldig dan werkelijk was. Hij hield zich stil als haar donkere, peinzende blik op hem viel. Een vaag glimlachje gleed over zijn gezicht zodra ze wegkeek.

'De onderwijzers en ouders hebben gezamenlijk besloten de prijsuitreikingsdag binnen een maand te houden,' liet ze weten.

'Is dat niet erg vroeg?'

'Het gaat ze niet om de kwaliteit van de muziek of de gedichten, het gaat ze om de veiligheidssituatie. Ze willen het doen zolang de soldaten er nog zijn.'

'Die kunnen niet weg. Die zijn hier nog maar net gedetacheerd.'

'Soldaten kunnen altijd naar de kazerne worden teruggeroepen,' legde ze uit.

'Niet als ze nodig zijn.'

'Zeg dat maar tegen de mensen aan de Oegandees-Soedanese grens. Volgens jou zou het hele Oegandese leger hun kampen moeten bewaken.'

'Waarom niet?'

MAJOOR AZIZIMA EN de jongens marcheerden in een verbluffend tempo; hun voetzolen raakten de grond nauwelijks. Ze wilden hun bestemming, tachtig kilometer verder, voor het invallen van het donker bereiken om hun werk te kunnen beginnen.

Majoor Azizima wou dat zijn geest even volgzaam was als zijn jongens. Er bleef van alles door zijn hoofd malen, zodat het bijna op hol sloeg.

Hij kon het idee niet van zich af zetten dat er iets niet in de haak was. Hij kon zich niet herinneren dat hem ooit was belet rechtstreeks verslag uit te brengen aan brigadier Balo, een man die nooit veel afweek van zijn beproefde methoden van één op één contact, de eeuwige peptalk en de onbeperkte vragen. 'Ik vang mijn ratten altijd met dezelfde val,' zei hij altijd met die absolute zekerheid in zijn stem van degenen die op vertrouwelijke voet stonden met de Heilige Geest.

Hij vond het vreemd dat de kolonel geen teken in de koolpalm had gekerfd, een ernstig vergrijp dat hem, als het werd gemeld, duur zou komen te staan. Hij was niet van plan hem aan te geven, ook al ging het hem aan het hart dat zo'n taak van levensbelang niet was uitgevoerd.

Het stak hem dat de kolonel de brutaliteit had gehad hem van nalatigheid te betichten. Hij had zich alleen maar gewonnen gegeven en om excuus gevraagd, omdat hij zo vroeg op de morgen geen zin had in ruzie.

Terwijl onder het lopen het gras zijn laarzen nat likte en de koude lucht in zijn gezicht beet, herinnerde hij zich dat hij de schoenen had achtergelaten. Hij was bijna stokstijf blijven staan, want hij vond het een slecht teken dat hij ze niet aan zijn baas kon geven.

Hij piekerde over het feit dat zijn baas hem niet had ontvangen en kwam tot de conclusie dat brigadier Balo inlichtingen moest hebben gekregen die zo belangrijk waren dat hij gedwongen was alles ervoor opzij te zetten. Hij dacht: is er een staatsgreep in Khartoem geweest? Heeft de Soedanese regering gemene zaak gemaakt met de Oegandese regering en deze toestemming gegeven de soldaten van het Leger van de Heilige Geest op Soedanees grondgebied te achtervolgen? Heeft het Volksbevrijdingsleger van Soedan de Basis der Basiskampen aangevallen en, de Heilige Geest verhoede, de generalissimo verwond?

Een tijd geleden had het Leger van de Heilige Geest een militair konvooi aangevallen en vijf Duitse missionarissen gedood: vier nonnen en een pater. Er was een floers over het basiskamp neergedaald. Er leek gevaar te schuilen in de lucht die iedereen inademde. Het vitriool droop uit majoor Azizima's koptelefoon omdat allerlei radiostations het nodig vonden het incident te veroordelen. In veel telefonische reacties van luisteraars werd de totale vernietiging van het Leger geëist.

Twee Europese non-gouvernementele jeugdorganisaties grepen de gelegenheid aan om de rekruteringsmethoden van het Leger zwart te maken, alsof de Heilige Geest eerst hen moest raadplegen alvorens een bevel uit te vaardigen. Ze riepen op de generalissimo te ontvoeren en als oorlogsmisdadiger te berechten.

Naarmate het moddergooien toenam, werd majoor Azizima beduchter om de radio aan te zetten. Telkens kwamen er machtige vijanden uit de koptelefoon die op zijn hersens inbeukten en zijn moed ondermijnden.

Het was de enige keer geweest dat het gedrag van brigadier Balo een mengsel van ergernis en aarzeling had vertoond. Zijn toespraken op het ochtendappèl klonken een tikje plichtmatig en misten de kracht die mensen gewoonlijk direct deed gehoorzamen. Het leek alsof er storing was op zijn rechtstreekse lijn met de Heilige Geest. Toch bleef hij zeggen: 'De storm trekt over.'

En die trok ook over. De buitenlandse regeringen – waaronder vele die de wapens fabriceerden waarmee het Soedanese bewind de generalissimo bevoorraadde – leken het voor gezien te houden. Ze dreigden niet meer met wapenembargo's of erger. Dat was het moment waarop brigadier Balo zei: 'Buitenlanders zijn onze beste vrienden.'

Het incident wakkerde majoor Azizima's ambitie aan om woordvoerder van het Leger te worden. Hij wilde de magie bezitten van hen die op vertrouwelijke voet stonden met de Heilige Geest. Hij wilde inzicht krijgen in de wereld van de internationale betrekkingen en de ongrijpbare macht, die venijnige aanvallen veranderde in de aangename stilte van medeplichtigheid. Hij wilde degene zijn die rapporten bestudeerde, met het toverstokje zwaaide en de commandanten hielp standvastig te zijn.

'Na deze missie moet ik Arabisch gaan leren,' zei hij bij zichzelf. 'De woordvoerder van het Leger moet Engels, Swahili en Arabisch spreken.'

Op dat moment hoorde hij een zware plof en een zachte kreet in de mist voor hem. Hij wist dat het sergeant Kabalega was. Hij greep zijn mes, versnelde zijn pas en vond algauw luitenant Dagomin die sergeant Kabalega overeind trok.

'Wat is er gebeurd?'

'Ik weet het niet, majoor. Ik viel.'

'Ben je gestruikeld?'

'Nee, majoor.'

'Majoor, hij is niet gevallen,' zei luitenant Dagomin grinnikend. 'Hij wilde gewoon een van zijn verloren tanden oprapen.'

'Sliep je?'

'Nee, majoor.'

'Majoor, toen hij een grote steen zag dacht hij dat het een doos tanden was die door de hemel was gestuurd.'

Sergeant Kabalega veerde als door een naald gestoken op. Elke ochtend vroeg hij moeder Maria hem weer tanden te geven. 'Alleen de voorffte dan,' smeekte hij nadat hij honderd weesgegroetjes had gebeden.

'Hou op, luitenant. Spreek alleen wanneer je iets gevraagd wordt.'

'Ja, majoor,' zei luitenant Dagomin met een kwaaie kop.

De woorden van luitenant Dagomin zetten majoor Azizima aan het denken. Het zou kunnen dat de kolonel en zijn mannen deserteurs waren die de amnestie hadden aangegrepen om te vluchten. Hij vroeg zich af of ze hem niet op een hopeloze missie hadden gestuurd om hem uit de buurt te hebben. Maar hij had geen enkele mogelijkheid om zijn verdenking na te trekken. In het Leger gehoorzaamde je eerst en stelde dan pas vragen.

Hij wist dat sergeant Kabalega van uitputting was gevallen. Maar hij besloot hem een paar vragen te stellen om na te gaan of er niets mis was met zijn hoofd.

'Wat zouden de soldaten doen op dit uur van de dag?'

'Hun tenten opruimen, hun geweren oliën en op orderff wachten, majoor.'

'Wat zegt brigadier Balo tegen de zieken?'

'Gauw beter worden. De Heilige Geeft heeft je nodig.'

'Hoeveel talen worden er 's avonds onderwezen?'

'Drie. Engelff, Ffwahili en Arabiff, majoor.'

Majoor gaf zijn benjamin een klopje op het achterhoofd en zei: 'Jou mankeert niets, Opa. Je moet alleen even uitrusten.'

'Majoor, ik ruik water,' zei luitenant Dagomin. 'Er moet een riviertje in de buurt zijn.'

'Laten we een bad nemen,' zei majoor Azizima. Hij was moe en had honger. Hij vervloekte sergeant Kabalega dat hij een pauze had afgedwongen die niet was gepland.

Ze vonden het riviertje honderd meter verderop. De zon kwam door toen ze op de oever naar het donkerbruine water stonden te kijken. Overal groeide er gras, behalve waar het door dieren was vertrapt. Majoor Azizima herkende meteen de hoefafdrukken van antilopen en duikerbokken. Terwijl hij

163

de zware geuren van rottend gras en mest opsnoof, onderzocht hij een paar van de diepere afdrukken, sommige gevuld met water. Hij kon niet zeggen of het sporen van koeien of van buffels waren. Hij riep luitenant Dagomin en vroeg wat hij ervan dacht.

'Absoluut koeiensporen, majoor. Moet je al die vlaaien zien.'

Niet overtuigd, vroeg hij het aan sergeant Kabalega.

'Ffouden buffels kunnen ffijn. Als u me de tijd geeft het ffpoor te volgen, kan ik het met ffekerheid ffeggen, majoor.' Sergeant Kabalega zei het zo vlug dat hem werd gevraagd het te herhalen.

'Daar hebben we geen tijd voor,' antwoordde majoor Azizima vinnig.

Hij knielde neer, schepte met zijn handen het water op en dronk. Opzij kijkend naar de mest vroeg hij zich af waar die koeien dan vandaan kwamen. Het Leger van de Heilige Geest had het gebied al lang geleden ontvolkt, dat maakte het idee dat hier koeien kwamen drinken hoogst onwaarschijnlijk.

Nadat de jongens hadden gedronken en hun waterzakken hadden bijgevuld, gaf majoor Azizima hun permissie om twintig droge maïskorrels en een stukje gedroogd vlees te eten. Luitenant Dagomin wilde opmerken dat het geen spekje voor het bekje van zijn mindere zou zijn, maar zag ervan af toen hij de uitdrukking op het gezicht van zijn meerdere zag.

Sergeant Kabalega ging apart zitten en slikte zijn korrels heel door. Hij had weinig méér succes met het vlees; hij sneed het in kleine stukjes die hij besabbelde en doorslikte. Het liefst at hij papaja's en broodvruchten; hij dankte de Heilige Geest als hij die eens tegenkwam. Als ze niet in een mijnengebied hadden gezeten, was hij erop uitgegaan om er een paar te zoeken.

'Doe je kleren uit en ga het water in,' beval majoor Azizima aan het eind van de maaltijd.

Luitenant Dagomin siste toen zijn huid in aanraking kwam

met het koude water; zijn ondergeschikte was stoïcijnser. Majoor Azizima keek een tijdje toe voor hij het vuile water in stapte. Hij was een goede zwemmer, maar zijn hoofd stond niet naar zwempartijtjes. Hij poedelde wat en gooide handenvol water naar zijn jongens. Ze reageerden niet.

'Hoe komen we ongezien de kazerne binnen?' vroeg hij klappertandend.

De jongens bleven verstijfd staan en de glinster verdween uit hun ogen.

'Majoor, we hebben tijd nodig om iets te bedenken,' verzocht luitenant Dagomin.

'Ik geef je wat tijd, maar niet veel.'

'Majoor, we zullen het proberen,' beloofde hij met een zeldzame nederigheid, die zijn baas aangenaam trof.

Toen ze het water uit waren, hervatten ze de mars met hernieuwde energie. Ze liepen door uitgestrekt grasland met hier en daar een eenzame boom, waaronder, wist majoor Azizima, humeurige buffels graag wachtten. Hij probeerde zijn angst daarvoor uit zijn hoofd te zetten, maar die kwam telkens terug.

Rechts van hen lag het hart van de gebieden die door het conflict ontvolkt waren; de huizen stonden tijdens het hete seizoen in de zon te blakeren en tijdens het regenseizoen in het vocht te verkrotten. In de verwilderde tuinen hadden de nijlpaarden mijnen gelegd om het Leger van een aanlokkelijke voedselbron te beroven. Soms slopen kinderen terug om te proberen te oogsten wat er nog was en moesten ze dat bekopen met hun ledematen of leven.

In een poging de buffel te doden die steeds groter voor zijn geestesoog opdoemde, haalde majoor Azizima zijn rozenkrans te voorschijn en liet de kralen door zijn vingers glijden. Geleidelijk aan trok het monster van zijn angst zich terug in de diepten van zijn brein.

Plotseling hoorde hij een geluid. Het was het loeien van koeien. Hij slaakte een diepe zucht van opluchting en dacht:

dus de hoefprenten waren toch van runderen! Dank u, moeder Maria.

Zijn opluchting sloeg om in de drang verse melk te drinken. Hij kon nauwelijks wachten om de overmoedige herder te zien die hier zijn vee liet grazen. Soms stuurden de nijlpaarden spionnen uit vermomd als boeren, herders of jagers. Hij wilde weleens horen wat zo'n kerel als excuus aanvoerde.

Ze hadden hem al snel in de peiling. Hij stond in laag gras, met zijn blik op zijn koeien gericht. Hij rookte een pijp, wat majoor Azizima zowel stom als gevaarlijk vond. Hij leunde op zijn staf, ogenschijnlijk in de ban van de schoonheid voor hem. Hij had tien koeien en die wilde majoor Azizima aan zijn baas geven.

Op zijn teken viel sergeant Kabalega de herder van achteren aan, trok met één snelle beweging de stok weg, zodat de man viel, drukte diens handen tegen de grond en sprong op zijn rug. Het scheelde dat de herder zich niet verzette en deed alsof het allemaal afgesproken werk was.

'Laat me alsjeblieft leven, meneer. Ik zal er met niemand over praten,' smeekte hij met een piepstem.

'Dacht je dat we voor iemand bang waren?' vroeg sergeant Kabalega op ruwe toon. Hij vervolgde zijn woorden met stompen in de rug.

'Het spijt me als ik u beledigd heb, meneer. Het spijt me.'

'Je bent een ffpion. Daarom ben je hier. Daarom ffijn je vervloekte benen niet door mijnen afgerukt,' zei sergeant Kabalega vechtlustig.

'Ik ben geen spion. Ik was in m'n eentje op zoek naar weidegrond, meneer.'

'In je eentje? Waarom ben je niet met andere herderff gekomen?' zei hij met gespetter van spuug.

'Ik heb geen vrienden, meneer. Ik ben alleen.'

Sergeant Kabalega gaf hem nog een paar stompen en uitte nog meer dreigementen. Uiteindelijk zei hij: 'Wie ben ik?'

'Een reiziger zonder gezicht, meneer.'

'Wat wil ik?'

'Uw keel smeren, meneer.'

Er klonk een harde klap. 'Wie ben jij om mij te vertellen wat ik wil. Je bent echt een ffpion.'

'Het spijt me. Ik zal het niet meer doen, meneer.'

'Ik zal die fftaf in je reet ffteken, ffmerige ffpion.'

'Ik ben geen spion, meneer. Ik ben geen spion,' zei de man zonder een vin te verroeren.

'Waar zijn de regeringfftroepen?'

'Bij de lagere school van Nandere, meneer.'

'Hoe weet je dat?'

'Dat weet iedereen, meneer.'

'Maar je ffei dat je alleen was.'

'We horen soms iets van vrachtwagenchauffeurs. We geloven ze omdat ze er nu naartoe kunnen. Dat durfden ze eerst niet, meneer.'

Majoor Azizima gaf zijn ondergeschikte een teken om het verhoor te beëindigen. Het liet zich aanzien dat de verjaardag van de generalissimo alle records zou breken. Er zou voor dagen vlees zijn. Hij zag de koeien al aan het spit draaien. Een golf van voorpret sloeg door hem heen en gaf hem het gevoel dat hij zweefde. Toen hij weer met beide benen op de grond stond, dacht hij: Soldaten van de Geest, mijn bevordering is binnen.

'Eén beweging en ik ffteek die fftaf waar je 'm er niet meer uit kunt krijgen,' zei sergeant Kabalega, terwijl hij opstond. Zijn ogen flonkerden van trots op het werk dat hij had afgeleverd.

Hij kwam uit een familie van veehouders en was gevangengenomen toen hij zijn vaders vee aan het hoeden was.

Hij liep naar de koeien en begon een liedje te fluiten dat herders voor hun koeien zongen en waarin ze hun beesten ophemelden. Eerst spitsten de koeien hun oren, tilden daarna hun koppen op en bleven toen staan.

Ingenomen met deze actie kwam majoor Azizima uit zijn

dekking. Hij keek naar de schaduwen van de bomen en besloot dat ze van hieruit non-stop verder zouden marcheren.

Luitenant Dagomin stond naast zijn baas naar zijn ondergeschikte te kijken. Er lag iets van jaloezie in zijn ogen. De van nature verlegen sergeant Kabalega was helemaal in zijn element.

Hij koos een grote koe uit, zong haar toe en streelde haar flanken. Zijn hand kwam steeds lager. Uiteindelijk nam hij de uier in zijn vingers en streelde die zachtjes tot de melk eruit spoot. Hij moest bij het zien van het witte vocht zo watertanden dat hij flink moest slikken.

Terwijl zijn sergeant de koe bleef strelen, hurkte majoor Azizima in het gras, beducht voor de staart die ritmisch vliegen wegsloeg. Met een knie op de grond, nam hij de speen in zijn mond en begon te sabbelen. Terwijl de zoete, geurige melk in zijn mond stroomde, maakte hij slikkend verlekkerde keelgeluiden.

In zijn hoofd kwam een beeld op van moeder Maria. Ze duwde haar tepel in zijn mond, zoals altijd wanneer ze hem een wens toestond of zijn gebed verhoorde. Majoor Azizima kon zijn ogen niet afhouden van de lange, buisvormige tepel. Hij verdronk in de moederlijke blik die op zijn gezicht viel, terwijl ze hem liefdevol voedde.

De aangename sensatie verhevigde en hij begon zich af te vragen hoeveel tepels moeder Maria moest hebben om haar miljoenen vereerders tevreden te stellen. In het besef dat hij zich schuldig zou maken aan godslastering als hij hierover doordacht, trok majoor Azizima zijn hoofd en mond weg van de koeienspeen en sloeg een kruis. Het idee dat moeder Maria haar tepel, of miljoenen tepels, uit haar heilige bh zou halen choqueerde hem. 'Bij haar is alles hemels,' riep hij luid.

Luitenant Dagomin, die op zijn beurt stond te wachten, schoot in de houding en zei: 'Majoor?'

'Ik had het niet tegen jou, lummel.'

Met een chagrijnige blik haalde luitenant Dagomin zijn

schouders op en zakte op zijn knie. Hij haalde een speen naar zijn mond en zoog. Hij stond algauw weer op en klaagde dat de uier leeg was.

Sergeant Kabalega vond een koe met een zo rijke uier dat die de dorst van vier soldaten had kunnen lessen. Luitenant Dagomin en hij dronken tot ze niet meer konden.

De melkpartij eindigde vreedzaam toen de jongens stilletjes in de struiken verdwenen. Majoor Azizima wist dat de herder minstens een uur zou blijven liggen voor het geval ze nog in de buurt waren.

Bij de eerstvolgende koolpalm liet hij zijn sergeant de boodschap kerven dat zijn baas soldaten moest sturen om de koeien op te halen.

Nu ze aan de laatste etappe van hun reis begonnen, had majoor Azizima wel in zingen willen uitbarsten. Hij bedankte moeder Maria voor de koeien. Hij bedankte haar ook dat ze de buffels voor hem uit de buurt had gehouden.

Toen de zon zich aan het eind van de middag achter donkere wolken had teruggetrokken en de temperatuur was gaan dalen, gaf hij het bevel halt te houden. Ze waren nog maar een paar kilometer van de kazerne vandaan en konden niet verder zonder gevaar te lopen te worden gepakt of neergeschoten.

Majoor Azizima ging onder een grote broodvruchtboom zitten kijken hoe sergeant Kabalega een flinke oogst aan stukken aan het snijden was. De geur vulde zijn neus en prikkelde zijn eetlust. Hij was teleurgesteld dat zijn ondergeschikten met geen enkel zinnig idee op de proppen waren gekomen. Hij vond het een klein minpunt op een dag dat ze twee belangrijke prestaties hadden geleverd: de vondst van de koeien en het voltooien van deze tocht. Hij kauwde op de vrucht en dacht: een redelijke dag. Nu nog zien hoe die afloopt.

'Luitenant Dagomin,' zei hij met een stem waarin meer vermoeidheid dan gezag doorklonk, 'ik wil dat je in die kapokboom klimt en een oogje op de weg houdt. Misschien komen je slaperige hersens daar een beetje op gang. Jullie hebben me teleurgesteld. Nooit meer doen.'

'Nee, majoor.'

'Nee, wat?' zei majoor Azizima met dikke tong. Hij voelde zich een zieke, oude man aan het eind van zijn krachten. Hij moest er niet aan denken om af te takelen, want hij had nog een hoop te presteren.

'Majoor, we zullen het nooit meer doen,' hoorde hij zijn luitenant zeggen. De stem leek van ver te komen en deed hem denken aan iemand die over een breed water naar een ander roept.

Terwijl hij naar een weerwoord zocht, voelde hij zijn bloed dikker en zijn ogen zwaarder worden. Hij viel in slaap met zijn rug tegen de stam en voor zijn ogen verscheen het eerste nijlpaard dat hij met een katapult had gedood.

De man had een enorme navel, die als een sinaasappel uitpuilde. Hij bleef maar vallen zonder de grond te raken. Hij jammerde, als zovelen in doodsnood, met een piepstemmetje om zijn moeder. Hij hield zijn handen stijf voor zijn gezicht, over het gat waarin de dodelijke steen lag gebed. Het gekronkel en geschok van zijn lijf was bijna obsceen.

Majoor Azizima had hem geveld in de Slag van Gods Toorn, die zes uur duurde. Hij zag de nijlpaarden in golven oprukken en een ongewone moed ten toon spreiden. Maar elke golf werd neergemaaid door het vuur van het Heilige Geestleger. Het was een verbazingwekkend gezicht: net of de kogels die de nijlpaarden afvuurden in water veranderden. Ze beten niet. De immense stilte te midden van het bloedbad was verbijsterend. Major Azizima geloofde dat hij een ijsvogel was geworden en boven zijn eigen lichaam zweefde.

Die dag had het Leger van de Heilige Geest tachtig nijlpaarden gedood en er eenentwintig gevangengenomen. De generalissimo had gloedvolle loftuitingen gestuurd en brigadier Balo, het brein achter de triomf, tot zijn huidige rang bevorderd. Hij beloofde bevordering voor elke betrokken soldaat. Hij kondigde zeven dagen feest af, wat nog nooit was voorgekomen.

Een maand na zijn bevordering tot majoor hoorde Azizima op het nieuws dat de aasgieren in Kampala een commissie hadden ingesteld die het gedrag van hun leger bij de heroïsche veldslag moest onderzoeken. Een halfjaar later vernam hij van een bevriende medestrijder dat één nationale krant de bevindingen van de commissie had gepubliceerd.

Majoor Azizima en zijn vriend waren in een hoge boom geklommen om niet afgeluisterd te kunnen worden. Hij zag de jongen nog voor zich, benen bungelend over een tak, op zijn gezicht de glimlach van een geheimenweter. 'Een hoge piet in de ammunitiefabriek had de hoeveelheid kruit per kogel verminderd om aan het overgebleven buskruit te kunnen verdienen.'

'Leugenaar,' brulde majoor Azizima. 'We danken onze overwinning aan de Heilige Geest, niet aan de hebzucht van een of ander nijlpaard.'

'Ik heb een nummer van de krant om het te bewijzen,' zei zijn vriend en hij moest zo hard lachen dat hij tranen in zijn ogen kreeg.

Dezelfde vriend smokkelde de krant het basiskamp binnen, omdat hij een wedje had gemaakt met een andere soldaat. Brigadier Balo betrapte de soldaat met de beladen nieuwspagina en veroordeelde hem tot vijfhonderd zweepslagen, in series van vijftig. De zwaarte van het vonnis, de aanblik van de opengescheurde rug, billen en dijen van de officier, samen met de afschuwelijke angst dat hij elk moment kon doorslaan en vertellen wie hem de krant had gegeven en wie die onder ogen had gehad, bezorgden majoor Azizima vele slapeloze nachten. Hij was bang dat hij 'de buffel', zoals de straf werd genoemd, niet zou overleven als hij verraden werd. Hij bad om redding als nooit tevoren.

Tot zijn grote opluchting sloeg de jongen niet door. Hij bleef leven en zijn wonden genazen en etsten een netwerk van littekens op zijn huid. Majoor Azizima had gezworen zijn eerste zoon Sena te noemen, naar deze heldhaftige jongen. Sena stierf een jaar later bij een treffen met de nijlpaarden. Twee jaar lang spookte hij door majoor Azizima's nachten.

Toen majoor Azizima uit zijn dutje ontwaakte en zijn jongens boven in de kapokboom zag zitten, probeerde hij na te gaan hoe lang hij had geslapen. Maar zijn hersens waren taai als gedroogde gom. Hij had de indruk dat hij buiten de tijd stond. De half opgegeten plak broodvrucht die boven zijn hoofd draaide, versterkte die sensatie.

Nog steeds slap in zijn benen hees hij zich overeind en keek in de kapok omhoog. 'Hebben jullie wat gezien?'

Luitenant Dagomin klom naar beneden en meldde: 'Legervrachtwagens die de heuvel op en af gaan, majoor. Verder niets.'

'Hoe lang heb ik geslapen?'

'Bijna twee uur, majoor.'

Majoor Azizima grimaste. Hij bestudeerde de bewolkte lucht alsof daar het antwoord op zijn probleem geschreven stond. Hij hoopte dat moeder Maria hem niet strafte voor zijn onbeschaamdheid.

'Majoor, u heeft in uw slaap gegild. Als iemand die afgeranseld wordt,' zei luitenant Dagomin, die de blik van zijn baas probeerde te ontwijken. 'En u riep de naam van kapitein Sena.'

'Sena!'

'Ja, majoor, u riep zijn naam telkens weer. We weten niet door wie u werd geslagen. Hij was behoorlijk meedogenloos.'

Opnieuw keek hij naar de lucht. Hij had een hekel aan donkere luchten.

Hij voelde zich zo zwak dat hij bang was dat hij koorts had; toen schoot hem te binnen dat verse melk altijd raar op zijn gestel inwerkte. Hij stuurde luitenant Dagomin terug naar zijn uitkijkpost. Hij reikte omhoog en pakte zijn broodvrucht, waarvan de schil geruststellend ruw aanvoelde. Met geweld brak hij de stengel en begon te eten.

Een paar minuten later drong het geronk van een zware motor tot hem door. Het kwam zo onverwacht dat hij zich bijna in een hap verslikte. Toen het geluid sterker en duidelijker werd, begon zijn linkerhand te trillen en nam hij de broodvrucht in zijn rechterhand. Hij was blij dat niemand had gezien hoe bang hij was. Toen de helikopter heel dichtbij leek te zijn, won zijn nieuwsgierigheid het van zijn angst en gooide hij de broodvrucht in het gras.

Met trillende ledematen klauterde hij in de kapokboom en posteerde zich op de hoogste tak. Het uitzicht was ontzagwekkend. Hij kreeg het gevoel dat hij in diepgroen, behoorlijk ruw water zwom. De wind die de bladeren bewoog, drong in zijn huid en hij huiverde. Hij tuurde in de richting van het geluid en moest plotseling een aanval van hoogtevrees overwinnen, een heel nieuwe ervaring.

Enkele minuten later verscheen de groene machine. Hij leek op hen af te vliegen. Algauw begon de boom te schudden. Het was te laat om nog naar lagere takken te verhuizen. Majoor Azizima wilde zoveel mogelijk zien, alsof dat hem de munitie zou geven om de machine, die in de richting van de lagere school van Nandere verdween, neer te halen.

Hij was trots dat het geluid hem geen buikloop had bezorgd. Zachtjes riep hij om bescherming van moeder Maria, met een stemmetje waarvan hij hoopte dat nooit iemand het zou horen, zijn ondergeschikten wel het allerminst.

De stem van luitenant Dagomin maakte hem aan het schrikken, al hield hij de ware aard van zijn gevoelens achter een stalen gezicht verborgen. 'Majoor, de stinkende nijlpaarden hebben in jaren geen doodskisten gebruikt. Betekent dat een andere tactiek?'

Hij vond het een uitstekende vraag. Hij had hem bijna de woorden uit de mond gehaald. 'Misschien, maar hoe is dat te bewijzen?'

'Waarom vragen we het die nijlpaarden in Nandere niet?'

'Precies,' prees majoor Azizima.

'Majoor, waarom is die doodskist zo laat opgestegen? Zijn piloten niet meer bang om 's nachts te vliegen?'

'Je hebt gelijk. De meeste piloten zorgen dat ze lang voor het donker aan de grond staan. Ik denk dat ze aan de motor hebben gesleuteld en niet tot morgen konden wachten om hem uit te testen. Ze willen de kinderen zeker zo gauw mogelijk laten zien dat ze de boel weer in de hand hebben. Zijn jullie die kleine patrouille met trommels door het gebied soms vergeten?'

'Waarom is de doodskist nog niet terug?' vroeg luitenant Dagomin zich af. De uitdrukking op zijn gezicht gaf te kennen dat hij eerdere verwijten van zich af had gezet. Hij voelde dat het slechts een kwestie van tijd was voor hij in rang zou opklimmen. En dat hij genoeg karakter en talent had om zijn baas de baas te zijn.

'Die komt gauw genoeg. Je kunt zo'n luchtshow tegen de avond niet eindeloos rekken,' zei majoor Azizima met een tikje dreiging in zijn stem.

Alsof de piloot zijn vijand ter wille wilde zijn, hoorden de jongens de helikopter terugkomen. Het was alsof de motor onder hun huid trilde. Majoor Azizima herkende het boordlicht. Hij volgde het tot het niet meer te zien was. Het geluid hield langer aan en deed hem denken aan water dat met korte tussenpozen hevig kolkte. Hij wou dat hij een projectiel naar de rotor had afgeschoten.

Ten slotte daalden stilte en duisternis over het oerwoud. Om de een of andere reden begon majoor Azizima zich koortsig te voelen. Over zijn hele lijf had hij rillingen, zijn tanden klapperden en zijn botten rammelden. De aanval duurde maar een paar minuten. Ze zaten een eind bij het vervallen huis vandaan. Vannacht moesten ze genoegen nemen met de grot hier in de buurt.

BEEDA BRACHT DE eerste dag na zijn inwijding in een dromerige toestand door. Hij had nauwelijks de rust in zijn lijf om ook maar iets af te maken. Bij het ochtendappèl kon hij het niet laten naar juffrouw Alaso te gluren. Terwijl zijn moeder haar leerlingen opriep om uit te blinken, was hij erop gespitst te zien of het dezelfde vrouw was die zo had gekreund en gekronkeld.

Bij aankomst had hij de klaslokalen vluchtig nagelopen met het vooruitzicht haar te kunnen spreken voor het appèl. Maar tegen alle verwachting in was ze heel laat gekomen. Hij had het uur voor het appèl in een vreselijk gespannen toestand doorgebracht, het ene moment in de hoop dat ze zou komen, het volgende moment bang dat ze niet zou opdagen.

De stormachtige nacht, waarin hij beurtelings brigadier Balo tot moes had geslagen en haar had sufgeneukt, bleef hem achtervolgen. Hij wist dat hij zich door zijn vreemde gedrag waarschijnlijk verraadde, maar was niet in staat er iets tegen te doen.

Op een bepaald moment was juffrouw Adongo naar hem toegekomen, terwijl hij met starre ogen naar de weg stond te kijken en gedachteloos met het bamboerietje op zijn hand tikte. Ze keek hem met een diepe frons op haar voorhoofd aan en vroeg: 'Hé, wat is er aan de hand? Waarom sta je zo woest naar de soldaten te staren?'

Beeda schrok zich wild.

'Hé, ben je doof?'

'Hé. Wat zei u?' antwoordde hij chagrijnig.

'Neem je zuster in de maling,' zei ze scherp. 'Ik vroeg je of je gisteravond aan de drank bent geweest.'

'Wat een schitterend idee! Hé,' zei hij vals. Hij had zin haar een pets te geven.

'Wat zeg je daar?' zei ze, zwaaiend met háár rietje.

'Ik bad even om sprankelender conversatie.'

'Hé, ik kan je rapporteren voor wangedrag en ongehoorzaamheid,' dreigde juffrouw Adongo met rollende ogen en haar stokje in de rechterhand geklemd.

'Hé. U vergeet één ding. Ik ben een kroonprins, zoals u me eens hebt genoemd. Ik hoef niet bang te zijn voor mijn salaris of mijn pensioen.'

Ze keek hem aan met ogen vol haat, zoog luidruchtig op haar tanden en liep nijdig weg.

Beeda was blij dat hij haar brede achterkant zag verdwijnen. Hij wist dat ze tegen iedereen zo akelig deed. Maar hij hoopte dat ze zou struikelen, vallen en dik onder de vogelpoep zou komen.

Tijdens de pauze kwam juffrouw Alaso naar zijn klas. Hij zat uit het raam te kijken met een stapel schriften op zijn tafel.

'Je moet je wel gedragen,' zei ze nogal streng. 'Je wilt toch niet dat E. erachter komt?'

'Ik kon vannacht niet slapen. Ik kan me nu niet concentreren. Mijn hoofd is op vier plekken tegelijk. Het enige wat me rustig maakt is naar jou kijken.'

'Ik weet het, maar je moet doen alsof er niets is gebeurd. Wil je dat E. me de zak geeft?'

'Ik zou meteen met je meegaan,' zei hij vurig.

'Verman jezelf. Ik wil dat je je normaal gedraagt.'

'Dat kan ik niet. Schrijf me een briefje. Misschien helpt dat.'

'Dat is te gevaarlijk.'

'Anders kan ik me niet concentreren.'

'Goed. Ik zal zien wat ik kan doen.'

Daarmee liep ze het lokaal uit, haar schoenen hamerden op de cementen vloer. Hij wilde achter haar aan. Hij wilde zijn neus in haar oksel duwen. Hij wilde de hele dag in haar buurt zijn. Hij was verrast door het soort afhankelijkheid dat hij voelde.

De middag werd bepaald door twee voorvallen. Het eerste was de komst van meneer Oryang. Hij zat als een gehoorzaam kind, handen op zijn dijen, in de 'elektrische stoel' naar zijn gastvrouw te gapen. Beeda's ogen vlogen heen en weer tussen zijn moeder en haar bezoeker.

'Eindelijk weten we waar Azizima naartoe is gegaan nadat hij hier was vertrokken,' begon hij.

'Dat is wat je noemt echt nieuws,' zei mevrouw Ogema, die het moeilijk vond om stil te zitten onder de gedurige blik van haar bezoeker.

'Hij is naar de Duitse hulppost gegaan en heeft de medisch assistent en de nachtwaker ontvoerd. Hij heeft alle medicijnen en voorraden meegenomen die hij te pakken kon krijgen.'

'Waar is hij nu?'

'Dat weet niemand. We weten alleen dat de ontvoerden, dood of levend, nog niet zijn gevonden.'

'Is er enig nieuws over de plannen van brigadier Balo?'

'Niets. Ik probeer er nog steeds achter te komen.'

'Op de vergadering hebben we besloten de prijsuitreikingsdag over een maand te houden. Hoe pakken we dat aan als de kans bestaat dat Azizima terugkomt?'

'Gewoon doorgaan met al jullie plannen,' zei meneer Oryang kalm.

Beeda ergerde zich ontzettend aan meneer Oryangs houding. Hij wekte de indruk dat het hem allemaal niets kon schelen. Met het doden van zijn vrouw schenen de rebellen een groot deel van hemzelf te hebben gedood. Beeda dacht: hij is zo kalm als een lijk.

Maar de hardheid van zijn oordeel maakt hem niet gelukkiger. Hij voelde zich er eigenlijk alleen maar ellendiger door. Hij had de pest in dat juffrouw Alaso naar huis was gegaan zonder gedag te zeggen.

Die hele middag had hij nog geen schrift nagekeken. Als hij naar de letters keek was het alsof ze in Arabische kriebels veranderden waaruit hij geen wijs kon worden. Hij had uren naar de heuvels aan de horizon zitten staren. Hij had enige troost geput uit de verschillende tinten blauw daar, maar niet genoeg om de pijn die hij voelde te vergeten.

'U heeft toch contacten in het rebellenkamp. Waarom hebben die u niks verteld?' zei hij op zo'n brutale toon dat de volwassenen er even stil van waren.

'Beeda!' blafte mevrouw Ogema. 'Zeg dat je spijt hebt van de toon die je aanslaat.'

Meneer Oryang hief met onbewogen gezicht zijn hand op. Hij keek naar Beeda en zei: 'Is er iets wat je me wilt zeggen?'

Beeda begreep dat meneer Oryang op zijn schuldgevoel doelde. Hij zou hard willen lachen; alleen de vermaningen van juffrouw Alaso hielden hem tegen.

'Beeda!'

'Het spijt me,' zei hij mat.

'Hij is al de hele ochtend uit zijn humeur,' legde ze uit.

Meneer Oryang glimlachte en zei: 'Dat is heel normaal voor temperamentvolle jongelui.'

Beeda was ervan overtuigd dat meneer Oryang een hoop geheimen onder zich hield. Wat verlangde hij naar de dag dat ze los zouden komen en als veertjes door de lucht zouden vliegen!

De komst van de helikopter had Beeda een welkome afleiding bezorgd. Hij had de aarde laten beven en de bomen laten buigen. Het mooiste vond hij het als het toestel stil hing, alsof het twijfelde tussen landen of ervandoor gaan. Uiteindelijk landde het midden op het voetbalveld. De deur ging open en twee soldaten klommen eruit en liepen naar hun collega's.

Zoals hij daar in de zee van gras stond in het geleidelijk afnemende licht, leek de helikopter een krokodil op stelten. De snuit zag er kwetsbaar uit. De rotor leek op een speelgoeddingetje, erop gezet uit esthetische, zoniet komische overwegingen. Hij had weinig fiducie in de vernietigende kracht van deze machine.

Na een kort verblijf vertrok hij weer. Hij keek hoe hij opsteg, de bomen liet sidderen. Hij wou dat hij de blues net zo heftig uit zijn lijf kon schudden.

Onderweg naar huis vertelde zijn moeder hoe teleurgesteld ze was geweest hem zo, op het beledigende af, tegen meneer Oryang te horen praten. Hij werd kwaad. Hij wou dat hij haar kon zeggen dat ze zich maar eens goed moest laten pakken. 'Gedraag je normaal, prins,' hoorde hij juffrouw Alaso waarschuwen.

'Ik had het gevoel dat hij te veel informatie achterhield.'

'Dat is aan mij om te bepalen. Jij was maar een toeschouwer.'

'Ik heb toch mijn excuses gemaakt? Daar leek hij best tevreden mee.'

'Ik weet dat je iets dwars zit. Ben je soms bang voor een nieuwe aanval?'

'Ik wens Azizima het allerergste toe.'

'Wat er ook van hem geworden is, hij is nog steeds je broer.'

Hij hield zijn mond.

Na het eten ging hij naar zijn kamer om zijn lessen voor te bereiden. Hij moest ook nog een hoop schriften nakijken. Toen hij ze uit zijn tas haalde, viel er een envelopje uit. Met een mond vol as scheurde hij het open. Er zat een briefje in dat hij aan het handschrift herkende; juffrouw Alaso had het wijselijk niet ondertekend.

'Kwelgeest,' zei hij met zijn eerste glimlach van die dag. 'Wanneer heb je dat erin gefrummeld? Waarom heb je niet gezegd dat je aan me dacht? Waarom liet je me zo belachelijk doen?'

Hij ging op bed liggen om het briefje te lezen. Het stond vol vermaningen en liefdevolle woorden. Hij sprong van zijn bed en bleef midden in de kamer staan. Hij wilde schreeuwen van geluk. Hij wilde dansen. Hij wilde radslagen maken. Bruisend van energie zette hij zich aan het nakijken van de schriften. Daarna bereidde hij de lessen voor. Hij had nog een hoop energie over, al kon hij die nergens meer aan kwijt.

Hij wou dat hij naar buiten kon, een ommetje rond de heuvelrug maken. Hij wou dat hij Agoolu kon opzoeken, om te zien hoe het de ontheemden verging. Hij dacht: ik heb me de hele dag als een verwend kind gedragen. Dat moet anders.

Hij ging zijn moeder welterusten zeggen. Het parfum van opgekropte begeerte trof zijn neus. Hij bleef in de deuropening naar haar staan kijken. Hij vroeg zich af waarom ze nooit de deken over zich heentrok voor ze de laatste druppels bier uitdronk. Ze zag eruit als iemand die op een verlate minnaar wacht. Hij keek naar haar gespierde dijen, gebeeldhouwd als gelakt hout. De vonk was gedoofd. Hij keek opnieuw in de hoop iets te voelen. Er gebeurde niets. Buiten riep een eenzame vogel. Hij dacht: er is een hoofdstuk afgesloten en ik ben blij dat ik dit kan meemaken.

Opeens voelde hij zich een indringer die iets laakbaars doet. Een lichte paniek maakte zich van hem meester en hij wilde halsoverkop vluchten. Onder de paniek lag een gevoel van afwijzing, dat hij versterkt wilde zien door de aanwezigheid van een man op het bed.

Met haar pruttelend gesnurk in zijn oor en haar vervliegend parfum in zijn neus, draaide Beeda zich om en liep de kamer uit.

DE TWEEDE DAG gingen majoor Azizima en de jongens terug naar de lagere school van Nandere. Hij was dolblij dat de wegversperring er nog was. Hij had die nacht in angst gezeten dat de helikopter instructies voor de nijlpaarden was komen brengen om de wegversperring voor het aanbreken van de dag op te heffen.

Ze zaten tussen de takken van een lage boom verscholen en observeerden hun vijanden door het dikke gebladerte. Ze bevonden zich nog geen tachtig meter van de wegversperring; in stilte daagde majoor Azizima zijn vijanden uit om de weg over te steken en aan te vallen. Hij schatte dat hij met Sint Pieter, zijn geweer, makkelijk zes van de nijlpaarden kon omleggen voor ze ook maar één schot hadden afgevuurd. Hij dacht: ze kunnen ons niet verslaan. Wij vechten voor de Heilige Geest; zij vechten voor geld. Hij spuugde de gedachte minachtend uit.

Het was een stralende ochtend, zoals meestal na een mistige dag. Het heldere licht, zonder geblikker, kikkerde hem op. Hij voelde de tegenwoordigheid van de Heilige Geest in de weelderige plantages en in de frisse lucht die hij inademde. Hij was trots als een landeigenaar die zijn vruchtbare akkers overziet.

Tijdens het ochtendgebed had hij gevraagd om helder inzicht. Nu had hij het gevoel dat zijn gebeden volledig zouden worden verhoord. Dat had hij zelden. Maar als het gebeurde, werden zijn inspanningen met succes beloond.

Maar een paar ogenblikken later begon hij zich koortsig te voelen. Zijn lichaam schokte en zijn tanden klapperden. Hij snapte er niks van. Hij was zo goed als immuun voor malaria, van meer dan een enkele rilling had hij nooit last. Met bevende

handen klom hij uit de boom en liep het bos in om genees-
krachtige kruiden te zoeken.

Terwijl hij de struiken uiteenduwde, drong het geluid van de
bel tot hem door. Het was een hard, metaalachtig geluid,
voortgebracht door flink met een bandenlichter op een oude
velg te slaan. Het geluid herinnerde hem aan de scholen die het
Leger had afgebrand als waren het palmtakken na palmzondag. Ze gebruikten allemaal dit soort bel. Het geluid voerde
hem terug naar de tijd dat hij een van de leerlingen was, die,
onder de strenge blik van de directrice, maakte dat hij snel in
de rij ging staan.

Toen hij had gevonden wat hij zocht, trok hij een kleine tak
van de struik. Hij schudde er de kleine zwarte beestjes af die
over de stengel kropen en plukte de grovere, heilzamere bladeren. Hij veegde ze schoon, kauwde erop en slikte het bittere
sap door. Zijn ogen traanden, wat een raar effect had op zijn
gezichtsvermogen. Sommige bomen leken nu op hun kroon te
staan en sommige struiken lagen op hun kant. Hij veegde zijn
ogen uit tot hij weer goed kon zien en spuugde de slijmerige
bal uit. Peinzend liep hij naar de jongens terug.

'Nog nieuws?'

'Nee, majoor,' antwoordde luitenant Dagomin.

Majoor Azizima werd duizelig. Hij ging in het natte gras liggen in de hoop binnen een paar minuten weer de oude te zijn.
Maar hij viel in slaap. Opnieuw vulde Sena zijn droom: hij zag
het ronde hoofd, de kleine oren en de diepliggende ogen. Majoor Azizima rilde toen hij de zweep meedogenloos in het vlees
zag bijten met een geluid dat tot boven in de bomen opsteeg.
Sena jammerde of gilde niet één keer. Hij uitte lange 'ah's' alsof hij iets heerlijks proefde. 'Ik zal mijn eerste zoon naar jou
noemen,' zei majoor Azizima tegen Sena, die op zijn buik lag
met zijn bloedende rug bloot. De uitdrukking waarmee Sena
hem aankeek was van een krenkende onverschilligheid.

Majoor Azizima werd wakker en de jongens vertelden hem
dat hij had gegild en om genade had gesmeekt. Uit de geremd-

heid van zijn luitenant maakte hij op dat hij wanhopig had gesmeekt. Opnieuw nam hij zich voor zich te beteren.

Tegen de middag stootte luitenant Dagomin hem aan en zei: 'Majoor. Kijk.' Hij zag een legerbusje waaruit een tiental nijlpaarden met wat bevoorrading kwamen. Zes nieuwkomers vervingen de zes bij de wegversperring, die hun dienst er kennelijk op hadden zitten. De vier overigen werden opgesplitst in twee koppels en hij zag hen verschillende richtingen uitgaan.

'Het is tijd voor de voetpatrouille,' zei hij tegen de jongens. 'We moeten die nijlpaarden levend in handen krijgen. Wat er ook gebeurt, maak ze niet dood. Niemand mag zijn geweer gebruiken. Hou je katapult en je stenen gereed. We hebben een geschenk gekregen. Jullie mogen het niet verknoeien. Begrepen?'

'Ja, majoor,' zeiden de jongens in koor.

'Opa, houden je darmen zich koest? Zo niet, ga dan nu de struiken in. Ik duld geen enkele verstoring op deze missie.'

'Nikff aan de hand, majoor. De melk heeft me van het probleem afgeholpen.'

'Mooi. Dan gaan we nu.'

Ze volgden de nijlpaarden die de kant van de plantages opgingen. Majoor Azizima besefte dat ze uiterst voorzichtig moesten zijn, nu er veel boeren bezig waren met oogsten.

Terwijl ze een weg door het struikgewas zochten, schoten hem weer flarden van een gesprek te binnen dat hij die ochtend op weg naar de school van Nandere had opgevangen.

'Dankzij de mannen van de wegversperring zijn de rebellen verdwenen. Bijna niet te geloven dat je weer als vrij mens kunt rondlopen!' had een man uitgeroepen.

'Ze zouden allemaal aan de dysenterie moeten creperen. Ze stinken al als kadavers,' zei zijn makker en ze barstten in lachen uit.

'En dan te bedenken dat we ons door zo'n stel idioten hebben laten afzeiken!'

Majoor Azizima dacht terug aan de vrouwen bij de bron,

hun ogen, hun smeekbeden om genade en hun weigering om collaborateurs te worden. Het irriteerde hem mateloos dat de opschorting van de orenoorlog het Leger van de Heilige Geest tot zo'n makkelijk doelwit van spot had gemaakt. Hij huiverde van die peilloos diepe belediging. Hij dacht: kinderen zijn onverbeterlijk en ik zal ze laten boeten voor elke zonde die ze begaan.

De plantages vormden een grove, groene cirkel, waar de nijlpaarden, wist majoor Azizima, omheen wilden trekken. Daarna zouden ze hoogstwaarschijnlijk het pad door het midden nemen om naar de wegversperring terug te keren. Als ze dat deden, speelden ze hem in de kaart. Deden ze het niet, dan was hij gedwongen ze elders te onderscheppen. Hoe dan ook, hij zou ze in de tang nemen.

Majoor Azizima en de jongens bleven in het hoge gras, doken weg wanneer het nodig was. Aan de rand van de grootste plantage zagen ze mannen met ontbloot bovenlijf bananen op een blauwe Bedford-truck laden. Ze werkten snel, elke seconde scheen te tellen. Ze kwamen uit Fort Magogo en werden goed betaald om de klus in de kortst mogelijke tijd te klaren. Hij luisterde naar het laderslied: een eentonige deun, bedoeld om de sjouwers met onverflauwde energie te bezielen. Het had een schunnige ondertoon die de mannen leek op te jagen met beloften van onmetelijk genot. Hij moest grinniken om het schouwspel. Hij wist dat de bananenhandelaars na vandaag een hele tijd zouden wegblijven. Hij zag al tonnen bananen als afgedankte palmbladeren in de zon liggen rotten. Met die gedachte in zijn hoofd liep hij langs de vrachtwagen.

Hij bekeek de nijlpaarden eens wat beter. Hij zag dat de ene heel jong was en maar weinig vlees op zijn slungelige botten had. In een radioprogramma had de woordvoerder van de nijlpaarden beweerd dat ze niemand onder de achttien rekruteerden. Die schijnheilige bewering bracht een glimlach op het gezicht van majoor Azizima. Hij dacht: het Leger van de Heilige Geest is tenminste eerlijk. Wij hoeven niet van die vernederende leugens te vertellen.

Het tweede nijlpaard was ouder, had dijen als boomstammen, opgezwollen armen alsof er kussentjes in zaten en een verrassend lichte tred. Majoor Azizima dacht: een nijlpaard dat aan gewichtheffen doet, echt een gevaarlijke dommekracht.

Hij schamperde over de nieuwe geweren die de nijlpaarden bij zich hadden. Net als de meeste soldaten geloofde hij dat het wisselen van wapen ongeluk bracht, want de afgedankte wapens namen wraak als je ze na jaren trouwe dienst weggooide. Hij nam alleen een ander wapen wanneer het oude aan stukken lag en zelfs dan wikkelde hij het in een schone doek om het onder een flamboyant te begraven.

Inmiddels waren de nijlpaarden om de plantages heen gelopen. Ze namen het pad door het midden en werden door de bomen opgeslokt.

Majoor Azizima beval de jongens op blote voeten verder te gaan. Ze liepen parallel met het middenpad en verborgen zich waar nodig achter groepjes bomen.

Vanaf de erven klonk het geluid van stampers en vijzels; het middageten werd klaargemaakt. Hij wist dat het niet lang meer zou duren of de jongste leerlingen zouden uit school naar huis komen.

Op veel zonnige erven zag hij peuters al zingend naar de nijlpaarden zwaaien. De nijlpaarden zwaaiden niet terug, al trok de jongste van de twee af en toe een gekke bek. Daar gingen de kleine zangers en zwaaiers van op de loop. Het leek hem dat dit bij de public relations hoorde, bedoeld om de mensen voor zich te winnen en te laten zien dat de nijlpaarden een heel stuk beter waren dan de soldaten van de Geest. Hij dacht: soldaten van de Geest zijn geen bekkentrekkers zoals die nijlpaarden, die geen greintje eergevoel hebben.

Als volleerd roofdier wachtte majoor Azizima altijd het juiste ogenblik af om zijn prooi te grijpen. Zijn geliefde motto was: 'Een prooi weet nooit hoe laat het is.' Dat bleek ook op te gaan voor de nijlpaarden, die hier en daar wel tussen de paarsgroene bomen tuurden, maar dat alleen voor de vorm leken te doen.

Majoor Azizima's spieren spanden zich toen de nijlpaarden de op een na grootste plantage in gingen, die zich in verschillende schakeringen groen aan een kant van de heuvel uitstrekte. Dat was een uitgelezen plek voor een hinderlaag, want honderd meter verderop versmalde het pad.

Ze haastten zich naar de plek, verscholen zich daar achter een groep bananenbomen en controleerden nog eens hun uitrusting. Majoor Azizima maakte een verweerde buidel open en betastte de kostbare, scherp gepunte stenen. Hij koos er een uit, plaatste hem in het rubber lapje van zijn katapult, greep het handvat stevig vast en trok. Het rubber, gesneden uit de binnenband van een auto, prikkelde zijn spieren. Vol vertrouwen liet hij de kracht langzaam vieren tot de elastieken weer slap werden. Hij legde nog twee stenen apart. Zijn jongens deden hetzelfde.

De nijlpaarden kwamen zorgeloos kijkend naderbij, met hun hand midden op hun geweer, de loop als een staf naar voren gestoken. Vanwege de hitte hadden ze hun mouwen opgestroopt. Majoor Azizima concentreerde zich op de glimmende biceps van Dommekracht, die blaakten van gezondheid en een makkelijk doelwit vormden.

Toen ze op tien meter afstand waren, gebaarde hij naar luitenant Dagomin, die net als hijzelf op een knie zakte, zijn katapult spande en wachtte. Op een tweede teken vuurden ze allebei. Het rubber maakte een dof ploffend geluid toen het de projectielen wegslingerde, die door het sap op de punt verlammend werkten en zich diep in de biceps groeven van de armen die de geweren droegen.

Volkomen verrast slaakten de nijlpaarden een kreun, lieten hun geweer vallen en onderzochten met vochtige ogen hun gescheurde spieren. Het tweede salvo leek er direct op te volgen en weer drongen de stenen diep in de armen.

Met beide armen gewond, was Dommekracht nauwelijks

meer in het voordeel. Tegen de tijd dat hij zijn hulpeloze handen liet zakken om zijn geweer op te rapen, had luitenant Dagomin zijn geweer in zijn gezicht geduwd.

Sergeant Kabalega gooide een zwarte plastic zak met kijkgaten over zijn hoofd en trok die dicht. Zijn collega, wiens ogen lekten als een dak, stond er versteend bij, alsof hij uit de rode klei onder zijn schoenen was opgetrokken. Het was dan ook niet vreemd dat hij sergeant Kabalega geen haarbreed in de weg legde.

Sergeant Kabalega ontwapende de gevangenen en verbond hun wonden om het bloeden te stelpen. Hij ontdeed hen van hun laarzen, uniformen en ondergoed. Hij voegde de uniformen en laarzen aan zijn bepakking toe.

Een paar meter verder demonteerde luitenant Dagomin, onder de woedende blikken van de gevangenen, hun geweren en groef een gat.

Net voordat zijn luitenant de ontmantelde wapens zou begraven, pakte majoor Azizima een stokgranaat en stak die in zijn buidel; hij gaf de tweede aan luitenant Dagomin. Voldaan keek hij toe hoe deze het resterende wapentuig met aarde bedekte en de grond egaliseerde. Hij legde er droge bananenbladeren op, controleerde de grond in de omgeving op bloeddruppels die hen konden verraden en wiste die uit.

Er was een grot in de flank van de heuvel. Majoor Azizima gaf zijn luitenant een teken om de gevangenen daarheen te brengen. Net voordat ze op weg gingen, hoorden ze een man naar zijn vrouw roepen om een suikerrietstengel te komen eten die hij had geoogst. Majoor Azizima keek zijn gevangenen dreigend aan, voor het geval ze overwogen het echtpaar te waarschuwen. De spanning liep op tussen hem en Dommekracht, uit wiens ogen pure haat spoot. Maar omdat hij meteen zag dat het bloedmenens was, hield hij zich koest.

Het kostte het gezelschap tien minuten om de grot te bereiken. De opening lag verscholen achter paarsoranje lantana camarastruiken. Luitenant Dagomin liet het groepje buiten staan en kroop de grot in om die met zijn zaklantaarn te inspecteren. Onder het stof en spinrag kwam hij weer te voorschijn en wenkte de gevangen naar voren te komen. Hij haalde de zakken die hun gezicht bedekten weg, bond hun handen vast en bracht hen naar binnen.

Majoor Azizima ging naar binnen na de gevangenen, die er met hun benen voor zich uitgestrekt bijzaten als oude wijven die hun vermoeide lichaam in de zon warmden. Hij tuurde naar het gezicht van Lekkend Dak, dat glom van tranen en snot. Hij verachtte de slungelige knaap, die huilebalk. Hij dacht: wat doe je als we met een mes op je af komen?

Een vlaag wind kwam de grot in, woei het stof op en maakte hem aan het niezen. Toen het stof was neergedaald ving hij de zware, scherpe stank van de angst op die uit de poriën van de twee nijlpaarden wasemde. Hij ging op armlengte van Dommekracht op zijn hurken zitten en doorboorde hem met de strakke Azizima-blik, zo vol van gemene bedoelingen dat de meeste stervelingen ervan rilden. Dommekracht keek naar hem terug met bloeddoorlopen ogen, het hoge voorhoofd en de brede kaken trillend van ingehouden woede.

'Dommekracht is even oud als de generalissimo,' zei hij bij zichzelf. Hij wilde hem straffen omdat hij van dezelfde generatie was als de belangrijkste man in zijn leven. Hij wilde hem straffen omdat hij het gezag van die man had getart. Hij wilde hem straffen vanwege alles waar hij voor stond: gulzigheid, gebrek aan discipline en ontaarding van de geest en het vlees.

Majoor Azizima koesterde het feit dat de macht, die de generalissimo en brigadier Balo hem hadden gegeven, van die kolossale Dommekracht met al zijn ervaring en capaciteiten een kind had gemaakt dat naar bescherming en genade snakte.

Majoor Azizima had zich niet gerealiseerd dat de stilte in de grot zo overweldigend was dat die tot verwarring kon leiden. Zou dat wijzen op schijnbare of werkelijke besluiteloosheid van zijn kant? Daarover was hij aan het dubben toen hij de luitenant zijn naam hoorde roepen. Hij schudde zijn hoofd en keek naar buiten. De schelheid van het licht zei hem dat ze minder dan een uur hadden voor de nijlpaarden hun kameraden zouden komen zoeken.

Hij keek Dommekracht recht in de ogen en zei op zachte, gebiedende toon: 'Geef me je naam en je rang.'

'Ik ben kapitein Wanjala.'

'Ik ben majoor Azizima. Spreek me aan met mijn rang als je tegen me praat. In het Leger van de Heilige Geest verdienen we onze rang. We kopen die niet zoals jullie. Begrepen?'

Dommekracht rilde van die zware belediging. Met tegenzin zei hij: 'Ja. Majoor.'

'Hoelang ben je al in dienst?'

'Vijfentwintig jaar. Majoor.'

'Heb je een gezin?'

'Ja. Majoor.'

'Kroost?' Majoor Azizima grijnslachte om de ironie dat een kind kinderen verwekte.

'Vijf. Majoor,' antwoordde hij met een blik op zijn maat, die met gesloten ogen en de kin op zijn borst zat.

'Hoe ver ga je om hun veiligheid te garanderen, kapitein Wanjala?'

'Ik zou er graag mijn leven voor geven. Majoor.'

'Is dat niet dom? Je hebt ze zelf gemaakt; je kunt het altijd nog eens overdoen.'

'Ik hou van ze. Majoor,' antwoordde Dommekracht met gedempte stem.

'Als dat zo is, waarom laten jullie ons er dan zoveel rekruteren?'

'Het leger doet zijn uiterste best. We kunnen niet overal zijn. Majoor.'

'Is dat zo? Als je alleen verantwoordelijk bent voor wat je voor je neus krijgt, wat voor officier ben je dan?'

'Ik heb mijn orders. Majoor.'

'Je cynisme valt me tegen. Wil je geen eind maken aan de

corruptie in dit land? Ben je niet razend dat een zeeofficier verlopen medicijnen heeft geïmporteerd die veel van je collega's het leven hebben gekost? En de kwartiermeesters die ervandoor gaan met de soldij van je mannen? Gaat je bloed daar niet van koken? Elke dag hoor je op de radio van nieuwe schandalen. Wil je niet dat dat een keer ophoudt? Wij vechten om dit land uit de ellende te trekken, maar toch proberen jullie ons te vermoorden. Is dat niet vreemd, kapitein Wanjala?'

'Ik denk niet dat jullie bij machte zijn enige verandering in dit land teweeg te brengen. Majoor. Jullie leider heeft geen politiek programma. Niemand kan een land regeren met de grillen van de Heilige Geest als leidraad.'

'We gaan niet een hele dag bekvechten, kapitein. Ik ben nu eenmaal een drukbezet man, zoals je ziet. Ik wil je een paar vragen stellen over je dierbare leger. Ben je daartoe genegen?'

'Wat wilt u weten? Majoor.'

'Vertel me wat de helikopter hier doet. Vertel me alles. Als je me overtuigt, zal ik clement zijn.'

'Dat is geheime informatie. Ik kan geen verraad plegen. Majoor,' zei de man uitdagend. 'Bovendien staan de rebellen niet bekend om hun clementie. Jullie snijden mensen hun oren af.'

'Zit dat je dwars? Ben je zo gemakkelijk bang te krijgen?'

'We zijn beter dan jullie. Majoor.'

'Alsof jullie geen rebellenaanhangers martelen.'

'Er worden fouten begaan, maar persoonlijk heb ik nooit iemand gemarteld.'

'Hoe ben je dan kapitein geworden? Je hebt je rang gekocht, waar of niet?'

'Nee. Maar ik heb geen lippen van mensen af hoeven snijden, zoals jullie broeders aan de grens met Soedan doen. Het afsnijden van lichaamsdelen is jullie handelsmerk, niet het onze. Majoor.'

'Vertel me alles over de helikopter,' brulde majoor Azizima zo hard dat sergeant Kabalega en Lekkend Dak ervan opschrokken. 'Alles.'

'Dat kan ik niet. Majoor.'

Majoor Azizima knipoogde naar luitenant Dagomin, die zijn katapult spande en op Lekkend Dak schoot. Het leek of de wanden van de grot door het gekrijs van de jongen begonnen te trillen, want er kwam een waterval van losse stenen omlaag. Majoor Azizima fronste zijn wenkbrauwen en bedekte schertsenderwijs zijn oren.

'Ik ben met tellen begonnen,' waarschuwde hij. 'Twee.'

Luitenant Dagomin schoot opnieuw op de jongen, het bloed spatte in het rond.

'Drie.'

Toen luitenant Dagomin opnieuw zijn katapult spande, schreeuwde Dommekracht het uit.

'Kapitein Wanjala, ga je gang.'

De man sprak hortend, met zijn blik op één plek gericht. Majoor Azizima stelde hem veel vragen, die hij in verschillende volgorde herhaalde, maar hij kreeg steeds dezelfde antwoorden. Uiteindelijk was hij ervan overtuigd dat Dommekracht de waarheid sprak.

Aan het eind van het verhoor verzocht Dommekracht majoor Azizima zijn maat, die er slecht aan toe was, vrij te laten.

'Dat kan ik niet, kapitein. Hij heeft ons gezicht gezien. Hij hoort nu bij ons.'

'En ik dan, majoor?'

'Jij hoort natuurlijk ook bij ons, kapitein. Welkom in het Leger van de Heilige Geest. Je kunt je rang behouden, als je wilt,' zei hij met de arrogantie van de overwinnaar.

'We gaan niet mee. Majoor,' zei kapitein Wanjala met klem. Lekkend Dak deed zijn ogen open; ze stonden vol wanhoop.

'Ongehoorzaamheid jegens meerderen loont nooit. Er komen weduwen en wezen van. Bedenk dat wel.'

'We gaan nergens heen. Majoor.'

'Sergeant. Wie niet horen wil...'

'Verliest zijn oren, majoor.'

'Waar wacht je dan nog op?' blafte majoor Azizima.

Sergeant Kabalega sneed een oor van kapitein Wanjala af. De kapitein gromde en schopte tegen de wand van de grot.

'Ga je met ons mee of niet?'

Kapitein Wanjala schudde zijn hoofd ontkennend en zijn tweede oor ging eraf.

'Luitenant, stop hun mond vol gras, knevel ze, blinddoek ze en schiet ze in hun dijbenen.'

'Tot uw orders, majoor.'

Majoor Azizima liep naar buiten het felle licht en de frisse lucht in. Doodkalm speurde hij de heuvel, de plantage en de hemel af, terwijl het strelende genoegen dat hij over belangrijke informatie beschikte door zijn bloed stroomde. Vanuit de grot drongen wat geluiden naar buiten door en hij dacht: het is ongelooflijk dat ik een van de eigenaren van dit schilderachtige land ben. Het feit dat hij geen enkel teken van vijandelijke bewegingen zag, leek zijn goddelijke mede-eigenaarschap te bevestigen.

Hij zag toe op het uitwissen van voetafdrukken en andere sporen van menselijke aanwezigheid in de omgeving. Hij wist zeker dat de jongens, met het ontzagwekkende gevaar achter hun broek, voortreffelijk zouden marcheren. Hij dacht: behalve als jullie een helikopter sturen, krijgen jullie ons nooit te pakken.

Toen alles gereed was, ging hij voor zijn jongens staan, veegde onzichtbare insecten van zijn mouw en zei met een stem vol van grote verwachtingen: 'Laten we snel naar het basiskamp teruggaan. We moeten het geschenk aan de brigadier heet van de naald afleveren.'

AANVANKELIJK BESTEEDDE Beeda weinig aandacht aan het nieuws dat er twee soldaten waren verdwenen. Hij kon zich moeilijk bekommeren om mannen die met nieuwe geweren, bajonetten en stokgranaten waren bewapend.

Hij had met nogal wat moeite een ontmoeting geregeld met juffrouw Alaso. Zijn belangstelling voor de meeste zaken werd dan ook gesmoord in wellust versneden met angst dat zijn moeder erachter zou komen.

Toen hij 's middags uit het raam van zijn klaslokaal naar buiten keek, zag hij tot zijn verbazing dat de soldaten weg waren. Dat bracht een alarmbel aan het rinkelen. Opeens kregen de school, zijn huis en de hele streek iets ontzettend kwetsbaars.

Verbluft verliet hij zijn lokaal om poolshoogte te nemen. In de personeelskamer trof hij een stel onderwijzers aan, druk in gesprek over het voorval.

'Ze zullen wel in een kuil zijn gevallen,' zei een lange man, die jaren in het onderwijs had gezeten. Zijn gezicht was een toonbeeld van opperste onverschilligheid, alsof hij van de wereld absoluut niets te verwachten had. Beeda zag in hem het soort man dat hij nooit wilde worden.

'Wees even serieus,' zei de man wiens vrouw telkens wegliep. 'Die kerels zijn gekidnapt door hun vijanden. Dat kan niet anders.'

'Waarom zijn er dan geen schoten gelost?' vroeg een frisse jongeman. Er lag altijd een glimlach op zijn gezicht bestorven, alsof hij de aandacht van een persoonlijk gebrek wilde afleiden. 'Twee gezonde, getrainde mannen, die meer dan honderd kogels bij zich hebben, moeten zich toch kunnen verdedigen?'

Beeda was blij dat hij met geen van deze mensen vriend-schappelijk omging. Ze hadden hem weinig te bieden. Hij realiseerde zich opeens dat hij leiding zou moeten geven aan zulke types als hij zijn school opzette. Het schrikte hem niet af; hij zou de baas zijn.

De eerste man zag Beeda in de deuropening staan. Hij draaide zich naar hem toen en zei: 'Wat denk jij, moederszoontje?'

De zes mannen in de kamer barstten in lachen uit. Beeda's gezicht bleef onbewogen, al had hij zin een stoel naar hen te smijten. Hij dacht aan de onderdanige blik in hun ogen als ze op hun beurt voor de 'elektrische stoel' wachtten. Hij wilde hen er niet aan herinneren, dat zou ze alleen maar aanmoedigen hem nog meer te pesten.

'Ik hoef helemaal niet te denken wanneer ik in een kamer vol met de knapste koppen van het land sta.'

Daar waren ze even stil van, als een woeste hond die een tik op zijn snuit heeft gekregen. Daarna begonnen ze allemaal door elkaar te schreeuwen, wat hem deed denken aan een kamer vol vechtende dronkelappen. Hij besefte dat hij daar niets te zoeken had. Terwijl hij naar buiten liep, bedacht hij dat meneer Oryang nog niet bij zijn moeder kon zijn om haar van nieuws te voorzien. Hij maakte zo goed als zeker deel uit van de patrouille die de plantages uitkamde op zoek naar sporen van de verdwenen mannen.

Hij besloot op de handelspost naar nieuws te gaan vissen. De bocht in de weg lag er griezelig verlaten bij. De herinnering aan de vestingresten van Fort Magogo kwam in hem op. Het was alsof een schimmig bouwwerk door het vertrek van de soldaten was neergehaald en de ruïnes boden weinig troost. Hij liep langs de boomstam die de voormalige wegversperring markeerde met het gevoel dat er misschien nog een verdwaalde soldaat in het gras verborgen zat die hem een halt zou toeroepen. Maar zijn verwachting werd alleen beantwoord door de stilte van vertrokken personen.

Er waren meer mensen op weg naar de handelspost. Hij

luisterde naar hun stemmen, die nerveus klonken, alsof ze verwachtten dat de situatie snel zou verslechteren.

Op de handelspost, waar het laatste harde licht van de dag op de daken ketste en het stof traag over de weg waaide, heerste onzekerheid. Niemand wist precies wat er was gebeurd en niemand kon vertellen wat er zou gaan gebeuren. De mensen stonden in groepjes te praten, druk gebarend, bang dat er een stilte zou vallen. Windzak, met zijn rode ogen en verfomfaaide kleren, zei tegen een viertal lieden dat het hem niets kon schelen.

'Wacht maar tot ze al je tanden uit je mond slaan en die rammeltong van je afsnijden,' wierp iemand tegen.

'O, en je piept wel anders als ze een drankverbod instellen,' zei een ander.

'Pro bono publico, toen ik op het seminarie zat, werd het onbeleefd gevonden om iemand zo vierkant aan te vallen,' zei Windzak.

'Was er maar gebleven. Moet je zien wat er van je geworden is.'

Beeda liep langs de beteuterd kijkende Windzak. Hij dacht terug aan de commandant die met zijn vuist in zijn handpalm had beloofd de rebellen tot stof te vermalen. Hij dacht: de rebellen hebben de eerste klap uitgedeeld.

Terwijl hij iemand zocht om mee te praten, hoorde Beeda het geluid van de helikopter en zag mensen alle kanten op rennen. Het toestel bleef boven de winkels hangen, alsof het de samenscholing monsterde en vloog toen door. Kort daarop begon het scheervluchten boven de plantages uit te voeren.

'Ze krijgen ze wel,' hoorde hij een bekende stem zeggen.

'Misschien,' mompelde Beeda.

'Wat zei je daar, onderwijzer?' vroeg de man, die pal voor hem ging staan. Beeda zag dat hij nog steeds zijn gele sandalen droeg.

'De rebellen hebben de soldaten vast mee naar hun kamp genomen,' zei Beeda, verbaasd dat hij nog beleefd tegen die kerel probeerde te zijn.

'Hoe weet je dat zo zeker? Heeft je broer je soms getipt?'

Beeda werd kwaad. Hij zou de kerel zo'n daverende opstoot willen verkopen dat zijn beide kaken ervan braken.

'Iedereen weet dat jullie met de rebellen onder één hoedje spelen. Waarom zou jullie school er anders nog staan? Je moet niet denken dat iedereen gek is.'

'Wacht maar tot mijn broer je lippen afsnijdt,' stamelde hij.

'Waarom schrik je daar zo van? Hoor je dit soms voor het eerst?'

'Spreek voor jezelf. Ik ben blij dat we die zieke haan van jou niet hebben aangenomen.'

'Ik draai 'm nog liever zijn nek om dan dat ik hem aan rebellenvrienden geef,' siste de man.

'Ach, sodemieter op, jaloerse klootzak.'

'De waarheid doet zeer, hè?' zei de man toen hij wegliep.

Beeda keek om zich heen en tot zijn verbazing had niemand aandacht aan de ruzie geschonken. Pas toen realiseerde hij zich dat ze op fluistertoon hadden gesproken.

De helikopter bleef bijna een uur in de lucht. Hij cirkelde in steeds kleinere kringen rond, wat Beeda de indruk gaf dat de piloot als een hond zijn eigen staart achternazat. Hij kan toch moeilijk verwachten dat de rebellen zich onder de bananenbomen verschuilen, dacht hij.

Hij stond op het punt naar school terug te gaan toen hij legerlaarzen hoorden dreunen. Er verscheen een colonne soldaten. De mensen trokken zich terug op de winkelveranda's en lieten een enorme ruimte voor de nieuwkomers vrij.

De colonne hield halt voor de winkels, ongeveer op de plek waar de commandant op een tafel had gestaan. Alles bij elkaar waren het twintig soldaten. Beeda bekeek de strakke, ernstige gezichten en dacht terug aan de hatelijke woorden van de man. Hij was er niet meer zo zeker van dat deze mannen aan zijn kant stonden. Hij wou dat hij op school was gebleven. Hij wou dat juffrouw Alaso bij hem was. Tegelijkertijd ergerde hij zich dat hij steeds afhankelijker van haar werd.

De leider gaf uitgebreide instructies en de colonne ontbond zich in groepjes die op weg gingen naar de plantages.

'Hadden ze maar honden meegenomen!' zei iemand.

'Ze zijn te laat gekomen,' vond een ander. 'Tenzij ze in het donker kunnen zien.'

Terwijl hij terugliep naar school, vroeg Beeda zich af waarom de helikopter niet de achtervolging op de rebellen had ingezet.

Hij trof zijn moeder achter haar bureau aan.

'Waar heb jij uitgehangen?' vroeg ze toen hij het kantoor binnenkwam.

'Op de handelspost. Ik wilde met eigen ogen zien wat er gaande was. Er zijn twintig soldaten aangekomen om te helpen met zoeken.'

'Je had moeten zeggen waar je heen ging.'

'U was zo druk bezig,' loog hij. Hij was in de verleiding om te vertellen wat Haan had gezegd, maar bedacht zich.

'Dan nog,' hield ze vol en pakte een document op.

'Heeft u al iets van meneer Oryang gehoord?'

'Hoe zou dat kunnen als hij aan het hoofd staat van de opsporingspatrouille?'

'Ik dacht dat hij wonderen kon verrichten,' zei hij met een lachje.

'Dit is geen moment voor grapjes. Onze wegversperring is weg. Wie weet wat er allemaal gaat gebeuren?'

Beeda verliet het kantoor met de gedachte dat het weleens eeuwen kon duren voor de stencilmachine de examens afdrukte. Hij ging op de veranda naar de weg staan kijken. Door het helikoptergeluid besefte hij opeens dat de afspraak die hij met juffrouw Alaso had gemaakt niet door kon gaan. Even stelde hij zich voor dat hij bij haar thuis ananasbier zat te drinken, wachtend op het moment om uit de kleren te gaan.

Zijn fantasie werd ruw onderbroken toen er een stoet mensen verscheen. Een van hen was meneer Adima, die met kop en schouders boven alle anderen uitstak. Langzaam drong het tot hem door dat hij naar een groep boeren keek. Hij dacht: wat moet Essentia met die lui?

Achter de boeren zag hij mannen in uniform. Dat verontrustte hem. Hij begreep niet waarom de soldaten de boeren hierheen hadden gebracht. Alles bij elkaar telde hij dertig mannen en vrouwen.

Samengedreven door vier soldaten, kwam de groep onder de reuzenmango tot staan. Meneer Oryang en een soldaat verlieten de groep en liepen naar het kantoor van de directrice. Beeda ging achter hen aan, maar bleef dit keer buiten staan luisteren.

'De officieren die je daarbuiten ziet, willen de boeren, de sjouwers, de vrachtwagenchauffeur en ieder ander die ten tijde van de verdwijning op de plantages was ondervragen,' legde meneer Oryang uit. 'Ze zouden graag het schoolterrein gebruiken. Geen andere plek biedt zoveel ruimte en rust.'

'Ik wil de garantie dat de verhoren correct zullen verlopen,' zei mevrouw Ogema met vaste, krachtige stem.

'Daar kunt u op rekenen,' zei de soldaat.

Beeda liep weg en ging op de veranda staan, met zijn blik op de boeren en zijn gedachten bij majoor Azizima. Dat hij hem zijn broer had genoemd en over zijn wreedheid had opgeschept, vervulde hem nu met schaamte. Hij wou dat hij iets kon doen om de situatie te redden.

Meneer Oryang en de soldaat kwamen naar buiten. De eerste negeerde hem straal; dit was duidelijk niet het moment voor een vriendelijk onderonsje.

Meneer Oryang stuurde vier mannen naar het administratiegebouw. Ze kwamen met vier stoelen terug. Meneer Oryang, twee soldaten en een boer namen tegenover elkaar op de stoelen plaats.

In het afnemende licht leek het kwartet steeds verder van de groep af te drijven. Beeda zou de dagen graag laten ophouden bij zonsondergang en het beest voorgoed naar zijn hol verbannen. Maar terwijl hij nog met dat denkbeeld speelde was de onherroepelijke opmars van het beest al begonnen.

Terwijl hij het heen-en-weergeloop tussen de mango en de kring stoelen gadesloeg, vroeg hij zich af of de boeren 's nachts vastgehouden zouden worden.

Het beest maakte een eind aan het werk van de ondervragers. Er was geen licht meer om iets bij op te schrijven. De stoelen werden teruggebracht en mevrouw Ogema sloot de ingangsdeur af. Beeda liep achter haar aan naar de mango.

'Ik probeer deze officieren te overreden om de mensen te laten gaan,' zei meneer Oryang.

'We willen voorkomen dat iemand de benen neemt. Morgen moeten ze allemaal beschikbaar zijn voor verder verhoor,' legde een militair uit.

'Niemand neemt de benen. Daar hebben ze geen enkele reden voor,' viel mevrouw Ogema meneer Oryang bij.

De soldaten trokken zich voor beraad terug. Beeda hoorde het geharrewar en wou dat hij ergens anders was, zo niet bij juffrouw Alaso, dan toch graag weer in Pamvara.

Uiteindelijk kwamen de militairen terug en hun leider zei: 'Goed. Ik zal de verdachten laten gaan. Maar ze moeten morgen en overmorgen beschikbaar zijn, tot het onderzoek is afgesloten.'

'Ze zullen er zijn,' beloofde meneer Oryang.

'Stuur ze weg.'

Meneer Oryang legde de situatie uit en verzocht de mensen naar huis te gaan.

'Maar we zijn onschuldig,' mompelde iemand.

'Wil je naar huis of wil je hier blijven?' zei meneer Oryang op felle toon.

'Hou je mond, idioot,' voegden een paar mensen de man toe. 'Als je hier wilt blijven, ga je je gang maar.'

Beeda keek hoe de groep zich verspreidde. Het was tijd om naar huis te gaan.

MAJOOR AZIZIMA EN de jongens kwamen rond een uur of negen bij de koolpalm aan. Ze waren blij dat ze heelhuids terug waren. Op een gegeven moment hadden ze de helikopter gehoord en de angst om ontdekt te worden had in hun lijf gebonkt. Majoor Azizima had verschillende schuilplekken bedacht voor het geval ze de hete adem van de vijand in hun nek zouden voelen. Gelukkig was er niets gebeurd. Bij het vallen van de nacht kroop zijn buffel uit de schaduwen, al hield hij die verschijning voor zich.

Sergeant Kabalega was de eerste die een poging deed de codes te vinden. Toen hem dat niet lukte, nam majoor Azizima zwijgend de vergeefse onderneming over. Hij maakte zich ernstig zorgen, want voor de tweede keer achtereen verzuimde zijn baas kennelijk zijn plicht. Het deed hem geen plezier hem op zulk oneervol gedrag te betrappen. Dat was verontrustend, want als de Grote Kat gepakt werd, zag zijn eigen toekomst er somber uit.

Een van de gedachten die in zijn hoofd rondtolden was de angst dat zijn baas hem niet meer vertrouwde. Het was de ergste nachtmerrie van elke soldaat. Als een hoge commandant het vertrouwen in je verloor, was het met je gedaan. Terwijl hij piekerde wat hij nu moest doen, verscheen hem brigadier Balo. Hij stond met een ijzig gezicht midden op het exercitieterrein en probeerde de kop van zijn onwillige gele python op één plek te houden.

Doodsbang dat er iets tussen hen was gekomen, zei majoor Azizima: 'Heb ik u op enigerlei wijze misnoegd, brigadier? Ik ben uw meest toegewijde dienaar.'

Brigadier Balo zweeg en leek nog groter en dreigender door

de muur van bomen achter hem, al leek de hand die steeds de kop van zijn lievelingsdier wilde neerdrukken in tegenspraak met zijn stemming. Zijn zwijgen was zo immens dat majoor Azizima dacht dat hij hem moest hebben beledigd. Toen de spanning tot het ondraaglijke was opgelopen, brak er een kleine glimlach door op het gezicht van brigadier Balo. Hij spreidde zijn armen wijd en nodigde hem uit voor een broederlijke omhelzing. Majoor Azizima voelde tranen van vreugde over zijn gezicht rollen. Hij veegde ze weg voordat zijn ondergeschikten ze konden zien.

'Majoor, dit is niets voor de baas,' zei luitenant Dagomin. 'We hebben hem uren en uren geleden een boodschap gestuurd. Hoe kan het dat hij nog helemaal niet heeft gereageerd?'

'Laten we een goede stek zoeken om te overnachten. We komen hier tegen de ochtend terug,' zei majoor Azizima, teleurgesteld dat hij nog uren moest wachten om zijn geschenk te kunnen afleveren.

Ze brachten de nacht door in een grote, stinkende kuil die werd overwelfd door de wortels van een reusachtige boom. Er lag een aantal van zulke schuilplaatsen verspreid over een uitgestrekt gebied; ze waren zo goed verborgen dat niet-ingewijden alleen konden zien wat er onder lag als ze de bomen uit de grond zouden rukken.

Majoor Azizima kende ook verschillende wapenbergplaatsen, die op strategische plekken in de aarde waren gegraven. Zulke grote geheimen werden alleen aan de oogappels van de brigadier toevertrouwd. De gedachte dat hij lid van die elitegroep was bracht wat warmte in zijn hart gedurende de slapeloze nacht die hij onder de van wormen vergeven wortels doorbracht.

Bij het aanbreken van de dag waren ze bij de koolpalm terug en keken met argusogen naar het langzaam opkomende licht. Om onaangename verrassingen te voorkomen, stonden ze ieder in een andere richting op de uitkijk.

Tegen zes uur was majoor Azizima er al helemaal niet gerust

op. Hij vond het ongelofelijk dat de koeriers van brigadier Balo zich nog niet hadden gemeld. Hij hield het niet langer uit en gaf luitenant Dagomin bevel de jakhalskreet na te bootsen, voor het geval de koeriers een beetje hulp nodig hadden.

De stem van luitenant Dagomin kliefde telkens weer door de zware ochtendlucht tot majoor Azizima, met een van ergernis vertrokken gezicht, het teken gaf om op te houden.

'Nu zullen ze wel gauw komen. Dat kan niet anders.'

Maar nu verplaatsten ze zich telkens; ze wilden geen al te makkelijk doelwit zijn voor nijlpaardschutters of andere lastposten. Maar met het verstrijken van de uren groeide de spanning en werd het heel moeilijk de bittere waarheid te ontkennen dat er iets fout zat.

In een poging hen af te leiden, beval majoor Azizima zijn jongens te bedenken welke verhalen ze wilden vertellen. Hij nam zelf het voortouw door over Opasire en Sena te vertellen, overbekende verhalen, die hen deden popelen om zelf aan het woord te komen.

Luitenant Dagomin haalde de geschiedenis van het Leger op; hoe de generalissimo halverwege de jaren tachtig met maar een paar geweren het Leger van de Heilige Geest was begonnen. Hoe hij een verbond had gesmeed met het regiem in Khartoem en zich tot een onmisbare bondgenoot had gemaakt in de strijd tegen het Volksbevrijdingsleger van Soedan. Hoe hij het symbool was geworden van het verzet tegen de aasgieren in Kampala. En hoe hij zelfs na meer dan tien jaar nog volop in de strijd was.

Majoor Azizima putte enorme troost uit deze geschiedenis. Hij wilde dat zijn luitenant doorging, de belangrijkste veldslagen en dodencijfers van de nijlpaarden noemde, de lof zong van de onbaatzuchtige soldaten en hun idealistische commandanten, tot zijn hoofd verzadigd was van de glorievolle strijd.

Het kwam hem voor dat de grootste prestatie van de generalissimo wel was dat hij van het nederige kroost van moeder Maria, tussen de zes en zeventien jaar oud, een machtige vechtmachine had gemaakt die meer dan een miljoen kinderen bibberend in ontheemdenkampen hield. Hij vond dat zo'n glorieus moment van overpeinzing met een strijdkreet bekroond moest worden. Hij zei: 'Ik leef en adem voor de generalissimo.' Zijn jongens zeiden het hem na. Ze scandeerden het een paar minuten lang, met fluisterzachte stemmen en door de verheven inhoud van de woorden gleden de zorgen van majoor Azizima af als water van de veren van een ijsvogel.

Nu voelde hij zich vervuld van hoop. Hij begon op en neer te lopen over een stukje gras tussen twee bomen en bleef dat een halfuur doen. Toen hij ermee ophield, hoorde hij de stem van luitenant Dagomin doorzagen over het favoriete onderwerp van zijn overleden grootvader: de Tweede Wereldoorlog. Met een handgebaar legde hij hem het zwijgen op. Door zoiets wilde hij zijn stemming niet laten bederven.

Omdat hij maar al te goed wist dat sergeant Kabalega het zou gaan hebben over codes, wachtwoorden, koeien of voetbal, besloot hij de sessie te beëindigen door hun een vraag voor te leggen over een Legerwet die ze niet goed begrepen.

Hij zei: 'Kunnen jullie me zeggen waarom een van de wetten van het Leger luidt: "gij zult twee testikels hebben?"'

Er viel een drukkende stilte. Hij hoopte dat die eindeloos zou duren, alle onzekerheid zou uitwissen en hen in moeder Maria's schoot zou werpen naast Sena en al die andere heldhaftige soldaten.

'Miffchien probeerden veel kandidaten met één tefftikel bij het leger te komen,' zei sergeant Kabalega speekselsproeiend.

Majoor Azizima wou dat hij hem had verboden de gewijde stilte met zoiets onbeduidends te verbreken.

'Misschien zijn er stammen waar mannen maar één testikel hebben en vond het Leger van de Heilige Geest dat walgelijk en wilde het die groep uit de gelederen houden,' opperde luitenant Dagomin.

'Willen jullie de waarheid horen?' vroeg majoor Azizima, blij dat hij het laatste woord had.

De jongens knikten.

'Veel hoge officieren in het Leger van de Heilige Geest geloven dat een man met één bal geen mannelijke nakomelingen kan krijgen.'

'Iff het echt ffo dat mannelijke nakomelingen niet in één bal kunnen leven?' vroeg sergeant Kabalega.

'Ze kunnen in ieder geval niet in één tand leven, Opa,' kwam luitenant Dagomin er lachend tussen. 'Waarom snij je niet een van je ballen af om te kijken of je tanden weer gaan groeien?'

Sergeant Kabalega kreeg tranen in zijn ogen.

'Niet huilen, baby,' zei luitenant Dagomin, terwijl hij een huilebalkgezicht trok. 'Zodra Opa terugkomt, krijg je je melk.'

Sergeant Kabalega kreeg fantasieën waarin hij zijn kwelgeest neerstak en zijn tanden uitsloeg voor hij doodbloedde.

'Genoeg,' snauwde hun meerdere.

Hij zette zijn radio aan in de hoop nieuws te horen dat hem iets wijzer kon maken over wat er in het basiskamp aan de hand was. Hij luisterde veel langer dan gewoonlijk. Nu en dan probeerde hij een andere zender. Het was zoeken naar een speld in een hooiberg.

De zon werd warmer en hij begon aan de helikopter te denken. Hij wist dat het slechts een kwestie van tijd was voordat die boven zijn hoofd zou opduiken. Tegelijkertijd hield het hem bezig dat Dommekracht was bezweken nog voor ze waren vertrokken. Op de een of andere manier had hij verwacht dat hij de helse beproeving zou overleven om aan radio- en krantenjournalisten te kunnen vertellen wat er was gebeurd.

'Waaraan is Dommekracht volgens jou bezweken, luitenant?' vroeg hij, nog met een levendige herinnering aan het gerochel en geproest van de kapitein.

Luitenant Dagomin trok in opperste minachting zijn mondhoeken omlaag en zei: 'Majoor, hij is in het gras gestikt. Hij probeerde het in één keer door te slikken. U weet hoe gulzig die nijlpaarden zijn. Het enige waaraan ze denken is eten, eten en nog eens eten.'

Daar moesten ze allemaal om lachen. Majoor Azizima, die buiten voor de grot had gestaan, probeerde zich de ijver voor te stellen waarmee zijn orders waren uitgevoerd.

'Hoeveel gras heb je in zijn mond gestopt?'

'Een dot zo groot als een mannenvuist, majoor,' zei luitenant Dagomin met opgestoken vuist. Hij vond het grappig dat zijn baas belangstelling had voor zulke kleinigheden. Hij wist dat hij over niet al te lange tijd degene zou zijn die naar details viste nadat hij een bepaalde opdracht had gegeven.

'Denk je dat ze de lijken hebben gevonden?'

'Ik denk het niet, majoor,' antwoordde luitenant Dagomin.

'Waarom niet?'

'Dan hadden ze allang achter ons aangezeten.'

'Wacht maar tot ze de afgesneden oren vinden. Dan krijgen we ze echt achter ons aan. Nijlpaarden hebben er een hekel aan om als kinderen te worden behandeld.'

'Misschien was brigadier Balo daar juist op uit, majoor. Oorlog met de nijlpaarden.'

'Zou kunnen.'

In de schaduw van een boom keek majoor Azizima naar de bakkende aarde. De zon was op zijn hoogtepunt; de bast van naburige bomen zette knappend uit.

'Eet ieder twintig maïskorrels en neem een slok uit je waterzak,' beval hij.

Hij telde de korrels en begon ze een voor een te kraken. Telkens dacht hij: de koeriers kunnen hier nu elk moment zijn. Ten slotte dronk hij uit zijn waterzak, leunde tegen een boom en viel in slaap.

Hij werd wakker toen de zon onder begon te gaan. Terwijl het licht afnam, de schaduwen dichter werden en de temperatuur zakte, werd het hem duidelijk dat ze aan hun lot waren overgelaten.

'We hebben de hele dag gewacht,' zei hij. 'We kunnen nu

twee dingen doen: of we gaan terug naar Nandere of we lopen door naar het basiskamp.'

'Majoor, het is bloedlink om 's nachts het kamp binnen te gaan,' zei luitenant Dagomin chagrijnig. 'Maar terug naar Nandere is uitgesloten.'

'Laten we naar het kamp gaan. We hebben niets te vrezen, majoor,' zei sergeant Kabalega vol overtuiging. Hij wilde luitenant Dagomin laten weten dat hij niet bang was.

'Dan gaan we dus naar het kamp,' zei majoor Azizima bijna in zichzelf. 'Onze broeders zullen een gat in de lucht springen als ze ons zien.'

De jongens keken hun wapens na en begonnen aan hun reis. Het was een trage en angstwekkende onderneming. Het besef dat ze een hoogst belangrijke wet overtraden had een licht verlammende werking op hun ledematen. Elke brekende twijg bezorgde hun de koude rillingen. In de sterrenloze nacht herinnerde het geluid aan het spannen van een geweerhaan.

Alsof dat nog niet erg genoeg was, vulde de buffel majoor Azizima's hoofd met hoefgedreun. Hij durfde niet meer onder bomen door te lopen, bang dat daar een stier wachtte om hem in de lucht te werpen en te vertrappen. Hij probeerde zijn angst te overwinnen door een stokgranaat in zijn hand te nemen. Hoe dieper ze in het oerwoud doordrongen, hoe meer hij ervan overtuigd raakte dat de districtscommandant met zijn trommelaars, nieuwe geweren en helikopter, ook sluipschutters in het donker had geposteerd.

Op plekken waar hij medestrijders op de uitkijk verwachtte, gaf hij een teken om halt te houden en liet luitenant Dagomin de jakhalsroep doen. Het geluid van rauw gejank afgewisseld met gekef droeg ver, maar tegen de verwachtingen in riep er niemand terug. De beklemmende afwezigheid van enig teken dat hun kameraden in de omgeving waren, gaf het trio pap in de benen. Majoor Azizima wist dat zijn jongens allebei dachten: hoe kun je een kamp tot op een paar kilometer naderen zonder soldaten tegen te komen?

Uiteindelijk gaf hij toch maar het sein om de reis voort te zetten. Hij sloot de rij, klaar om de jongens zo nodig in de rug te porren.

Voor het eerst van zijn leven werd hij bang in het donker. Hij kon het onmogelijk nog als bondgenoot of onlosmakelijk deel van hemzelf beschouwen. Hij kon het gevoel niet van zich af zetten dat het een toevluchtsoord voor zijn vijanden was geworden. Hij wou dat hij het vermogen had te zien wat er in de kruinen van de reusachtige bomen en in de grond onder zijn voeten loerde.

Diep in hem ontstond een kiem van schuldgevoel, die groeide en uitdijde als een druppel verf in water. Hij had het idee dat het basiskamp beter beschermd zou zijn als hij er had gezeten. Hij zou zijn manschappen onder geen beding op deze manier aan gevaar blootstellen. Hij verweet zichzelf dat hij zijn missie niet eerder had afgerond.

Na wat een eeuwigheid leek, kwamen ze tot op minder dan een kilometer van het kamp. Ze bleven in het hoge gras langs een smal pad staan. In de verte zagen ze een gloed die het duister vulde met zinderende kleuren. Het was zo onverwacht dat ze er vol ongeloof naar bleven staren.

Majoor Azizima sloot bosbrand uit. Hij wist dat bosbranden razendsnel om zich heen grepen. Uit ervaring wist hij dat dit een gecontroleerd kampvuur was dat knetterend een regen van vonken opstuwde. Hij huiverde bij de gedachte wat brigadier Balo zou doen met degene die voor zo'n onvergeeflijke daad verantwoordelijk was. Vuur was een van de heiligste dingen in het basiskamp. Er werd met de grootste omzichtigheid mee omgesprongen en de eerste regels die een soldaat moest kennen hadden allemaal met vuur te maken.

Majoor Azizima gaf een teken en ze liepen omzichtig op het vuur af, in het volle besef dat het een val kon zijn. Toch konden ze de aantrekkingskracht ervan, die met elke stap groter werd, niet weerstaan. Majoor Azizima had het gevoel dat in het hart ervan de antwoorden lagen op de vele vragen die in zijn hoofd bruisten. Hij was afgemat en kon niet wachten tot de last van de onzekerheid van zijn schouders werd genomen.

Ze kwamen tot op honderd meter van het vuur. Het was zo dichtbij dat ze de hitte meenden te kunnen ruiken.

'Majoor, ik geloof dat ik meisjes met geweren zie,' merkte luitenant Dagomin op.

Majoor Azizima reageerde niet, alsof hij wilde zeggen dat hij ook ogen in zijn hoofd had.

'Dat moeten de Ogen zijn, majoor,' zei luitenant Dagomin met ontzag in zijn stem. 'De Ogen van de generalissimo zijn er eindelijk.'

'Waarom hebben ffe alle ffildwachten weggehaald? Waarom hebben ffe het kamp ffo onbeffermd gelaten?' vroeg sergeant Kabalega. Hij bad dat de omstandigheden op de dag van zijn ontsnapping net zo gunstig zouden zijn.

'Wie weet, Opa?' zei luitenant Dagomin.

'Wat voor keuffen hebben we, majoor?' vroeg sergeant Kabalega met een blik op zijn baas.

'Onszelf bekend maken. Of wachten tot het licht wordt.'

'Ik denk dat we onszelf bekend moeten maken voordat ze ons vinden. De nijlpaarden of die meisjes,' raadde luitenant Dagomin aan.

'Ik geef me liever aan die meisjes over dan dat ik in handen van de nijlpaarden val,' zei majoor Azizima op de toon van een man aan het eind van zijn reis. 'Luitenant, doe de jakhalsroep. Als het de Ogen zijn, zullen ze antwoorden.'

De stem van luitenant Dagomin steeg op en nam vlucht tot majoor Azizima hem met een por liet stoppen. Na een verontrustende stilte kwam het geluid van een luipaard. Dat was een bevel aan de roeper zich bekend te maken. Luitenant Dagomin krijste als een palmmarter, de codenaam van de groep. De brul van een leeuwin was het bevel om uit hun schuilplaats te komen.

Majoor Azizima leidde zijn jongens naar het vuur, dat groter en groter werd naarmate ze dichterbij kwamen. Iets in hem bewonderde de onverschrokkenheid achter deze unieke daad. Hij had het gevoel dat je wel op zeer vertrouwelijke voet met de Heilige Geest moest staan om op deze plek zoveel hout op te stapelen en in brand te steken.

Hoe dichter majoor Azizima naderbij kwam, hoe magerder de meisjes werden. Hij dacht: heerst er hongersnood op de Basis der Basiskampen? Heeft de Soedanese regering de voedselhulp aan de generalissimo gestaakt? Is het onmogelijk geworden om voorraden aan te vullen met overvallen op Zuid-Soedanese dorpen?

Majoor Azizima en de jongens kregen het bevel halt te houden op een paar meter van het vuur, waarvan het hart een duizelingwekkende mengeling van kleuren was. Majoor Azizima telde tien meisjes in lichtbruin veldtenue. Het meisje waar hij af en toe van droomde was erbij, al leek ze nu veel kleiner.

'Ben jij de leider?' vroeg een onbekend meisje met schrille stem.

'Jazeker,' antwoordde majoor Azizima doodgemoedereerd. Hij was opgelucht dat hij in handen van medestrijders was. Hij voelde zich veilig. Zijn brein gonsde van alle vragen die hij dolgraag wilde stellen.

Het meisje fouilleerde hem, nam al zijn wapens af en gooide ze op de grond alsof het droog hout voor het vuur was. Bij zo'n schreeuwend gebrek aan eerbied moest hij zich bedwingen haar niet hard in het gezicht te slaan. Bij zo'n minachting voor de overwinningen die de wapens voor het Leger hadden behaald, moest hij zich bedwingen om niet te gaan brullen.

'Uitkleden,' beval ze met schelle stem, die hem deed denken aan een cicade.

Een golf van ongelofelijke verlegenheid sloeg verlammend door zijn ledematen; hij had zich nog nooit uitgekleed in het bijzijn van een meisje, laat staan een groep meisjes. Met de verlegenheid spoelde ook een hevig gevoel van verontwaardiging mee. Hij vroeg zich af waarom kameraad Cicade hem behandelde als een zondig kind dat grenzeloze minachting verdiende.

Terwijl hij zijn kleren uittrok, probeerde hij de meisjes te vertellen wie hij was en wat hij voor het Heilige Geestleger had gedaan. Maar daar hadden ze geen enkele interesse voor. Hij kon nauwelijks geloven dat ze doof konden zijn voor de grote majoor Azizima, held van de Orenoorlog, bedwinger van de machtige Dommekracht, doorn in het vlees van de districtscommandant.

Het viel hem op dat de meisjes, net als de nijlpaarden, nieuwe uniformen en nieuwe laarzen droegen. Zijn eigen uniform zag er, na zoveel dagen en nachten dienst zonder wasbeurt, vreselijk smerig uit. Het lag als een dweil op de mat van vertrapt gras. De belediging werd nog groter toen hij zag dat het meisje dat hij tot zijn hemelse vrouw wilde maken, haar dopneusje dichtkneep en erop spuugde.

'Ongelofelijk, wat zijn die boskneuters smerig!' hoorde hij haar uitroepen.

'Je zou aan mijn kant moeten vechten,' mompelde hij.

'Had je het tegen mij?' snauwde Cicade.

Hij negeerde haar.

Toen hij aan zijn onderbroek toe was, hield hij op, strekte zich in volle lengte uit om aan te geven: tot hier en niet verder. Hij keek Cicade aan en hoopte te horen dat het niet hoefde, omdat hij een grote officier was.

'Alles uit. En snel,' piepte ze, wijzend op zijn middel.

'Ik ben majoor in het Leger van de Heilige Geest,' zei hij, en had daarmee bijna alle gelijkmoedigheid waarover hij nog beschikte verbruikt. 'Ik verdien met respect te worden behandeld.'

Nog voor de woorden uit zijn mond waren, kwam het meisje dat op zijn kleren had gespuugd op hem af en sloeg hem keihard in zijn gezicht. Het grote vuur leek in een enorme bal te ontploffen, alsof het met benzine was overgoten. Zijn knieën knikten van de klap en de schrik. Hij was perplex dat zo'n dun armpje zoveel kracht kon voortbrengen, want het voelde alsof hij een stalen klauw in zijn gezicht had gekregen. In een beschamende ineenstorting van wilskracht knielde hij neer, met een uitdijende, dansende bal van kleuren voor zijn ogen. Hij probeerde tevergeefs haar blik te vangen.

Staalklauw wist dat dit niet het moment voor medelijden was en dat je zulke blaaskaken van meet af klein moest houden. Dus sloeg ze hem weer, en nog harder.

Hij deed een moedige poging de pijn te verwerken zonder het uit te schreeuwen. Hij wist niet of hem dat lukte, want zijn oren suisden verschrikkelijk en hij had moeite zijn verstand bij elkaar te houden.

Uiteindelijk viel hij op zijn zij en zag het vuur en de meisjes in de gloed trillen en daarna steeds maar rondtollen. In een vlaag van totaal verraad aan moeder Maria hoorde hij zich om zijn biologische moeder roepen. Om die snelle toevlucht tot de biologische geboorte waarop hij zo vaak had afgegeven, zou hij van schaamte door de grond willen zakken.

Toen ze merkte dat er nog een hoop verzet in de knaap stak, begon Staalklauw hem aan alle kanten te schoppen.

De vernedering brandde in zijn botten, nog erger dan de pijn. Net als die nacht dat hij had staan brullen in een leeg huis, waaruit de directrice, haar zoon en het geld waren verdwenen. Hij wilde terugvechten en het negatieve gevoel uitbannen, maar zijn lichaam was er niet toe in staat.

Op dat moment was hij volledig aan haar overgeleverd, ze kon hem doden als ze wilde. Maar ze wilde hem alleen voldoende raken om hem tot overgave te dwingen. Dus na een tiental welgemikte trappen hield ze op, wiste haar voorhoofd, nam vriendelijk zijn hand en hielp hem overeind.

Het lukte majoor Azizima, wie de tranen vermengd met bloed en snot over het gezicht liepen, om op zijn knieën te komen. Hij was duizelig en zijn maag leek met elke hap lucht naar zijn keel te springen. Hij schudde een paar keer zijn hoofd, knipperde met zijn ogen en hervond zijn evenwicht.

Als hij maar een beetje dieper ademhaalde voelde hij een mes midden in zijn borst wroeten. Geleidelijk aan kalmeerde zijn maag en hij kwam overeind met zijn onderbroek in zijn hand.

'Geef me je rozenkrans,' commandeerde Staalklauw. Ze had er geen belangstelling voor, ze wilde alleen zien of ze hem werkelijk had gebroken.

Majoor Azizima kromp ineen. Hij was bang dat hij zonder rozenkrans door allerlei boze krachten zou worden overvallen. Hij wist bijna zeker dat het meisje gek was en in dat geval had hij de bescherming van moeder Maria nog harder nodig. Nadat hij haar al een keer had verraden, kon hij onmogelijk toestaan dat het meisje de rozenkrans in haar oneerbiedige handen nam. Door zijn stijve lippen heen zei hij: 'Dat kan ik niet.'

Zonder aarzeling sloeg Staalklauw hem opnieuw en hij viel op de grond, met zijn ene hand om de rozenkrans geklemd en de andere om zijn geslacht. Dit keer trapte ze hem niet. Ze beval hem op te staan. Hij krabbelde langzaam op, onzeker over wat ze nu weer zou doen.

'Als een meerdere je iets beveelt, heb je blind te gehoorzamen,' zei ze met haar verontrustend volwassen vrouwenstem. 'Je bent hier niet in zo'n gore militie waar ze drugs roken, alcohol gebruiken, vrouwen verkrachten en schieten wanneer hun vingers maar even jeuken. Dit is het Leger van de Heilige Geest, aangevoerd door generalissimo L., moge God hem behoeden.'

Het helle licht deed pijn aan majoor Azizima's ogen en hij bleef alles dubbel zien. Onder normale omstandigheden zou hij in de lach zijn geschoten van de dubbele lippen die tegen hem spraken. Nu was het alleen maar verwarrend. Hij dacht dat de dubbele lippen van een kolonel waren, omdat ze beweerden hoger in rang te zijn. 'Ja, kolonel,' mompelde hij door zijn gevoelloze lippen.

'Ik ben korporaal. In onze eenheid kennen we geen opgeblazen rangen. Bij ons is een korporaal beter dan een kolonel bij jullie,' zeiden de dubbele lippen met een uiterst minachtende trek.

'Ja, korporaal,' zei hij, terwijl hij de rozenkrans aanreikte, verbijsterd hoe snel ze van droommeisje in heks was veranderd.

Dergelijke neerbuigendheid en discriminatie waren nieuw voor majoor Azizima. Tot dan toe had hij in de veronderstelling geleefd dat alle soldaten voor de Heilige Geest en de generalissimo gelijk waren. Zijn liefde voor het Leger steunde juist op de overtuiging dat hij de broeder was van iedereen in uniform. De generalissimo was degene die zijn machtige liefde boven ieders hoofd hield en die om ieder van zijn zoons en dochters in de Heilige Geest evenveel gaf. Zonder de machtige liefde die elke scheidslijn oversteeg, was er naar zijn gevoel weinig meer dan de strijd om macht, invloed en rijkdom. Zonder die liefde zou het Leger van de Heilige Geest geen haar beter zijn dan de nijlpaarden, vond hij. Diep in zijn hart voelde hij de machtige liefde nog en hij was vastbesloten die te koesteren zolang hij leefde.

In het trillende licht en de ondraaglijke hitte pakte Staalklauw zijn rozenkrans aan en bleef er naar zijn idee lang naar kijken. Toen gaf ze hem terug.

'Je boft dat het niet zo'n rottige talisman is die idioten zoals jij zo graag bij zich dragen. Ik zou je hem hebben laten opeten,' zei ze met de grootste onverschilligheid. Ze dacht aan de vriendelijke instructeur die haar had geleerd dat een tuchtbewaakster een actrice was die door het spelen van een rol haar doel moest bereiken. Ze was blij dat ze daar zo goed in was.

Majoor Azizima mompelde woorden van dank en hing de rozenkrans om zijn nek.

'Op je knieën en vertel ons je verhaal,' commandeerde ze, op een toon waarin hij sporen van zijn moeders stem meende te horen.

'Ja, korporaal,' zei hij met een benepen stem, stijf van angst dat zijn moeder veranderd was in dat iele meisje, als straf voor zijn pogingen haar uit zijn geheugen te wissen.

Majoor Azizima zag er als een berg tegenop om voor dit soort toehoorders over zichzelf te praten. In een poging wat tijd te winnen en zijn zenuwen te bedaren, betastte hij onderzoekend zijn gezicht. Hij bevoelde zijn linkerwang, die was opgezwollen, en zijn neus, die was gebroken. Toen hij met zijn duim tegen een van zijn tanden duwde, viel die eruit. Hij was blij dat hij niet in zijn tong had gebeten. Hij spuugde een straal bloed en gal in het gras en voelde zich iets beter. Toen hij met de rug van zijn hand het snot wegveegde dat langs zijn gezicht droop, lieten de meisjes scherp afkeurende geluiden horen.

Een siste: 'Het zal ongelofelijke moeite kosten om het bos uit die kneuters te slaan.'

Met elke negatieve opmerking die ze maakten, hakten ze iets van majoor Azizima's gevoel voor kameraadschap weg. Er was maar één onwrikbare rots over waarop heel zijn geloof steunde: brigadier Balo, koosnaam: de Grote Kat. Hij wist dat zodra de Grote Kat, met uitgezette klauwen en glanzende gouden python, op het toneel zou verschijnen, alles goed zou komen en zijn kwelgeesten een toontje lager zouden zingen. Hij stelde zich zijn leedvermaak voor wanneer de Grote Kat hem opdracht gaf de meisjes persoonlijk de stok te geven. Met elke zwiep zou hij zeggen: 'We zijn geen boskneuters, idioot. We zijn jullie gelijken, zo niet beter. Neem je woorden terug. Nu.'

Majoor Azizima had een paar aanloopjes nodig om zijn stem in het gareel te krijgen. Het ging door hem heen dat dit de eerste stap was naar zijn loopbaan als woordvoerder van het Heilige Geestleger, hier, in de oranje gloed van het kampvuur, te midden van de deinende schaduwen en opspattende vonken. Hij wist dat een eenvoudig begin vaak tot grootse carrières leidde. Generalissimo L. was spoorwegemployé geweest en toen de eenvoudige actie om het treinstation te sluiten plaatsvond, was hij herboren als groot profeet en opperbevelhebber.

Aanvankelijk wekte majoor Azizima's stem de indruk van een broze oude man die zijn jeugdherinneringen ophaalde. Langzaam aan wist hij hem te beheersen en vertelde hij de meisjes over de Slag van Gods Toorn.

'In oude koeien zijn we niet geïnteresseerd,' schreeuwde Staalklauw onder bijval van de andere leden van haar eenheid. 'We willen vers nieuws horen.'

Hij vertelde over de Orenoorlog en hoe hij die had gevoerd. Hij vertelde over de nachtelijke patrouilles en over het effect dat het afsnijden op de kinderen had. Hij vertelde over de lagere school van Nandere en dat hij op het bevel wachtte om die plat te branden.

'Hebben jullie ooit zulke onzin gehoord?' riep Staalklauw spottend.

'Nee,' gilden de meeste meisjes.

'Waarom verbaast dat me niet?' piepte Cicade. 'Luiheid is de regel bij die boskneuters. Ze schieten op mussen en belonen zich vervolgens met loze rangen: majoor, kolonel, brigadier en zo.'

De meisjes giechelden in koor.

Majoor Azizima kon wel huilen om zulke woorden en zo'n houding. Hij wilde die schandelijke onwetendheid corrigeren, want hij kon niet geloven dat iemand met enig benul de prestaties van brigadier Balo belachelijk kon maken. In de overtuiging dat hij zich tot Staalklauw richtte, zei hij: 'Brigadier Balo heeft een tweede front geopend en zo daadwerkelijk de aanvallen van de nijlpaarden op de Basis der Basiskampen gereduceerd. Alsof dat nog niet genoeg is, bewaken mannen van dit kamp de route naar de mijnen in Kongo en halen zo belangrijke inkomsten binnen voor de generalissimo en het Heilige Geestleger. Zonder brigadier Balo zou jullie leven in Soedan niet half zo comfortabel zijn als nu.'

'Majoor,' hoorde hij Staalklauw met onversneden spot in

haar stem zeggen. 'Jullie vakantie in deze rimboe is voorbij. Jullie worden ingedeeld bij de hoofdmacht van de generalissimo in Soedan. Jullie worden opnieuw opgeleid. En dan zullen jullie het moeten opnemen tegen het machtige Volksbevrijdingsleger van Soedan. Ik benijd jullie niet.'

Een angstaanjagend koor van gegiechel trof majoor Azizima en bezorgde hem kippenvel over zijn hele lijf. Afgezien van luchtaanvallen had niets hem ooit zoveel angst ingeboezemd als het dreigement dat in dat geluid besloten lag. De toekomst die hij altijd voor ogen had gehouden was zojuist wreed aan flarden gescheurd. Hij wist dat als hij zonder protectie van zijn baas naar Soedan ging, hij niet meer dan kanonnenvoer zou zijn dat roekeloos in de strijd werd geworpen.

In dat soort veldslagen moest je recht overeind op de reuzen van het Soedanese Volksbevrijdingsleger afstormen. Hij herinnerde zich nog de doodse stilte waarin hij tijdens de Slag van Gods Toorn had gezwommen. Het levendigst stonden hem de kogelvonken bij die in zijn huid beten. Hij had er nog littekens van. Tegen reuzen die aanvalsgranaten afvuurden en hem met een regen van kwaliteitskogels bestookten, zou hij het niet lang maken. Het beleid was dat wie de eerste veldslag overleefde, de tweede en de derde en de vierde werd ingestuurd... Wie tien achtereenvolgende veldslagen had overleefd, kon onderofficier worden.

'Vertel eens wat over brigadier Balo,' zei Staalklauw met een stem die in gegiechel werd gesmoord.

'Hij is de beste commandant en de beste tacticus die ik ken. Hij heeft gezorgd dat we tijdens die onvergetelijke slag tachtig nijlpaarden hebben gedood en er eenentwintig krijgsgevangen hebben gemaakt.'

'Ik geloof dat je iets moet weten,' zei ze met een blik op haar kameraden, die hun uzi's in gereedheid hielden om te schieten. Daar schrok hij van, want ze hadden zijn jongens al ontwapend. 'Je geliefde commandant is dood. We hebben hem gisteren omgebracht.'

Een daverende siddering schoot door majoor Azizima heen en het snot droop over zijn gezicht. De koorts kwam weer opzetten en hij had het gevoel dat hij in de haard van het vuur zat. Wat zou het fantastisch zijn daarin om te komen, zodat hij zich bij zijn held kon voegen.

Nu wist hij dat zijn beschermer, op het moment waarop hij zich de vorige dag koortsig had gevoeld, de dood onder ogen had gezien. Het feit dat zijn grote broer hem zelfs in de dood niet in de steek had gelaten overweldigde hem.

'Trouwens, we hebben ook het zogenaamde hoger kader weggevaagd,' voegde Staalklauw eraan toe. De sukkel van een majoor zag eruit alsof hij gek zou worden. Maar ze wist dat dit allemaal voor zijn eigen bestwil was. Hij kon als een betere soldaat uit de mangel komen.

Het haar op majoor Azizima's lijf stond recht overeind en zijn tanden klapperden zo hevig dat hij zijn kaken moest dichtduwen om te voorkomen dat hij zijn tong afbeet of zijn tanden zou breken. Er viel nu van alles op zijn plaats: de koeriers die niet waren komen opdagen; de ontbrekende codes; en het gebrek aan bewaking op de belangrijkste toegangsroutes naar het kamp.

Hij begreep dat brigadier Balo de kolonel had opgedragen hem op een onzin-missie te sturen teneinde hem de kans te geven te ontsnappen. Zijn baas had kennelijk geweten welk gevaar er dreigde en willen voorkomen dat al zijn mannen omkwamen. Om de onvoorstelbare edelmoedigheid en liefde die hieruit sprak, barstte majoor Azizima in tranen uit.

Terwijl hij zijn tranen wegveegde kreeg hij een beeld voor ogen. Hij zag brigadier Balo zaden in geploegde aarde stoppen. Majoor Azizima wachtte tevergeefs op het ontkiemen van de zaden. Hij dacht: ik ben een bedorven zaadje.

'Je krijgt er het equivalent van vier dagen voor,' hoorde hij de kolonel zeggen. De uitdrukking betekende dat hij acht dagen had om zijn missie te voltooien. Brigadier Balo moest hebben geweten dat acht dagen hem voldoende tijd zouden geven om een plek te bereiken waar hij kon wachten tot de storm was overgewaaid.

'Heb je daar niets op te zeggen?'

'Niets, korporaal,' zei hij met zijn handen, druipend van het snot, om zijn kaken.

'Goed. We gaan je verhoren. Als jij deel hebt genomen aan de samenzwering om het goud van de generalissimo te stelen, dan mengen we voor de zon ondergaat jouw vlees met dat van de koeien.'

Bij het horen van het woord koeien raakte hij extra op zijn hoede. Hij dacht aan de verjaardag van de generalissimo en het geschenk dat hij zijn baas had gegeven.

'Ik weet van niets, korporaal,' pleitte hij bedeesd. 'Ik heb nooit tot die groep behoord. Ik was altijd op veldtocht, bezig met vechten om de belangen van het Heilige Geestleger te verdedigen.'

Staalklauw stak haar wijsvinger op om tot stilte te manen. Ze beval luitenant Dagomin en sergeant Kabalega, die naakt waren en bibberden, om op het pad dat naar het basiskamp voerde te knielen.

Majoor Azizima moest achter hen knielen. Hij wilde van alles tegen hen zeggen om hun moed in te spreken, maar hield wijselijk zijn mond.

Bij het aanbreken van de dag kregen ze bevel hun kleren aan te trekken en naar het kamp te marcheren. Ze liepen achter elkaar, met knikkende knieën, klapperende tanden en hoofden zwaar van slaapgebrek. Die zo vertrouwde en zo korte tocht leek nu ondraaglijk lang. De dauwdruppels die van de bladeren boven hen vielen deden hen sidderen alsof het addertongen waren.

Bij de poort werden ze een hele tijd vastgehouden. Majoor Azizima hield zichzelf voor dat zijn grote broer een proef moest hebben bedacht om te zien of hij nog steeds trouw was en dat het gelukkige weerzien elk moment kon plaatsvinden. Hij nam aan dat zijn baas na het ontvangen van de koeien de voorpret wilde rekken om dan pas te zeggen: 'Luitenant-kolonel Azizima, welkom thuis.'

Hij hield rekening met zo'n afloop van deze gruwelijke beproeving. Dit keer zou het onmogelijk zijn de tranen van vreugde niet de vrije loop te laten.

In het schemerende donker verscheen hem brigadier Balo. Hij zat op een kleine mierenhoop midden in een groene zee van struisgras. Hij zei: 'We gaan deze oorlog voeren, wat voor tegenstand we ook ontmoeten. Onthoud goed: hoe heter de smidse, hoe harder het staal.'

Majoor Azizima werd in zijn ribben gepord en hij liep de poort door met zijn gedachten nog bij de woorden van brigadier Balo. Hij vroeg zich af waarom hij nog verder de smidse in geduwd moest worden. Hij dacht: ben ik niet gestaald genoeg?

Hij schrok van een verandering in de lucht. Hij hief zijn ogen op en zag dat hij op het hoofdplein stond, de plek waar ze exercities hielden en de verjaardag van de generalissimo vierden, de plek waar pas bevorderde officieren met hun rang pronkten bij het geluid van pistoolschoten.

Hij kneep zijn ogen samen om zich ervan te vergewissen dat hij het wel goed zag. In het midden zag hij een groot kruis waaraan het lijk van zijn baas hing met naar buiten puilende ingewanden. Ernaast stonden de kruizen van de leden van het hoger kader, hun ingewanden overdekt met glanzende vliegen, die een overdonderend gezoem van afkeuring lieten horen toen hij dichterbij kwam.

Majoor Azizima voelde zijn maag zo heftig omdraaien dat zijn mond zich met braaksel vulde. Bang dat hij zou worden geslagen als hij bij de doden spuugde, slikte hij met prikkende ogen door. Hij dacht: het kan niet dat hij dood is. Hoe kan hij dood zijn?

Terwijl de beelden van de dood door zijn hoofd tolden, wist hij dat hij was voorgelogen. De dode mannen hadden niet geprobeerd de generalissimo te bedriegen. Niemand zou dat wagen. Niet met overal zoveel spionnen. Hij geloofde dat ze waren vermoord om het kamp zonder noemenswaardig verzet te kunnen opheffen. Als brigadier Balo was uitgeschakeld, zouden zijn mannen gemakkelijk mee te voeren zijn op de duizend kilometer lange reis naar Soedan.

Majoor Azizima en de jongens kregen bevel voor de kruizen te gaan staan. Er kwamen nog een kleine vijftig andere soldaten bij. Hardop moesten ze bidden: 'Heilige Geest, wees ons genadig, al zijn we onwaardige honden. Vergeef ons, generalissimo L., dat we uw grootmoedigheid zo deerlijk hebben misbruikt.'

Majoor Azizima moest nog twintig uur voor de kruizen blijven staan, waarna hij naar een kooi werd gebracht. Hij bleef de naam van zijn held telkens weer aanroepen, hem vergiffenis vragen, zich vervloeken om zijn stomheid dat hij diens laatste bevel niet had opgevolgd. 'Ik ben een bedorven zaadje, maar ik vraag u me te helpen voortzetten wat u heeft opgebouwd. Ik ben onwaardig, maar help me u te wreken.'

Hij had de stank aanvaard omdat het de stank van zijn grote broer was. Hij had met zo'n bittere haat naar de vliegen gekeken dat zijn bloed ervan kookte en zijn ogen er pijn van deden.

Het ergste moment kwam toen de vogels verschenen. Ze pikten de ogen uit en scheurden met vlijmscherpe snavels rafels vlees uit het lichaam van de brigadier. Vanuit zijn ooghoeken zag hij er een stel, van kleur ontdaan door het verblindende licht, aan strengen dunne darm rukken. Ze wentelden en buitelden door de lucht, tot groot ongenoegen van de verstoorde vliegen, die tekeergingen als voetbalfanaten.

Twee metalliek blauwe reuzenvogels grepen de tong van zijn baas, zo dik als een arm, trokken die uit, hakten hem aan stukken en aten hem op.

Majoor Azizima schreeuwde 'Nee!' en probeerde weg te kijken, maar zijn blik ging terug naar de overblijfselen van zijn held. Met elke snavelhouw vlamde zijn woede op; met elke geroofde vezel vermenigvuldigde zich zijn haat. Hij voelde zich zo met hem verbonden dat hij tegen hem praatte, hem zei zich niet druk te maken over degenen die het vlees hadden gedood maar de geest niet konden doden. Hij bedankte hem dat hij de pijn van zijn verwondingen en zijn angst voor de Ogen had weggenomen. Hij bedankte hem dat hij zijn woorden en zijn verschijning voorgoed in zijn hoofd had geprent.

'Ik zal u wreken en wreken en wreken,' beloofde hij.

EEN DAG NA DE verdwijning merkte Beeda dat de geur van bananensap uit de lucht was. Niemand kapte nog bananen. De blauwe Bedford met de korte neus en de brede wangen stond nog steeds aan de rand van de plantage, de bananen aan boord lagen in de zon te dampen. Hij had grote bewondering voor de monteurs die zulke dertig jaar oude roestbakken op de weg hielden. Hij hoopte dat de William Ogema Academie een langer leven beschoren zou zijn.

Nieuws verspreidde zich razendsnel, met als gevolg dat de vrachtwagens uit Fort Magogo wegbleven. De donkergroene hopen met vruchten die voor de verdwijning waren gekapt, zouden algauw geel en zoet worden en vliegen aantrekken voordat ze wegrotten. Bananenbierbrouwers hadden er niets aan, want het was hun soort bananen niet.

Beeda probeerde het knagende gevoel van onzekerheid te onderdrukken door aan juffrouw Alaso te denken. Hij droomde ervan weer naar haar huis te gaan, naar de geborgenheid van haar bed. Maar hij wist dat het weleens een tijd kon duren voordat dat kon. Alles stond op losse schroeven. Soldaten marcheerden maar heen en weer, geruchten gingen als lopende vuurtjes rond en het gedreun van de helikopter hield pas tegen het vallen van de avond op.

's Morgens gaf hij zijn lessen, 's middags bereidde hij de komende prijsuitreikingsdag voor. Zang en dans waren opgeschort tot de vermiste soldaten waren gevonden. En hoewel het schoolterrein niet langer als verhoorplaats diende, was de vrolijkheid er verdwenen. Er hing een wolk van dreigend onheil boven.

Die middag ging Beeda naar de klas van juffrouw Alaso. Ze

zat een van de toneelstukjes door te nemen die haar leerlingen op de grote dag zouden opvoeren. In een lokaal vol licht leek ze deel van het licht zelf. Hij wou dat hij machtige vleugels kon uitslaan, haar van haar stoel kon plukken en meevoeren voordat iemand hem kon tegenhouden.

Zodra ze hem zag brak er een glimlach op haar gezicht door. Het was een kwelling dat hij haar zo moeilijk kon benaderen. Hij begon te beseffen hoe onverstandig het was als collega's geliefden werden. Als juffrouw Alaso vijf kilometer verderop had gezeten, had hij dat feit aanvaard. Maar haar zien zonder haar te mogen aanraken, maakte hem rusteloos.

'Wat leuk om jou hier te zien, prins!' riep ze uit. 'Ik vrees dat iedereen door die twee soldaten in gijzeling wordt gehouden.'

Beeda voelde een hevige drang om op haar af te stormen en haar vol op de mond te kussen. In een poging zich te beheersen keek hij uit het raam naar de vale lucht.

'Het zal voor iedereen een opluchting zijn als ze weer boven water zijn,' zei hij.

'Hoe ver ben jij met je voorbereidingen?'

'Het enige waar ik me op voorbereid is jou weer te zien, juffrouw So.'

'Wil je alsjeblieft niet zo hard praten? Ze zit op haar kantoor,' waarschuwde ze.

'Ik kan niet anders. Ik zou het willen uitschreeuwen. Het lijkt wel een jaar geleden dat...'

'Denk maar niet dat je de enige bent,' zei ze met haar spotlachje.

'Moet je zien hoe kalm jij onder de hele situatie blijft!'

'Een van ons moet de verstandigste zijn. Als ik te koop zou lopen met wat ik allemaal voel, kwam je pas goed in de problemen, neem dat van mij aan.'

'Ja, je hebt gelijk,' zei hij met een verslagen glimlach.

'Weet je nog die ochtend onder de boom?'

'Hoe kan ik die ooit vergeten? 's Nachts heb ik dromen waarin je met een andere man je bed deelt. Tegenwoordig droom ik steeds minder over de rebellen.'

'Je hoeft nergens over in te zitten,' zei ze met een heel ernstig gezicht.

Beeda vroeg zich onwillekeurig af wat er zou gebeuren als hij naar school terugging. 'Fijn om dat te horen.'

'Je moet me geloven.'

'Ik geloof je.'

'We spreken af zodra de kans zich voordoet. Het spijt me van de laatste keer.'

Omdat hij het niet langer uithield, zei hij: 'Ik moet ervandoor.'

'Ik weet het,' zei ze en volgde hem met haar ogen.

Bij de deur kwam hij oog in oog te staan met een van de onderwijzers die hem had uitgelachen. Het ging door hem heen dat juffrouw Alaso misschien iets met die kerel had. Het idee was zo bespottelijk dat hij zichzelf uitlachte.

Terug in zijn klas voelde hij dringend behoefte om met meneer Oryang te praten. Hij dacht: alleen hij kan me van mijn afhankelijkheid van juffrouw So afhelpen. Maar tegenwoordig had hij geen tijd om wie dan ook te spreken. Hij was altijd in gezelschap van soldaten en straalde onbereikbaarheid uit.

Beeda probeerde zichzelf bezig te houden, maar merkte dat hij alleen maar zat te luisteren naar het geluid van de helikopter. Het leek of dat ding er al maanden was. Hij vond het vreemd dat het rond de plantages bleef vliegen in plaats van het zoekgebied uit te breiden tot de vijftig kilometer naar het basiskamp van de rebellen.

De tweede middag hoorde hij een hond uitzinnig blaffen. Het hield zo lang aan dat hij zijn klaslokaal uit kwam en buiten ging luisteren. Een paar onderwijzers volgden zijn voorbeeld.

Het geluid hield even abrupt op als het was begonnen. Later, toen hij alweer aan andere dingen dacht, kwam Windzak met het nieuws dat de hond de lijken van de vermiste soldaten had gevonden.

'Pro bono publico, twee lijken,' vertelde de barse man aan Beeda en de andere onderwijzers. Hij stak voor de duidelijkheid twee vingers op. Hij keek van het ene naar het andere gezicht, trots dat hij in het middelpunt van de belangstelling stond. Aan de manier waarop hij sprak, hoorde Beeda dat hij nog nuchter was.

'Hé, meneer Pro Bono. We geloven er niks van,' plaagde juffrouw Adongo.

'Wat staan jullie hier dan? Moet ik eruit opmaken dat jullie je verstand zoeken?'

'Hé, hé. Let een beetje op je woorden, zeg.'

'Neem me niet kwalijk, maar er zijn twee ontbindende lijken in een grot gevonden. Ik kom jullie het nieuws brengen en jullie beledigen me. Wat moet ik daarvan denken?'

'In mijn functie van onderdirectrice verbied ik je nog ooit op het schoolterrein te komen.'

'Ik zou zulke grote woorden liever uit de mond van de eigenaresse van deze school horen, jullie niet? Trouwens, wat zou ik nog tijd verdoen met zo'n sufferd?'

'Hé, wie is hier de sufferd, onooglijk wrak dat je bent.'

'Pro bono publico, ik heb wel wat beters te doen.'

Beeda stond nog van de woordenwisseling te genieten toen zijn moeder uit haar kantoor kwam en Windzak meenam.

Tegen elf uur die avond klopte meneer Oryang aan de deur. Beeda liet hem binnen en gaf hem een stoel tegenover de muur met de foto's.

Na de begroetingen ging hij zijn moeder halen. Ze kwam de kamer binnen in een lichtgroene nachtjapon, ook een verjaarscadeautje van overzee. Beeda vond dat ze er te dik in uitzag en vroeg zich af waarom ze niet iets passenders had uitgekozen.

Ze ging tegenover meneer Oryang zitten en heette hem welkom.

'Ik hoop dat ik jullie programma niet in de war schop,' zei meneer Oryang, terwijl hij van moeder naar zoon keek.

'Hoezo, programma? We zijn geen radiozender, hoor,' lachte mevrouw Ogema aan haar mouwen trekkend. 'Je bent altijd welkom, bescherm...er van onze gemoedsrust.'

Beeda glimlachte en dacht: ze wilde eigenlijk 'beschermengel' zeggen.

'Ik kom jullie vertellen dat uit onderzoek is gebleken dat de rebellen verantwoordelijk waren voor de moorden. Ze hebben de oren van een van de soldaten afgesneden en de speciale stenen die ze in hun katapults gebruiken zijn teruggevonden.'

Mevrouw Ogema liet geluiden van schrik en medeleven horen.

Beeda vond het moeilijk te geloven dat majoor Azizima twee soldaten had vermoord op een steenworp afstand van de plek waar boeren op hun plantages werkten. Het maakte, meer dan wat ook, de scherpe kloof tussen hem en zijn zogenaamde broer duidelijk. Hij had er geen enkele behoefte aan om die koelbloedige moordenaar te ontmoeten en zou zich veiliger voelen als die voor de rest van zijn leven achter de tralies verdween. Hij was van mening dat zo iemand onverbeterlijk was. Per slot van rekening kon hij de moorden en andere wreedheden die hij had begaan niet ongedaan maken.

'Vanwege die ontdekking worden de ondervragingen stopgezet,' deelde meneer Oryang mee, alsof hij een algemene vergadering toesprak.

'Wat gaan de soldaten nu doen?' vroeg Beeda.

'Ik heb geen idee,' zei meneer Oryang ronduit. 'Ik ben al blij dat niemand uit deze streek bij die weerzinwekkende geschiedenis betrokken is geweest.'

'De rebellenleiders hebben onze zonen tot moordenaars gemaakt,' zei mevrouw Ogema met een strakke blik op meneer Oryang. 'Ze zullen ooit voor hun misdaden moeten boeten.'

Meneer Oryang bracht zijn handen van zijn dijen omhoog, alsof hij ze machteloos wilde uitspreiden. Maar om de een of andere reden legde hij ze terug en zei niets.

Beeda stond op het punt te vragen of hij ooit zelf kinderen

had gehad, maar de uitdrukking op zijn moeders gezicht weerhield hem. Ze keek alsof ze zojuist bericht had gekregen van het overlijden van een naast familielid. Hij vermoedde dat beide volwassenen aan Azizima dachten en geen van beiden zijn naam wilden uitspreken.

'Daar bidden we voor,' zei meneer Oryang met een blik op de foto's aan de muur. De verf op de nieuwe lijstjes glansde vaag in het licht.

'Kan ik je een biertje aanbieden?' vroeg mevrouw Ogema op de toon van iemand die op een ander onderwerp wil overgaan.

'Nee, dank je. Ik denk dat ik maar eens moest opstappen,' zei meneer Oryang en hij stak zijn rechterhand in zijn zak.

'We waarderen alle moeite die je hebt gedaan. Ik weet dat je vandaag nog geen moment rust hebt gehad.'

'Geen dank,' zei meneer Oryang, terwijl hij iets te voorschijn haalde. 'Ik heb een fluit voor jullie meegebracht. Elk huisgezin krijgt er een.'

'Een fluit?' zei mevrouw Ogema lachend.

'Ja, de wegversperring is opgeheven. Als de rebellen aanvallen, moet je fluiten. Als je een fluit hoort, begin je op die van jou te fluiten. Als het geluid door het hele gebied klinkt, zullen de rebellen denken dat ze zijn omsingeld.'

'Zouden ze daardoor niet nog gevaarlijker worden?' vroeg mevrouw Ogema, terwijl ze het fluitje aannam. Ze liet het ijzeren buisje in haar hand rollen. Het deed Beeda denken aan de politiefluitjes die hij in de stad had gezien. Hij dacht: een dorp vol politieagenten.

'Ik heb ook extra geweren van de commandant gekregen,' zei meneer Oryang met een klein, triomfantelijk glimlachje. 'Als mijn mannen horen fluiten, komen ze meteen in actie.'

Mevrouw Ogema zei: 'Zoals altijd heb je wel een extra troef achter de hand.'

'Het is een compliment om dat van de belangrijkste persoon uit de streek te horen.'

Mevrouw Ogema straalde en Beeda wou dat hij een fototoestel had gehad om dat moment vast te leggen. Hij had er een in Fort Magogo moeten kopen. Dan had hij ondertussen een hoop foto's van juffrouw Alaso kunnen maken. De jongens op school pronkten graag met foto's van hun geliefden. Musa zou groen zien van jaloezie als hij juffrouw Alaso's foto zag en Beeda zou er niets op tegen hebben die kleine overwinning te boeken.

'Mag ik eens kijken?' vroeg Beeda, terwijl hij een hand naar het fluitje uitstak. Zijn moeder gaf het hem maar wat graag. Hij zette het koude metaal aan zijn lippen en blies aarzelend. Het geluid was akelig en schril, iets om degene die het hoorde de stuipen op het lijf te jagen. Hij dacht niet dat het plan veel kans van slagen had, maar moest toegeven dat het beter was dan niets. 'Waarom heeft de commandant de wegversperring opgeheven?'

'Ik weet het niet,' zei meneer Oryang met vermoeide stem.

'Hoeveel extra geweren?' vroeg Beeda, terwijl hij van het fluitje opkeek naar het gezicht van meneer Oryang.

'Genoeg.'

MAJOOR AZIZIMA ZAT een dag in de kooi. Zijn tanden deden verschrikkelijk zeer wanneer hij probeerde te praten of het balletje eten dat hij kreeg probeerde weg te kauwen. Hij kon niets binnenhouden, zijn maag protesteerde tegen zowel vloeibaar als vast voedsel.

De Ogen, bijna tachtig in getal, waren schijnbaar overal om het leven ondraaglijk te maken. Ze stampten met hun laarzen op de grond en giechelden om de hulpeloosheid van de gevangenen. Het viel majoor Azizima op dat het bijna kunstmatig gegiechel was, alsof de meisjes er geen plezier aan beleefden. Dat kon er moeilijk bij hem in, want uit alles bleek hoe kwaadaardig ze waren en hij wilde ze uitgeroeid zien.

Majoor Azizima kon 's nachts niet slapen. Hij kon brigadier Balo en diens gruwelijke einde niet uit zijn hoofd zetten. Hij probeerde zich een beeld te vormen van wat zich moest hebben afgespeeld, maar was nog te verbijsterd om alles op een rij te krijgen. Het gerucht ging dat de hoop vlees die rechts van de kruizen zichtbaar was niets minder was dan de tien man sterke lijfwacht van hun voormalige leider vermengd met twee koeien. Majoor Azizima geloofde het, want hij kon de hoorns met eigen ogen zien. En er was geen spoor van de bewuste soldaten.

'Wie gooit er nou het vlees van twee kostbare koeien weg?' vroeg luitenant Dagomin zich af.

'Iemand die niet weet hoe mooi een koe iff,' jammerde sergeant Kabalega.

'In het Nieuwe Testament deed Pontius Pilatus ook iets dergelijks,' legde majoor Azizima uit.

In de kooi had iedereen een plekje gevonden om te staan of

te zitten. Net als zijn medeofficieren had majoor Azizima meer ruimte dan zijn ondergeschikten. Zijn jongens weken geen moment van zijn zijde, maar hij schaamde zich nog diep over wat hij in hun bijzijn had moeten doorstaan. Hij vond het moeilijk hun recht in de ogen te kijken of bevelen te geven. Hij had het idee dat ze in zijn opgezwollen gezicht zijn vernedering en machteloosheid zagen – zijn onvermogen zich tegen een stel spichtige meisjes teweer te stellen.

'Hij iff dood. Ffe hebben de Grote Kat vermoord, majoor,' zei sergeant Kabalega. De tranen rolden over zijn gezicht.

Een paar seconden later klonk er zo'n harde klap dat alle hoofden zich naar het geluid keerden. Luitenant Dagomin had de jongen geslagen. 'De Grote Kat heeft een hekel aan tranen. Hij heeft alleen respect voor actie. Als je niets aan de situatie kunt doen, moet je je kop houden, Opa.'

De gebeurtenissen van de avond tevoren hadden luitenant Dagomins wereldbeeld veranderd. Hij beschouwde zich nu als de rechtmatige leider van het drietal, want een leider die zoveel vernedering over zijn kant liet gaan, was geen knip voor zijn neus waard. Op het gezicht van majoor Azizima zag hij angst en schaamte. Daarvan hoopte hij profijt te trekken.

Majoor Azizima was ingenomen met de prompte reactie. Ze moesten vóór alles het moreel hoog houden en niet in afstompend sentiment vervallen. 'Dank je wel, luitenant. Je toont je een ware discipel van onze leider.'

'Op deze heiligschennis moet een krachtig antwoord komen. Laten we allemaal zweren dat we onze baas zullen wreken. Zijn erfenis kan niet op deze manier door de drek worden gehaald. Die zal voortleven zolang één van ons nog ademhaalt. Die zal nimmer vergaan,' zei luitenant Dagomin met starre gelaatstrekken en afgemeten, strijdlustige gebaren.

Majoor Azizima stond paf. Het was alsof zijn ondergeschikte zich jaren op dit ogenblik had voorbereid. Het had iets van een machtsgreep. Waarom had hijzelf niet zoiets bedacht? Hoe had hij de moed er bij de jongens in willen houden? Hoe wilde hij zijn positie handhaven als een ondergeschikte met zo'n briljant idee op de proppen kwam? Hij verweet zichzelf dat hij de hele nacht in een kringetje van diepe rouw had rondgedraaid. Hij had zich geen tijd gegund om aan de toekomst te denken. Nu keerde die hem een akelig, gehavend gezicht toe, en hij wendde zich af.

Met tegenzin zei hij: 'Goed gesproken, luitenant. Laten we wraak zweren. Laten we het op de volgende manier doen. Ieder houdt zijn hand op, spuugt er drie keer in en zegt: "Ik zweer dat ik mijn leider zal wreken zolang ik leef." Daarna klappen we op elkaars hand, zodat we het spuug vermengen en het gif versterken.'

'Ja, dat moeten we doen, majoor,' hoorde majoor Azizima verschillende stemmen zeggen.

Ze legden de eed af onder de brandende zon, in een lucht waarin de ontbindingsstank te snijden was. De haat jegens de Ogen was zo groot dat niemand bang was voor de aanwezigheid van overlopers in de kooi.

De eedaflegging was nauwelijks bevorderlijk voor majoor Azizima's gemoedsrust. Hij had het gevoel dat zijn optreden was afgedwongen, dat wat zijn persoonlijke kruistocht had moeten zijn, hem in een onbewaakt ogenblik uit handen was genomen. Hij had kennelijk opnieuw een kans laten schieten. Hij besefte dat het ritueel zijn positie eerder had ondergraven dan versterkt.

Op een straffe windvlaag dreef het gegons van de smullende vliegen de kooi in. Majoor Azizima dacht aan de bevordering die hij wel kon vergeten. En alsof dat nog niet pijnlijk genoeg was, drong het ineens tot hem door dat hij zijn rang zou kwijtraken. Eenmaal in Soedan zou hij weer van voren af aan moeten beginnen. Als rekruut, die alleen goed was om 'kogels te vangen' zoals het aanvallen van stellingen van het Soedanese Volksbevrijdingsleger werd genoemd. Hij zou het tien keer moeten doen om het voorrecht te verdienen onderofficier te worden. Het was zo'n afschuwelijk vooruitzicht dat hij er, om niet nog dieper in de put te raken, verder niet bij stil wilde staan.

Vanuit het niets zei de oogloze, tongloze leider tegen hem: 'De storm trekt over.' Voor het eerst weigerde hij hem te geloven. Hij zou zijn ongeloof luidkeels willen uitschreeuwen, maar wilde geen onnodige aandacht trekken.

Hij besefte dat hij niet eeuwig om zijn baas kon blijven rouwen. Hij moest iets aan zijn stukgelopen plannen doen. Hij wist dat hij terug moest naar Beeda's huis. Aanvankelijk wist hij niet goed wát hij daar zou moeten. Maar het gevoel dat hij terug moest bleef in hem groeien; misschien het huis opblazen of er om hulp vragen. Het idee werd sterker toen hij erover nadacht dat brigadier Balo zich door de meisjes had laten arresteren en vermoorden. Hij kwam er niet uit waar deze geweest kon zijn toen de ruwe kruizen werden gemaakt. Ook bleef het hem duister of hij als eerste was vermoord of gedwongen was getuige te zijn van de dood van de leden van zijn opperbevel. Het feit dat hij niet wist of zijn leider dan ten minste zijn beulen in het gezicht had gespuugd bracht hem op de rand van tranen.

Woedend richtte hij zich tot de Heilige Geest. 'Waarom heeft u de Grote Kat niet veranderd in een boom of een civetkat? Waarom heeft u zijn moordenaars niet verblind of verlamd? Waarom heeft u toegestaan dat hij zo voor schut werd gezet?'

Hij sloot zijn ogen met een hart vol bitterheid om de verantwoordelijkheid die hij voelde. Opeens wilde hij weer jong, speels en onverantwoordelijk zijn, palmbladeren plukken, borden wassen voor het gezin, hopen te worden opgemerkt door kleermakers op winkelveranda's. Maar hij wist dat dat een luxe was die alleen voor mensen als Beeda was weggelegd. Als een vreemd wezen had hij geleerd te rennen voordat hij kon kruipen en had hij grijze haren gekregen voordat hij in de puberteit kwam. Nu was het te laat om dat onnatuurlijke groeiproces te stoppen.

De stemmen van zijn medegevangenen zweefden zijn bewustzijn in en uit.

De ene zei: 'Dit is het einde van het Heilige Geestleger.'

Een andere zei: 'De generalissimo heeft het op een akkoordje gegooid met de aasgieren in Kampala. In ruil voor het sluiten van dit kamp, laten ze toe dat soldaten gebieden in het noorden plunderen waar de mensen niet in ontheemdenkampen leven.'

'Onzin,' protesteerde iemand. 'Lasterpraat.'

Majoor Azizima deed zijn ogen open zodra hij hoorde dat de generalissimo in verband werd gebracht met zulke lage intriges. Hij wilde zijn mond al opendoen om hem te verdedigen, toen hij zich herinnerde dat de Ogen op zijn gezag handelden. Een enorme kramp schoot door hem heen en hij dacht: heb ik op drijfzand gebouwd?

Opnieuw sloot hij zijn ogen en zweefden de stemmen zijn hoofd in en uit.

De ene zei: 'Het is hoog tijd dat we gebruikmaken van de amnestie.'

Een andere beaamde: 'Zo is het. We kunnen wel wat rust gebruiken.'

Majoor Azizima vond beide ideeën schandalig.

Op het moment dat de zon recht boven hen stond, werd majoor Azizima voor verhoor uit de kooi gehaald. Anderen waren hem voorgegaan en niet een van hen was teruggekomen.

Terwijl hij naar zijn vijanden liep, laaide er onwillekeurig woede in hem op over de gevangenen die zich aan de Ogen hadden onderworpen. Zijn woede bekoelde snel, want zelf had hij zich op een nog vernederender manier onderworpen.

Staalklauw, die hem kennelijk tot haar favoriete voetveeg had verkozen, liep achter hem. Bij de kruizen hieven de glanzende vliegen een zwak protest aan; ze waren aan voorbijgangers gewend geraakt. Geen centimeter van brigadier Balo's lichaam was nog te zien; het was een mozaïek van blauw en groen.

Toen hij vlak bij de gekruisigde brigadier was, merkte hij dat de stank verdween en dat hij frisse lucht inademde. Hij bleef staan om zich van dit wonderbaarlijke verschijnsel te vergewissen.

Ongeduldig blafte Staalklauw hem af. Het leek of hij haar niet hoorde. Hij voelde haar hand op zijn wang, maar de klap deed geen pijn. Hij begon te lopen en de walgelijke lucht drong als een antiwonder weer zijn neus binnen.

'Ben je gek geworden?' hoorde hij Staalklauw schreeuwen.

'Nee,' fluisterde hij, terwijl hij probeerde te bedenken wat zijn baas hem had willen zeggen.

In de tent die voor het verhoor werd gebruikt, zag majoor Azizima vijf meisjes rond de mahoniehouten tafel zitten waaraan zijn held altijd zijn brieven zat te schrijven. Voor hem was de tafel een heilig voorwerp; de ontheiliging vergrootte zijn haat jegens de meisjes.

Brigadier Balo bewaarde altijd een zwarte bijbel op die tafel. Het feit dat die er niet meer lag was een teken dat ze het roemrijke verleden wilden uitwissen. Hij wilde het juist in ere herstellen en er eindeloos de lof van zingen, maar hij kon geen woord uitbrengen. Hij wilde de meisjes vragen waar ze de bijbel hadden gelaten. Hij wilde hen van de tafel wegtrappen, ze met hun gezicht in de modder drukken, en toch stond hij daar maar te kijken alsof er van heiligschennis geen sprake was. Die medeplichtigheid aan de vernietiging van zijn verleden maakte hem misselijk.

Op een gegeven moment hoorde hij het Oog dat de leiding had zeggen: 'Geef je naam en zeg "edelachtbare" na elke zin.'

'Ik ben majoor Azizima, edelachtbare.'

'Hoe oud ben je?'

'Vijftien, edelachtbare.'

'Ben je ooit neergeschoten?'

'Twee keer, edelachtbare.'

'Ernstig gewond geraakt?'

'Nee, edelachtbare.'

'Kun je tien dagen lang honderd kilometer per dag lopen?'

'Nee, edelachtbare.'

'Dat dacht ik al. Jullie zijn allemaal lijntrekkers. Jullie zijn bedorven vlees.'

'Ja, edelachtbare.'

'Hoe lang heb je hier gezeten?'

'Zeven jaar, edelachtbare,' antwoordde majoor Azizima, blij te zien dat ze haar neusje bewaaierde. Hij zag al voor zich hoe meisjes werden gedwongen de rottende overblijfselen van brigadier Balo te eten.

'Wie was je commandant?'

'Brigadier Balo, edelachtbare.'

'Heb je ooit deel uitgemaakt van de Mineralensectie?'

'Nee, edelachtbare.'

'Je zit in de eerste groep.'

'Ja, edelachtbare,' zei majoor Azizima. Hij bleef stokstijf staan wachten op meer vragen.

Een ijzingwekkende golf van gegiechel schudde hem wakker; alle Ogen deden eraan mee. Dit keer schenen ze wel plezier te hebben.

'Die boskneuters hebben geen hersens, edelachtbare,' merkte Staalklauw op zodra ze was uitgegiecheld. 'De arme stomkop kan het niet helpen. Hij begrijpt niet dat hij met de eerste groep naar de Basis der Basiskampen vertrekt.'

Daarop barstten alle Ogen in een nieuwe giechelbui uit.

'Ingerukt, leeghoofd,' zei het voorzittende Oog, onder nog meer gelach.

'Dank u, edelachtbare.'

Majoor Azizima mocht niet naar de kooi terug. Hij werd naar een kant van het hoofdplein gebracht, waar een groep soldaten bijeen was gedreven. Hij bespeurde de angst die achter hun uitdrukkingsloze gezichten zinderde. Stuk voor stuk schenen ze uitsluitend bezig met het idee dat over een paar uur de langste reis van hun leven zou beginnen. Zulke tochten werden zonder proviand ondernomen. Ze zouden onderweg handelsposten en dorpen moeten overvallen om aan voedsel, geneesmiddelen en water te komen. Hij was een van de weinige officieren die wist waar zich twee medicijnendepots bevonden. Hij besloot die kennis mee zijn graf in te nemen.

De jongens van majoor Azizima voegden zich in de loop van de middag bij hem. De groep was nu tot meer dan vijftig man uitgegroeid. Ze moesten scanderen: 'We leven en ademen voor de generalissimo.'

Laat in de middag kwam een Oog instructies geven, waarvan de strekking was: iedereen die zich tijdens de tocht op enig moment tegen de Ogen verzette zou worden neergeschoten. Iedereen die het tempo van de mars niet kon bijhouden zou worden neergeschoten. En iedereen die probeerde te ontsnappen zou worden neergeschoten.

Majoor Azizima begon meteen plannen te maken voor zijn ontsnapping. Hij zag zich niet naar Soedan marcheren zonder eerst een bezoek aan Beeda's huis te hebben gebracht.

Bij het invallen van het donker werden ze naar een andere kooi gebracht en daar opgesloten. Als avondmaal kregen ze ieder acht maïskorrels. Majoor Azizima stak die van hem in zijn zak. De kooi vulde zich met het geluid van soldaten die de maïs kraakten en opkauwden. Het werd afgewisseld door het gegons van muskieten.

Majoor Azizima probeerde zijn jongens op te peppen door hen op de schouders te kloppen. Hij fluisterde luitenant Dagomin in het oor: 'Als ik een plan heb om te ontsnappen, doe je dan met me mee?'

De jongen knikte bevestigend. Sergeant Kabalega gaf hetzelfde antwoord toen hem de vraag werd gesteld.

Majoor Azizima ervoer een moment van grote onzekerheid toen hij zich realiseerde dat hij geen concreet beeld had van waar ze heen moesten. Het kwam zelfs even bij hem op dat Soedan misschien wel een grote zegen voor hen was. Het feit dat de meisjes de reis hadden overleefd en bereid waren die nogmaals te ondernemen, gaf hem enige stof tot nadenken.

Hij droomde die nacht van zijn baas. Hij zag hoe een Oog hem met een hamer op het hoofd sloeg en andere Ogen hem aan het kruis vastbonden. Vijf van brigadier Balo's lijfwachten werden aangewezen om het kruis rechtop te zetten. Uit de manier waarop de Ogen naar zijn commandant keken, maakte majoor Azizima op dat ze hun grote reputatie als tuchtbewaaksters met zijn dood dachten te bekrachtigen. Een Oog trok een scherp mes uit de schede. Ze voelde aan de snede en een lint van bloed droop van haar vinger. Op dat moment kwam brigadier Balo bij en hij keek het Oog met het mes aan met een blik vol medelijden. Het volgende moment veranderde hij in een ijsvogel en vloog hij boven hun hoofden. Met hun uzi's probeerden ze hem uit de lucht te schieten, maar misten telkens, tot hun geweren leeg waren en de grond bezaaid lag met hulzen. Op dat moment werd majoor Azizima wakker.

Kort na het aanbreken van de dag hoorde hij het geluid van een helikopter. Het woord 'wraak' schoot door zijn hoofd. Hij porde zijn jongens wakker en fluisterde dat ze bij de eerste de beste kans de benen moesten nemen.

Met een verwarde uitdrukking op zijn gezicht zag hij het in de kooi licht worden. Hij had de helikopter veel eerder verwacht. Nu die er uiteindelijk was, liet hij de gebeurtenissen over zich heen komen. Hij ging zijn jongens voor in een gebed waarin hij moeder Maria smeekte zich over hun ziel te ontfermen.

Buiten de kooi telde hij een tiental meisjes dat in beraad bijeen zat. Het bevestigde zijn veronderstelling dat zij het geluid ook hadden gehoord en kennelijk probeerden te beslissen wat hun te doen stond.

Ondertussen begon een soldaat ongedurig te brabbelen en aan de steunbalken te sjorren. Majoor Azizima nam hem apart en kalmeerde hem. Hij maande ook andere officieren om de soldaten in bedwang te houden. Aan de verkrampte lichaamshouding van de Ogen zag hij dat ze onder enorme druk stonden en waarschijnlijk niet zouden aarzelen om te schieten.

Eindelijk was het beraad afgelopen. De Ogen zwermden uit, naar majoor Azizima vermoedde om bevelen aan hun collega's over te brengen. Hij zag Staalklauw naar de deur van de kooi komen. Kennelijk hadden de Ogen besloten de reis te beginnen voordat de helikopter zich vertoonde. Hij dacht: idioten. Als het aan mij had gelegen had ik al een uur geleden bevel gegeven om het kamp te ontruimen. Het was duidelijk dat de Ogen, net als het merendeel van de tuchtbewakers, onder leiding goed konden werken; wanneer het erop aankwam zelf initiatief te nemen, weifelden ze.

De explosie van de eerste bom schokte majoor Azizima uit zijn gedachten. Zijn knieën knikten en hij deed het bijna in zijn broek. Met zijn kennis van het gebied ging hij ervan uit dat de nijlpaarden het bos in lichterlaaie wilden zetten. Hij zou geen ander zinnig doel in de omgeving weten. Hij kon zich niet voorstellen dat iemand, zelfs al was hij een nijlpaard, de ontvolkte gebieden wilde bombarderen.

De bom verlamde de Ogen tijdelijk. Staalklauw en haar collega's keken met vertwijfelde gezichten naar de lucht.

Het verbaasde majoor Azizima niet toen hij zag dat de Ogen weer stafberaad hielden. Hij hield Staalklauw scherp in de gaten. Hij had het gevoel dat als het erop aankwam, zij hem het eerst zou neerschieten. Hij dacht dat de Ogen spijt begonnen te krijgen van de dood van de Grote Kat. Ze wekten de indruk dat ze zijn deskundigheid wel konden gebruiken.

Toen de tweede bom ontplofte, lag majoor Azizima plat op zijn buik, met zijn handen tegen zijn oren. Op dat moment herinnerde hij zich zijn droom van de afgelopen nacht. Hij zag bijna onmiddellijk wat die beduidde. Hij begreep dat dit niet zozeer de wraak van de districtscommandant was als wel de vergelding van brigadier Balo. Brigadier Balo gebruikte in feite de districtscommandant om alles wat hij had opgebouwd met zich mee te kunnen nemen. Verder zou hij het leven van zijn moordenaars nemen, wat een forse domper zou zetten op de verjaardag van de generalissimo over enkele dagen. In zijn uitvoering was het tekenend voor de Grote Kat, die alles graag groots aanpakte. Hij was gek op symboliek en dit was een van de beste staaltjes. Het was zo ingewikkeld dat alleen een heel scherp waarnemer zou beseffen wat er werkelijk was gebeurd.

Majoor Azizima lag de schoonheid van zo'n manoeuvre te bewonderen toen de kooi door een bom werd getroffen. Een aantal soldaten was op slag dood en balken vlogen alle kanten op. Half verblind door het stof, voelde hij hoe sterke handen hem overeind trokken en meesleurden.

Toen het stof was neergedaald zat hij verscholen achter een gigantische boom. Niet ver van hem af zag hij Staalklauw met opgeheven geweer proberen op de helikopter te schieten. Hij beet op zijn tanden terwijl de lust om haar te vermoorden door hem heen joeg. Hij wist dat zijn jongens haar dolgraag zouden zien doodbloeden. Hij overwoog hun dat plezier te gunnen toen hij bedacht dat het beter was zijn wraak druppel voor druppel te proeven dan in een grote slok.

Hij pakte een steen op die in de buurt lag en gooide. Hij raakte haar vol in de rug. Ze viel prompt, als een omgekegelde fles. Hij gaf luitenant Dagomin bevel haar geweer af te nemen en hij tilde haar op. Ze was vederlicht. Hij voelde haar gewicht nauwelijks terwijl ze voor hun leven renden door dikke rook, die iedereen aan het hoesten maakte.

Hij liet voor het eerst halt houden toen ze vier kilometer van het kamp waren. Zijn neusgaten waren verschroeid en hij hoestte om de haverklap. Hij ging de jongens voor op zoek naar de boom waaronder ze in de afgelopen maanden hadden gebivakkeerd.

Ze vonden hem vrij snel. De boom was getroffen, alleen de stam stond nog overeind. De gevallen takken vormden een ideale camouflage voor de toegang naar de kuil. Ze duwden ze uit elkaar en verscholen zich in de vochtige duisternis van de wortels.

Een tijdje later stuurde majoor Azizima zijn sergeant uit om de plant te zoeken waarvan de stengel een groen vocht afscheidde als je erin kneep. Hij wou dat hij zijn ogen kon sluiten om ze nooit meer open te hoeven doen. Hij vroeg zich af waar hij en de jongens zich schuil konden houden nadat ze het huis van de directrice hadden overvallen. Uiteindelijk werd hij door vermoeidheid overmand en viel hij in slaap.

Hij werd wakker van een stem.

'Ik hoop dat ze dood is,' zei luitenant Dagomin.

Majoor Azizima durfde niet te vragen hoelang hij had geslapen en of hij had geschreeuwd. Hij schaamde zich dat hij zijn jongens weer in de steek had gelaten. Maar deze keer maakte hij geen goede voornemens.

'Sergeant, waar is de plant?'

'Hier, majoor,' zei de jongen en gaf hem vier stengels. 'Ik wilde u niet wakker maken.'

'Waarom wilde je dat ze dood was?' vroeg hij.

'Dat weet u best, majoor,' antwoordde luitenant Dagomin. 'Als ik het bevel zou voeren...'

'Ik ben de baas, lummel. Ik bepaal wat iedereen doet.'

'Maar...'

'Kop dicht, lummel, als je niet gestraft wilt worden.'

Luitenant Dagomin keek zijn baas vernietigend aan. Hij bedacht dat hij hem makkelijk kon doden en het bevel overnemen. Maar hij besloot zijn tijd af te wachten. Hij wist dat zijn kans vroeg of laat zou komen.

'Ze kan nog van pas komen.'

'We hebben haar niet nodig, majoor. We weten in deze streken blindelings de weg.'

'Hoe weet je dat we niet naar Soedan gaan, luitenant?' zei majoor Azizima om zijn ondergeschikte in de war te brengen.

'We kunnen niet naar Ffoedan, majoor,' kwam sergeant Kabalega ertussen. 'Daar heeft moeder Maria voor gefforgd. Onffe folteraarff ffijn dood.'

Majoor Azizima kreunde en kneep een stengel in zijn neus leeg. Het vocht verdoofde de pijn bijna onmiddellijk. Hij gaf beide jongens een stengel. De laatste stopte hij in zijn zak.

'Maar dit meisje heeft de reis gemaakt en ze gaat terug zodra ze bijkomt,' merkte majoor Azizima op, terwijl hij naar het hoopje aan zijn voeten wees.

'Majoor, die meiden zijn geen mensen. U heeft gezien wat ze met brigadier Balo hebben gedaan,' zei luitenant Dagomin met een van woede verstikte stem.

'Wat voor andere keuze hebben we?'

'Ik weet het niet, majoor,' antwoordde luitenant Dagomin. Zijn ogen waren vochtig.

'Brigadier Balo heeft een hekel aan tranen, majoor. Moet je ffien hoe luitenant Dagomin ffijn nagedachteniff beffoedelt!' riep sergeant Kabalega.

'Hou je kop, Opa,' schreeuwde luitenant Dagomin. 'Al onze kameraden zijn dood. Ons kamp is verwoest!'

'Maak je geen zorgen. Moeder Maria zal ons de weg wijzen,' zei majoor Azizima. De woorden klonken vreemd in zijn eigen oren. De geur van rottende wortels en zwevende stofdeeltjes irriteerden zijn neusholten en hij nieste.

Sergeant Kabalega wilde voorstellen om om amnestie te vragen, maar hield zich in; hij was van plan alleen te ontsnappen.

'Majoor, waarom gaan we niet uit deze hel weg?' vroeg luitenant Dagomin.

'Nog niet. Weet jij hoeveel nijlpaarden er rond het kamp zitten? Waarschijnlijk honderden, klaar om iedereen af te maken die probeert te ontsnappen. Het is jammer dat ze dat allemaal doen vanwege twee waardeloze gulzigaards,' sneerde majoor Azizima.

'Ik zou erop uit kunnen gaan om het gebied te verkennen.'

'Sergeant Kabalega is onze verkenner.'

'Majoor, ik kan...'

'Luitenant, ik heb hier de leiding. Of je het leuk vindt of niet.' Majoor Azizima peinsde er een tijdje over. Hij vond de aanmatiging van zijn ondergeschikte onverdraaglijk, maar hij besloot te wachten voor hij er korte metten mee zou maken.

'We zijn de enige overlevenden,' zei hij bij zichzelf. 'Maar waartoe zijn we uitverkoren? De brigadier heeft de eed tenietgedaan door zichzelf te wreken. Misschien hadden we achter moeten blijven.'

'Het is onze taak om onze baas te wreken, majoor. Dat hebben we gezworen,' zei luitenant Dagomin met kracht.

'Luitenant!'

'Daar beweer ik niets nieuws mee, majoor.'

Sergeant Kabalega hoopte dat zijn meerderen op de vuist gingen, zodat hij de kans zou krijgen om weg te komen. In zijn droomscenario maakte luitenant Dagomin zijn baas af en raakte daarbij zelf ernstig gewond. Hij zou hem aan zijn lot overlaten.

Majoor Azizima kreeg het benauwd in de kleine ruimte. Zonder zijn jongens te vertellen wat er aan de hand was, kroop hij de kuil uit. Sergeant Kabalega kwam achter hem aan.

In de verte zag hij zwarte rookzuilen tot aan de hemel reiken.

'Dat moet het kamp zijn,' zei hij wijzend.

'Het lijkt erop dat de nijlpaarden het woud niet hebben afgegrendeld,' merkte sergeant Kabalega op.

'Ze vertrouwen te veel op hun machines om logisch te denken.'

'Ffo iff het, majoor.'

'De enige troost van dat bombardement is dat niet al het vlees van de brigadier in de kroppen van walgelijke vogels terechtkomt. Het is veranderd in as, de vorm die hijzelf aan veel dingen heeft gegeven.'

'Ja, majoor.'

'Ga een kijkje nemen voor we vertrekken. Kom snel terug.'

Toen sergeant Kabalega wegliep, zag majoor Azizima ineens het administratiegebouwtje van de lagere school van Nandere voor zich. Hij bedacht dat zijn voormalige baas die waarschijnlijk niet had platgebrand omdat het de bestemming van zijn oogappel was om dat in de as te leggen. Dat gaf hem een goed gevoel en een extra reden om die kant op te trekken.

Hij zag honderden ouders en leerlingen op het schoolterrein al juichen om het nieuws dat het rebellenkamp niet meer bestond. Hij zag ouders met armen in de lucht zwaaien en kinderen op en neer springen. Het beeld van kinderen die de dood van dappere soldaten vierden maakte hem razend. Hij zou niets liever willen dan die blije glimlach van hun gezichten wegvagen. Tussen de gelukkige gezichten zag hij Beeda rond paraderen. Ongetwijfeld vierde Beeda dat hij dood was, zonder te beseffen dat ze elkaar beslist weer zouden tegenkomen.

'Geen nijlpaard te ffien, majoor. De weg if vrij.'

Majoor Azizima kroop de kuil in en schudde het meisje wakker. Ze keek hem met intens vijandige ogen aan.

'Jij, daar. Vertel wat er gebeurd is,' zei ze op hoogst brutale toon.

'Ik ben majoor Azizima. Ik heb je leven gered. Als je niet een beetje respect toont, kun je het wel schudden. Begin met te zeggen wie je bent.'

'Atim. Dat betekent de Zachtmoedige,' zei ze hooghartig, alsof ze nog bij het grote kampvuur zaten.

'Het interesseert me niet wat het betekent. Luister, korporaal. Wij gaan hier weg. Als je wilt blijven leven, kom je mee. Als je wilt sterven, blijf je maar hier om je vriendinnetjes gezelschap te houden.'

'Mijn zusters zijn naar de hemel gegaan. Ze hebben jouw tranen niet nodig. Ik ga in ieder geval nergens met jou naartoe. Ik vertrouw je niet. Daarom ging ik ook niet in op je toenaderingspogingen bij het kampvuur,' zei ze met een borende blik op majoor Azizima.

'Opgeruimd staat netjes,' beet luitenant Dagomin haar toe.

'Ik herinner me niets van wat er bij het vuur is gebeurd,' siste majoor Azizima.

'Wie van jullie heeft die steen gegooid?' zei korporaal Atim, wrijvend over haar onderrug.

'Je bent geen mens. Het verbaast me dat je nog iets kunt voelen,' zei luitenant Dagomin met een van haat doortrokken stem.

'Wie heeft het gewaagd me aan te raken?'

'Mond houden, korporaal. Je bent hier de laagste in rang. Als je een grote bek opzet, krijg je op je sodemieter,' waarschuwde majoor Azizima. 'Je kunt kiezen. Het interesseert me niet wat er uiteindelijk met je gebeurt. Maar nu ben je me respect verschuldigd omdat ik je heb gered.'

'Alleen God redt. Zonder jouw bemoeienis was ik nu in de hemel geweest,' zei ze bestraffend, alsof ze een onuitstaanbare domheid afkatte.

'Ik herhaal. Als je hier wilt blijven om de as van je zusters op te halen, mij best. Wij gaan weg uit deze hel.'

'Hel? Dit is niks. Wacht maar tot je kogelvanger wordt. Dan weet je dat dit nog niks is,' zei ze met een arrogant gezicht. 'Ik heb het record gebroken. Ik ben twintig keer kogelvanger geweest.'

'Wat interesseert mij dat nou?' sneerde majoor Azizima.

'Waarom zijn jullie hier nog? Ga. Ga,' schreeuwde korporaal Atim, terwijl ze met haar handje wuifde. 'Jullie mogen mijn geweer houden. Ik heb geen geweer nodig om te krijgen wat ik hebben wil.'

Luitenant Dagomin pakte het geweer in het midden vast, van plan haar de schedel in te slaan. Majoor Azizima wilde hem tegenhouden en ze raakten slaags. Door het gebrek aan ruimte kon het meisje hen gemakkelijk uit elkaar halen. Luitenant Dagomin hield er een schram op zijn gezicht aan over; majoor Azizima een bloedneus.

'Zie je nu waarom ik jullie niet kan vertrouwen?' zei korporaal Atim.

'Luitenant, dat zal je duur te staan komen,' zei majoor Azizima, zijn neus afvegend.

'De oude orde is dood. Het is hoog tijd dat we een nieuwe vestigen.'

'Dat mag je doen op je moeders graf.'

'Jullie zijn totaal verslagen, dat weet je best,' zei luitenant Dagomin onder dreigend knarsetanden.

Zonder nog een woord te zeggen liep majoor Azizima weg. Sergeant Kabalega ging achter hem aan, met de gedachte dat de boel sneller uiteenviel dan hij had durven hopen, zij het niet in de mate die hij wilde. Luitenant Dagomin volgde hen, op veilige afstand van zijn baas.

Ze zetten er flink de pas in, gedreven door de nieuwsgierigheid om te zien wat er in Nandere gebeurde. Nu en dan hielden ze stil en ging sergeant Kabalega vooruit om het terrein te verkennen. Telkens kwam hij melden dat alles in orde was.

Bij de kleinste wapenbergplaats, onder een lapje kort gras tussen twee bomen, bleef majoor Azizima staan. Luitenant Dagomin kwam zijn excuses aanbieden. Zijn meerdere accepteerde die: de tijd voor vergelding was nog niet rijp.

Het kostte hun een halfuur zorgvuldig graven om bij de schat te komen. Majoor Azizima gaf beide jongens een geweer, twee stokgranaten en zestig kogels.

'Mevrouw Ogema, zet maar een goede maaltijd voor ons klaar,' zei hij binnensmonds toen hij het kostbare gat dichtgooide.

Ieder van hen laadde zijn geweer en vuurde een aantal schoten af. Luitenant Dagomin, de beste schutter, raakte de verste doelen, waarna hij zijn meerdere een vluchtige blik toewierp. Majoor Azizima hoopte maar dat hij geen fatale vergissing had begaan.

Tegen zeven uur hadden ze de plantages bereikt. Majoor Azizima ging met een zucht op een omgevallen bananenboom zitten. Hij was blij dat hij weer op vertrouwd terrein was. Hij rook de aarde en het gras, maar voelde dit keer niet het genot van de bezitter door zich heen stromen. Hij gaf sergeant Kabalega opdracht om broodvruchten te zoeken. Het vooruitzicht van het knapperige fruit bracht het water in zijn mond. Hij kende geen betere manier om hun ontsnapping te vieren.

Terwijl hij op de terugkeer van zijn ondergeschikte zat te wachten, keek hij in de richting van de school en stelde zich voor dat die in lichterlaaie stond. Wat zou het geweldig zijn de vlammen hun werk te zien doen.

'We gaan die school platbranden,' zei hij tegen luitenant Dagomin.

'Is dat een bevel, majoor?'

'Zeker.'

'Wanneer doen we dat?' Luitenant Dagomin had geen bezwaar tegen die kleine opdracht. Hij wilde zijn machtsgreep niet overhaasten.

'Als het zover is,' zei hij grimmig.

Sergeant Kabalega kwam terug met de mededeling dat alle vruchten onrijp waren. Majoor Azizima spuugde op het droge bananenblad tussen zijn voeten en stond op. Hij gaf het signaal en ze gingen op weg naar de school. Hij dacht: eten is het probleem niet, dat krijgen we gauw genoeg.

Ze verscholen zich niet ver van de bocht in de weg, met zicht op de boomstam die als wegversperring had gediend. Tot zijn ontsteltenis zag majoor Azizima vier gewapende mannen rond de gebouwen lopen.

'Majoor, ik kan ze te grazen nemen. Laat ze maar aan mij over,' zei luitenant Dagomin op zelfverzekerde toon.

'Nee,' zei majoor Azizima geërgerd. 'Als je hen neerschiet verraden we onze aanwezigheid. We gaan eerst de hoofdjuf met een bezoekje vereren en daarna overvallen we hen.'

Toen luitenant Dagomin een kwaad gezicht zette, streek majoor Azizima veelbetekenend over zijn geweer. De luitenant slaakte een berustende zucht. Majoor Azizima was ingenomen met die kleine overwinning.

'Als we naar de hoofdjuf gaan, wat doen we dan hier?' zoog luitenant Dagomin.

'Ik geef hier de bevelen, lummel.'

'Ik ben geen lummel. Ik ben luitenant.'

'Luitenant Lummel, dan.'

'Ik ben luitenant Dagomin Oput.'

Sergeant Kabalega had het gevoel dat hij heel gauw vrij zou zijn als de situatie in dit tempo uit de hand bleef lopen.

Na een tijdje waren de gemoederen voldoende bekoeld om even te gaan zitten. Majoor Azizima ging zijn plan nog een laatste keer na. Voor hij zijn mond open kon doen om het bevel tot opbreken te geven, sneed de onmiskenbare imitatie van een jakhalsroep door zijn hart. Het klonk als een vloek die hij niet kon afwenden.

Het idee om korporaal Atim terug te zien maakte hem zenuwachtig. Tijdens de mars had hij haar verschillende keren voor zich gezien, vertrapt door een buffel, haar verminkte lichaam diep in de aarde gestampt. Hij werd er beroerd van dat zijn fantasieën zo weinig konden uitrichten. Hij dacht: wat kan ik doen om van die trut af te komen?

Het duurde niet lang of ze dook op. Ze zei: 'Jullie liepen als een kudde olifanten. Wat een kabaal! Ik had jullie allemaal van kant kunnen maken, als ik had gewild. Ik heb jullie op korte afstand gevolgd. Niet één keer hebben jullie mijn bewegingen opgemerkt. Ik ben zo trots dat ik commando ben.'

Luitenant Dagomin hief met een van woede vertrokken gezicht zijn hand op om haar te slaan. Zijn baas hield hem tegen, puur om te treiteren.

Korporaal Atim glimlachte naar luitenant Dagomin en zei: 'Kan het zijn dat jullie leider even onvoorzichtig was als zijn volgelingen?'

'Jij hebt hem vermoord, latrinewurm,' sputterde sergeant Kabalega. 'Jij hebt onffe toekomft vermoord.'

'Jullie toekomst was al dood, soldaat. De generalissimo heeft hem alleen begraven om jullie voor verder kwaad te behoeden.'

Luitenant Dagomin en sergeant Kabalega hielden hun mond en verwachtten duidelijk een reactie van hun baas.

Majoor Azizima zei met een gebarsten stem: 'Je zal wel blij zijn.'

'We deden gewoon ons werk. Ogen doen dingen nooit voor de lol,' lichtte korporaal Atim toe.

'Korporaal, ik verwijt je niks. Ik verwijt mijn baas hier van alles. Onder mijn bevel was je al zo lang dood geweest dat je lijk een uur in de wind lag te stinken. Maar van hem mag je ons naar hartelust beledigen. Maar hoe lang nog?' zei luitenant Dagomin met bitse stem, zijn ogen tot spleten geknepen.

'Maak je geen zorgen. Ik breng jullie naar Soedan,' zei korporaal Atim met zoveel overtuiging dat niemand er iets op terug wist te zeggen. 'Na jullie heropleiding komt het wel goed met jullie. Jullie zullen er daar zelfs achterkomen dat giechelen een van de machtigste wapens is die de Ogen gebruiken. We hebben wekenlang training gehad in het bespottelijkste gegiechel. En het werkte. Dat jullie dachten dat we jullie uitlachten, maakte ons werk een stuk makkelijker. Stel je voor dat we iets tien keer hadden moeten zeggen voordat jullie het deden. Het leven zou onmogelijk zijn geweest; anders hadden we elk uur iemand in zijn been moeten schieten.'

'Schrap mij maar uit je Soedandromen. Neem Opa en de majoor maar mee als je wilt. Mij deed dat gegiechel niks. Ik trok alleen mijn kleren uit omdat jij een geweer had.'

'Ik voer hier het bevel,' zei majoor Azizima getergd.

'Ik probeer jullie psychologische oorlogsvoering bij te brengen, maar jullie zijn te stom om te luisteren,' klaagde korporaal Atim.

Majoor Azizima keek naar de vier schaduwen op het schoolterrein en zei bij zichzelf: ik ben niet meer de geliefde zoon van de generalissimo. De grote leider kan niet van zo'n waardeloze zoon houden.

Toen hij zich het gezicht van de generalissimo voor de geest haalde, zag hij geen mededogen en geen liefde in de beroemde ogen. Alleen afwijzing. De beschermende boog boven zijn hoofd was verdwenen; hij voelde zich naakt. Hij was nu zijn eigen baas. En zodra hij de rebellie van zijn luitenant de kop had ingedrukt en zich van de korporaal had ontdaan, kon hij helemaal zijn eigen plan trekken.

'Mijn vader houdt van jullie en zal...'

'Hou allemaal je bek,' beval majoor Azizima. 'We gaan iemand een bezoekje brengen. Op de terugweg geven we die vier uilskuikens wel iets om nooit meer te vergeten.'

Tot zijn opluchting gehoorzaamde iedereen. De weg was verlaten en hij snapte niet waarom het er niet wemelde van de juichende kinderen. 'Waarom hoor ik geen trommels en geen gezang? Is het een valstrik of zo?' zei hij nadenkend.

'Het kan ffijn dat ffe het nog niet weten, majoor,' zei sergeant Kabalega.

'Hoe kan die clown van een commandant zo'n overwinning stilhouden? Waarom heeft hij zijn trommelaars niet rondgestuurd?'

'Majoor, dat horen we gauw genoeg van onze gastvrouw,' zei luitenant Dagomin vol overtuiging.

Op hun bestemming aangekomen, verscholen ze zich in de bananenplantage om de situatie te verkennen. Het oranje licht dat majoor Azizima door een spleet in het venster zag lekken deed hem aan het grote kampvuur denken. Met heel zijn hart nam hij zich voor zich door niemand ooit meer op zo'n vernederende manier te laten behandelen. Hij gaf luitenant Dagomin, de beste schutter, en korporaal Atim bevel om buiten de wacht te houden. Hij nam sergeant Kabalega mee, want die was de enige die hij werkelijk vertrouwde.

Hij liep met resolute stappen naar de achterkant van het huis en bleef voor Beeda's raam staan. Hij wist dat er een luik in zat, mogelijk een nooduitgang, die niet was gebarricadeerd. Met de kolf van zijn geweer brak hij voorzichtig het glas, stak zijn hand naar binnen en maakte een kant van het raam open. Hij klom op de vensterbank en wurmde zich schrijlings naar binnen.

Hij was terug in Beeda's slaapkamer, een plek die de afstand tussen hen schrijnend voelbaar maakte. Terwijl hij in de openlucht sliep en supermannenwerk verrichtte, hing dat verwende kereltje aan zijn moeders rokken omdat hij net zolang gevoerd wilde worden tot hij grijze haren kreeg. Heel even zweefde een vleug afgunst door zijn hart. Hij verdrong die met een vlaag van woede. Hij zag weer voor zich hoe hij tijdens zijn vorige bezoek mee had genomen wat hij maar wilde. Met minder zou hij ook nu geen genoegen nemen.

Op dat moment landde sergeant Kabalega behendig op de vloer. Hij liet voor alle zekerheid het raam openstaan.

Majoor Azizima liep op zijn tenen door de gang, vol heerlijke etensgeuren, en de woonkamer, waar het meubilair weer op zijn plaats stond. Hij bleef in de deuropening van de keuken staan, met een hand aan de deurpost. Oog in oog met de directrice volgde er een geladen stilte waarin hij worstelde om de woorden te vinden die zijn gezag zouden bevestigen. 'Hier zul je onderdak vinden en goed worden behandeld. Geef je gewoon over,' fluisterde een dringende stem in hem. Hij smoorde die meteen, want die weg leidde uiteindelijk naar de moorddadige gevangenis van de commandant.

'Mevrouw Ogema,' zei hij met een heel hese stem.

'Zima.'

'Ik ben majoor Azizima.'

'Majoor Azizima, wees welkom.'

'Dikke Beeda. Moet je altijd een bord voor je neus hebben?' zei majoor Azizima, die zich met elk woord dat hij uitbracht zekerder voelde.

'Heb je honger, majoor?' zei mevrouw Ogema kalm. 'Er is genoeg eten voor jou en je vriend.'

Beeda zag nu ook de andere jongen. Anders dan de meeste rebellen, had hij een zacht gezicht. Zijn bovenlip was naar binnen getrokken; het leek of hij op iets kauwde terwijl hij zijn geweer op hem gericht hield. Beeda herinnerde zich het zwevende kanon en wou dat hij het op het hoofd van de jongen kon laten neerkomen. Zijn onvermogen om zo'n wonder teweeg te brengen gaf hem het gevoel dat alles door een meedogenloze golf zou worden weggeslagen. Hij zag zichzelf al verwoed watertrappen.

Ondertussen hield hij zijn mond om de rebellen niet op stang te jagen. Hij besefte maar al te goed dat ze kortgeleden twee zwaar bewapende soldaten hadden gedood en op de koop toe een van hen de oren hadden afgesneden.

'Ik hoef jullie smerige eten niet,' zei majoor Azizima giftig. 'Ik wil geld.'

'We hebben geen geld,' zei mevrouw Ogema. 'Maar er is eten genoeg. Doe alsof je thuis bent. Dit is je huis. Je kunt hier blijven als je wilt.'

'Geef me geld. Nu. De vorige keer hebben jullie geboft. Dit keer niet,' zei majoor Azizima, terwijl hij met een starre wijsvinger naar haar zwaaide.

'Maar ik heb de onderwijzers al betaald. Er is hier geen geld meer.'

'Hou op met die onzin. Alleen idioten voeren een huishouden zonder spaarpotjes. Ik wil geld zien. Nu,' gilde majoor Azizima.

'Ik kan je niet geven wat ik niet heb, majoor.'

'Op uw knieën. Nu meteen,' zei hij wijzend. Hij was trots dat hij als een goed leider de situatie stevig onder controle had.

Mevrouw Ogema aarzelde, alsof ze van Beeda een spectaculaire actie verwachtte om de situatie te redden.

Beeda keek naar het gezwollen gezicht van majoor Azizima. Hij voelde een zo intense haat dat hij zijn vork in die gehavende neus zou willen drijven. Hij overwoog of hij hete soep in de babyface van de rebel kon gooien om diens geweer te grijpen. Het gaf niet dat meneer Oryang hem niet had geleerd met een geweer om te gaan. Hij dacht dat die kennis wel in zijn bloed zou druppen zodra hij het wapen in handen had. En anders zou hij het als knuppel gebruiken. Maar om dat te kunnen had je bliksemsnelle reflexen nodig en daar ontbrak het hem aan.

Op dat moment zag hij zijn moeder neerknielen, terwijl ze steeds oogcontact hield met de jongen om wiens terugkeer ze zo lang had gebeden. Beeda's hart liep over van moordlust, maar hij hield zich in. Terwijl hij haar geknield op de grond zag zitten als iemand in diep gebed, veranderde ze in juffrouw Alaso. Daar laaide zijn energie van op, al had hij voldoende tegenwoordigheid van geest om de eventuele risico's af te wegen.

'U bent een verschrikkelijk koppig mens. Ik zal namens brigadier Balo uw oor afnemen.'

'Hij heeft me een brief geschreven,' liet ze zich ontglippen, terwijl ze haar handen tegen haar oren sloeg.

'Wou u soms de draak met hem steken? Hoe durft u?' brieste majoor Azizima met uitpuilende ogen. Hij trok zijn mes, mepte een afwerende hand weg en hieuw een stuk van mevrouw Ogema's linkeroor af.

Beeda voelde dat iets hem opstuwde, klaar om zich op de jongen te storten, in de hoop zijn rug te breken. Maar de afstand tussen hem en de rebel was te groot. Hij werd weer zachtjes neergelaten, terwijl woede door zijn hoofd kolkte als rook die geen uitweg had.

Toen die zakte begon 'De koe' tegen hem te praten. 'U is voorgeschreven te strijden ook al is het met tegenzin.' Beeda was opgetogen dat 'De koe' na een eeuwigheid eindelijk weer eens van zich liet horen.

'Geef me het geld. Nu meteen,' schreeuwde majoor Azizima.

'Ik kan je niet geven wat ik niet heb, majoor.'

'Houdt u meer van uw geld dan van uw zoon?' vroeg majoor Azizima, die zich omdraaide en met één sprong de kloof tussen hem en Beeda overbrugde. Hij gaf hem zo'n dreun in zijn maag dat hij tegen de grond smakte. Majoor Azizima greep Beeda's oor, sneed er een stuk af en smeet het mevrouw Ogema in haar gezicht. Ze jammerde.

Plotseling barstte er geweervuur los. Beeda keek op en zag majoor Azizima snel links en rechts kijken. Hij zag dat hij zijn mes weggooide en naar het geweer op zijn rug greep. Zijn handen trilden zo, dat hij het wapen niet loskreeg.

Beeda vloog op, de woorden van 'De koe' galmden door zijn

hoofd. Het was een van de mooiste sensaties die hij ooit had meegemaakt.

Toen die wegebde, greep hij majoor Azizima bij zijn middel. Het was een onhandige greep maar snel genoeg om kracht te kunnen zetten. Met zijn volle gewicht duwde hij hem tegen de tafel. Borden en schalen met eten gingen omver.

Beeda zag kans zijn handen om de hals van de rebel te krijgen. Hij probeerde al zijn kracht in zijn knijpende vingers samen te ballen. De aansporing van 'De koe' vulde zijn hoofd met muziek en hij ervoer een totale afwezigheid van angst voor de dood. Bovenal had hij geen enkel schuldgevoel over wat hij probeerde te bereiken.

Maar het zou weleens een lange nacht kunnen worden, want het leek wel of hij in een stuk hout kneep. Zijn vingers stonden op knappen. Anderzijds incasseerde hij de gemene stompen van majoor Azizima zonder veel pijn te voelen. Dus liet hij niet los.

Uit zijn ooghoek zag hij hoe zijn moeder met een koekenpan tegen het been van de rebel met de babyface sloeg. Normaal zou hij hebben gelachen, zo komisch deed het aan. Tegelijkertijd merkte hij dat iemand hem op zijn hoofd timmerde. In de ogen van majoor Azizima zag hij eerder ontsteltenis dan haat, wat hem aanmoedigde om nog harder te knijpen.

Het leek of het geluid van kogels die door het keukenraam knalden Beeda van de grond optilde. Toen het wegstierf, voelde hij een zware klap tegen zijn hoofd. Het was alsof zijn vingers waren losgesneden van de rest van zijn lichaam. Hij zag zijn tegenstander over hem heen gebogen staan prutsen om iets uit zijn zak te krijgen.

Terwijl hij probeerde te bedenken hoe hij het vege lijf kon redden, werd hij door een enorme ontploffing door de kamer geslingerd. Hij wist nog dat hij majoor Azizima met zijn hand had zien zwaaien alsof hij een bal gooide. De hele kamer stond vol verstikkende rook, die hem een pijnlijke hoest bezorgde. Op handen en knieën kruipend zocht hij de deur.

Aan de geur van frisse lucht merkte Beeda dat hij het huis uit was. Hij snoot zijn neus, spuugde bloed uit en voelde zich wat beter. Het ergerde hem dat het gevecht was beëindigd door een ontploffing en niet omdat een van beiden zich gewonnen had gegeven. Wat had hij majoor Azizima graag om genade horen smeken!

Hij voelde zich draaierig en ging in het natte paspalumgras zitten. Kort daarna werd alles zwart.

Hij kwam bij zijn positieven door gejammer van zijn moeder. Naast zijn hoofd stond een lantaarn en in het oranje licht zag hij dat ze probeerde hem water te geven. Ze zei almaar: 'De rebellen hebben mijn zoon gedood.'

'Hij is niet dood. Kalm maar. Hij is niet dood,' zei Okiror, een van de jongens van meneer Oryangs burgerwacht.

Beeda hoorde het schrille geluid van talloze fluitjes. Mede daardoor besefte hij waar hij was. Hij zag het erf vol mensen met lantaarns. Hij ging overeind zitten en keek om zich heen.

'Gaat het een beetje?' vroeg zijn moeder toen ze zijn hoofd verbonden had.

'Ja.'

'Weet je het zeker?'

'Natuurlijk,' zei hij, terwijl hij zich uit haar handen probeerde los te wurmen.

'Okiror heeft ons leven gered,' zei ze terwijl ze zijn borst betastte.

Beeda knikte naar Okiror, die er met een onbewogen gezicht bij stond, alsof hij niet trots was op wat hij had gedaan.

'De tweede rebel is ontsnapt,' zei hij droog.

'Toch bedankt,' zei Beeda en moest hard slikken. Hij voelde hoofdpijn opkomen. Zijn gewonde, inmiddels verbonden oor bonsde.

Hij liep naar de latrine in de hoop dat hij zijn behoefte kon doen. Maar ook op het achtererf krioelde het van de mensen, waardoor hij zich bedacht. Op dat moment zag hij de dode rebel, met starende ogen en bebloed hemd.

'We moeten hem verbranden. Dit is een van die orensnijders,' schreeuwde iemand.

'Ja, goed idee,' viel een ander bij.

'Niemand gaat op mijn erf ook maar iets verbranden,' gilde mevrouw Ogema.

'Ze hebben jou gesneden en je wilt ze niet verbranden!' zei de eerste man ongelovig. 'Geeft niet. Dan verbranden we hem wel op de weg.'

'Niemand raakt hem aan voordat meneer Oryang er is,' hield mevrouw Ogema vol.

'Heeft u geen gevoel?' vroeg een van de ontheemden uit de nederzetting van Agoolu.

Beeda had een zwaar hoofd, maar hij vocht tegen de drang om te gaan zitten. Door de komst van meneer Oryang met vier van zijn gewapende mannen klaarde zijn geest wat op.

Voor het groepje uit liepen majoor Azizima en de jongen met het kindergezicht en de rusteloze mond. Hun handen waren gebonden met een touw waaraan gewoonlijk geiten werden getuid. Een groepje mensen scandeerde: 'Maak ze af. Maak ze af.'

Er ontstond een felle woordenwisseling tussen meneer Oryang en diens aanhangers en de slachtoffers van de orenoorlog met hun medestanders, die de jongens dood of zwaar mishandeld wilden zien.

Meneer Oryang stond vlak achter de rebellen en zei: 'Deze kinderen staan onder bescherming van de amnestiewet. Ik moet ze aan de districtscommandant uitleveren. Ze worden heropgevoed en zullen ons helpen hun leiders te pakken. Vandaag is het rebellenkamp waar zij zich schuilhielden volledig vernietigd. Er zijn weinig overlevenden.'

Het nieuws overviel Beeda. Het verbaasde hem dat er geen vreugde in hem losbarstte. In zijn hoofd overheerste het beeld van jongens die door bommen uiteen werden gereten. Hij realiseerde zich dat het hem misschien dagen zou kosten om te verwerken wat hij had gehoord.

'Oryang. Pro bono publico. Dat had je ons. Eerder. Moeten zeggen,' riep Windzak.

'Ik vertel het jullie nu toch,' antwoordde meneer Oryang.

'Zo'n grootse overwinning. Hoort in stijl. Te worden gevierd.'

Verschillende mensen bliezen op hun fluitjes. Anderen zwaaiden onder schril gejoel met hun opgestoken armen.

Toen de stemmen verstomden, nam meneer Oryang majoor Azizima aan de hand mee naar het vochtige gras waarin de dode rebel lag. Beeda hoorde hem zeggen: 'Dat is luitenant Dagomin, meneer.'

Meneer Oryang gaf een van zijn mannen opdracht het lijk te bewaken tot het tijd was om het weg te halen.

'Oryang. Vertel. Hoe je die beulen. Hebt gevangen,' riep Windzak.

De kakofonie kwam tot bedaren en mensen dromden om meneer Oryang heen.

'Ze zijn bij de school in onze hinderlaag gelopen. Die hebben we opgezet toen we schoten en een granaatexplosie hoorden. We hebben ze gevangen zonder een schot te lossen,' hoorde Beeda meneer Oryang uitleggen.

'Bravo. Oryang. Bravo,' juichte Windzak.

De stemmen zwollen weer aan.

Twee van meneer Oryangs mannen kwamen aan met een klein meisje. Ze hadden haar handen met een touw gebonden, dat door een van hen werd vastgehouden. Meneer Oryang ging hen met een lantaarn tegemoet. Beeda was benieuwd naar het meisje. Anders dan de jongens maakte ze geen geslagen indruk.

Het viel Beeda op dat meneer Oryangs hand begon te beven toen hij, om het meisje te bekijken, de lantaarn omhoogbield. Meneer Oryang gaf hem aan iemand anders en Beeda zag dat hij snel met zijn ogen knipperde, als iemand die zijn tranen probeert te bedwingen.

'Sapiri,' riep meneer Oryang met hevig geëmotioneerde stem.

'Ik ben korporaal Atim. Ik ben de dochter van generalissimo L., moge God hem behoeden. Geef me niet van die stomme namen.' Ze deed haar best haar woede te bedwingen, want ze wist dat veel van deze mensen haar wilden vermoorden.

'Sapiri,' zei meneer Oryang bijna fluisterend. 'Ik ben je vader.'

'Ik weet wie mijn vader is. Hij is in Soedan,' zei ze bruusk.

'Ik weet dat het te vroeg is, maar laat me alles uitleggen.'

'U hoeft niets uit te leggen,' zei korporaal Atim geprikkeld. 'Denk maar niet dat u me kunt bedonderen.'

'Jij bent Sapiri. Je bent uit je huis weggehaald en ontvoerd. De rebellen hebben je moeder gedood, maar ik heb het overleefd.'

'Ik ben de dochter van moeder Maria en generalissimo L. Niemand moet bij mij met leugens aankomen,' zei ze terwijl ze naar de gezichten om haar heen keek. Ze wist dat het, net als de man die beweerde haar vader te zijn, allemaal leugenaars waren. En aan niets had ze zo'n hekel als aan leugenaars.

'Onbeschofte meid, je zogenaamde vader is een monster dat kinderen verslindt,' riep iemand van achteren. 'Hou op over hem, anders vermoorden we je.'

'Hij heeft mijn vader vermoord,' hoorde Beeda Agoolu zeggen. 'Het zal je berouwen als je nog één keer zijn naam noemt.'

'Mijn vader houdt van kinderen. Hij is een heilig man,' zei korporaal Atim streng, alsof ze het tegen een stel onbenullen had.

'Sapiri,' zei meneer Oryang. 'Ik dank God dat Hij je uit de dood heeft teruggebracht. Hoe heb je de bommen overleefd?'

'Zonder zijn bemoeizucht,' zei ze met een beschuldigende vinger op majoor Azizima wijzend, 'zou ik bij mijn zusters in de hemel zijn.'

'Hoeveel?' vroeg Windzak.

'Vijfentachtig. Ze zijn nu allemaal in de hemel,' zei korporaal Atim en ze beet zo hard in haar onderlip dat ze bloed proefde.

'Dat moet je niet zeggen, lieve dochter,' zei meneer Oryang, die er ineens breekbaar en oud uitzag.

'U bent zeker gestoord. Alle leugenaars zijn gestoord,' zei korporaal Atim en schudde haar hoofdje van afkeer. 'Hoe vaak moet ik nog zeggen dat ik de dochter ben van de geweldigste man van de wereld?'

'Sapiri, ze hebben je gehersenspoeld. Maar over een tijd zul je het begrijpen,' zei meneer Oryang met vaste overtuiging in zijn stem.

Beeda wist niet wat hij ervan moest denken. Hij had het gevoel dat meneer Oryang door overhaasting zijn kansen had verprutst. Hoe kon hij verwachten dat het meisje hem zou herkennen? Hoe kon hij verwachten dat ze haar oude leven zo gauw zou opgeven? Hij vond dat hij haar minstens een maand had moeten geven voordat hij zich bekendmaakte. Het kwetste hem dat meneer Oryang hem nooit had verteld dat hij kinderen had. Hij dacht: Essentia bad om de terugkeer van haar moordzoon, die haar met een mes verwondde; en u wordt beloond met uw moordmeid, die u het leven zuur gaat maken. Waarom gaan jullie niet samen voor jullie gedrochten zorgen?

Beeda verloor zijn belangstelling voor het meisje en ging op zoek naar juffrouw Alaso. Hij begreep niet waarom zij er niet was. Bijna iedereen uit de omgeving was er, zelfs de handelaren die met de Bedford-vrachtwagen waren gekomen. Hij had het gevoel dat een belangrijk deel van hem ontbrak. Hij voelde zich doodeenzaam. Hij zou willen huilen. Hij zou willen wegsluipen, naar haar huis rennen om zijn verwondingen te laten zien. Wat zou hij graag willen dat ze de bulten op zijn hoofd kon voelen!

Terwijl hij overwoog ertussenuit te knijpen, zag hij zijn moeder haar hand op de schouder van meneer Oryang leggen. 'Geef haar de tijd.'

'Ik heb geen tijd te verliezen,' antwoordde meneer Oryang.

'Geef haar de tijd. Er is geen andere manier.'

'Ik heb geen tijd. Ik wil dat alles nu gebeurt.'

Toen het tot haar doordrong dat meneer Oryang niet voor reden vatbaar was, zei ze: 'Vraag of de handelaren ons naar het ziekenhuis willen brengen.'

'Ik zal zien wat ik kan doen.'

De opwinding van het moment was over zijn hoogtepunt heen; Beeda hoorde mensen elkaar gedag zeggen. Hij voelde zich zo zwak, hij wist dat hij het huis van juffrouw Alaso nooit te voet zou halen. Hij ging in het natte gras zitten en wreef dauw in zijn gezicht om wakker te blijven. Al die bewegende lichtjes om hem heen maakten hem duizelig. Hij ging liggen en sloot zijn ogen.

Bij het eerste gekakel van de patrijzen, lang voordat het licht werd, kreeg majoor Azizima het gevoel dat zijn hiernamaals was begonnen. Hij vond het moeilijk om de gebeurtenissen van de vorige dag op een rij te zetten. Ze deden hem denken aan een ruimte vol rottende lijken die hij niet opzij kon schuiven om daar te komen waar hij heen wilde. Tevergeefs deed hij herhaaldelijk pogingen om te zien waar hij de fout in was gegaan.

Na de dood van brigadier Balo had hij niet verwacht dat er nog iets ergers kon gebeuren. Toch overtrof de pijn die hij nu ervoer de kwelling om zijn held aan het kruis te zien en vogels om de resten van zijn tong te zien vechten. Van zijn arrestatie was hij diep in de put geraakt. Het ene moment rende hij een huis vol rook uit, het volgende was hij gevloerd, porde de loop van een geweer in zijn rug en mocht hij geen vin verroeren. Als een kip zonder kop was hij in de simpelste val gelopen.

'Zelfmoord plegen kan ik niet,' mompelde hij. 'Waarom hebben ze ons die belangrijke les niet geleerd? Dan had ik niet naar die walgelijke gezichten van triomfantelijke kinderen en de gierensnavel van de districtscommandant hoeven kijken.'

De kamer waarin ze de nacht hadden doorgebracht vulde

zich met een koud licht. Een blik op korporaal Atim Sapiri joeg zijn woede weer naar het kookpunt. Ze zag er nu zo nutteloos en machteloos uit dat hij zin had haar als afval uit het raam te smijten.

Hij had wel leedvermaak dat ze die nacht door de mand was gevallen en huilend was ingestort. De huilbui was kennelijk teweeggebracht door een bewaker die haar een lelijk lijk had genoemd. Maar hij vermoedde dat de poeha waarmee de Ogen het land waren binnengekomen en de misdaden die ze hadden begaan eindelijk ten volle tot haar doorgedrongen waren.

Met grote bitterheid bezag hij de kalme uitdrukking op het gezicht van sergeant Kabalega. Hij hoorde hem nog om de haverklap herhalen: 'Ik wil mijn hele leven arbeider in de wijngaard ffijn.' En wat had hij hem geloofd! Maar ze waren nog niet opgepakt of hij had gesmeekt: 'Laat onf leven. We ffullen allef vertellen. We vragen om beffcherming onder de amnefftiewet.' Hij had zin die rusteloze lippen af te snijden en zijn resterende tanden eruit te slaan. Te laat begon hij begrip te krijgen voor luitenant Dagomins houding tegenover zijn ondergeschikte. En nu de luitenant dood was, was sergeant Opa de enige winnaar.

De man van de plaatselijke burgerwacht had hen de hele nacht in de gaten gehouden. Hij had de mat van korporaal Atim geen moment uit het oog verloren. Zijn toewijding was op zijn zachtst gezegd slaafs. 's Ochtends bracht hij hun persoonlijk hun ontbijt. Sergeant Kabalega at stevig. Het was alsof hij in geen week had gegeten.

'Overloper,' siste majoor Azizima hem toe.

Sergeant Kabalega haalde zijn schouders op, klapte zijn bovenlip om, liet met een grijns of grimas zijn kale tandvlees zien en at door van zijn pap met bananen.

De boodschap kwam aan bij majoor Azizima.

Tegen de middag reed een legerwagen het binnenterrein op en hun bewaker overlegde met de nijlpaarden.

'Jullie hoeven niet bang te zijn,' zei hij toen hij terugkwam. 'Niemand zal jullie een haar krenken. Ze zullen jullie een nieuw leven bieden; het leven van een volwaardig mens. Het enige wat jullie moeten doen is meewerken. Jullie zijn mijn gevangenen. Ik zal zorgen dat jullie goed behandeld worden. We zijn van plan jullie op de televisie te brengen en de wereld te laten zien dat ex-rebellen menselijk worden behandeld.'

Majoor Azizima moest bijna kokhalzen van de woorden. Hij wou dat Beeda hem had vermoord. Hij wou dat hijzelf was getroffen door de kogels die luitenant Dagomin hadden gedood. Hij kende het spel maar al te goed; hij had het brigadier Balo met gevangen nijlpaarden zien spelen. Ze zouden genade tonen nadat ze vele tientallen van zijn wapenbroeders bij een enkele aanval hadden gedood. Als verzadigde tafelgasten zouden ze kruimels aanbieden om andere commandanten en soldaten tot overgave te verleiden. Ze zouden hem een leven bieden dat paste bij een overloper, een geplukte palmstengel, een echte droplul.

Brigadier Balo verscheen aan majoor Azizima toen hij in de laadbak van de pick-up klom. Hij zei: 'De storm trekt over.' Het antwoord van majoor Azizima kwam een paar minuten later. Hij richtte het tot de tien nijlpaarden die vanaf de huifbeugels winden lieten ploffen, en tot de kinderen die langs de weg stonden om het spektakel te zien. Hij zei: 'Donder op, stuur de storm maar om me te doden. Dat is beter dan een eerloos leven.'

Links van hem zat korporaal Atim, rechts de kalme sergeant Kabalega. Hij was blij dat luitenant Dagomin had gekregen wat hem toekwam.

De kinderen die langs de weg met hun vuisten zwaaiden of verwensingen schreeuwden interesseerden hem niet. Hij hoorde hun woorden net zomin als hij hun gezichten zag. Hij zat opgesloten in zijn eigen wereld, die voor hen veel te ingewikkeld was om te kunnen bevatten.

Bij de school van Nandere kwam een tweede legerwagen

voor hen rijden. Majoor Azizima sloot zijn ogen, sloot de school, de heuvels, de bossen, de juichende kinderen, korporaal Atim, sergeant Kabalega en de stinkende nijlpaarden buiten zijn wereld. De plekken waar wapens lagen verborgen dansten door zijn brein. Alles bij elkaar had hij honderd geweren, achtduizend kogels, vijftig granaten en twintig bajonetten tot zijn beschikking. Hij dacht: hoe kan ik dat geschenk in dit hiernamaals gebruiken?

MOEDER EN ZOON bleven twee dagen in het ziekenhuis. De tweede dag zaten ze in de ziekenhuistuin naar het komen en gaan van patiënten, verzorgers en personeel te kijken. Beeda bladerde in de krant van de vorige dag die de directeur van het regionale Onderwijsbureau had meegebracht. De kop luidde: REBELLENKAMP VERNIETIGD. Er waren foto's van de slachting, met overal lege plekken waar barakken hadden gestaan. Ook waren er foto's van verschroeide lijken met afgerukte hoofden en ledematen. Er was een grote foto van de helikopter. Het was net een roofdier dat bijkwam van een aanval van razernij.

Er stond ook een stukje in over de lagere school van Nandere en zijn heldhaftige directrice, die was afgebeeld met een verband om haar hoofd.

Een dag ervoor was de directeur met een paar fotografen gekomen om zich met mevrouw Ogema te laten vereeuwigen.

Beeda had zich opgelaten gevoeld bij de aanblik van fotografen die elkaar verdrongen om het beste plaatje te schieten. De directeur had gezegd: 'Gefeliciteerd, mevrouw Ogema. Het ministerie van Onderwijs heeft eindelijk zijn eigen heldin. De schoolbenodigdheden die u heeft besteld zullen als blijk van dankbaarheid bij uw school worden afgeleverd.'

Omdat hij zich nog te nauw bij de gebeurtenissen betrokken voelde, gaf Beeda de krant aan zijn moeder. Ze zat op een plastic tuinstoel over het uitgestrekte paspalumveld te staren.

'Voor het eerst in twee jaar heeft de school de nationale pers gehaald. Daar kunnen we op verder bouwen.'

'Ja,' zei Beeda zuur.

'Je moet een hoofd van beton hebben. Ik dacht dat het joch je hersenpan zou inslaan. Ik ben zo trots op je.'

'Ja.'

'Zit maar niet in over je oor. De meisjes zullen je er niet minder om bewonderen. Ze hebben al heel lang op iemand zoals jij gewacht,' zei ze op al te vleiende toon.

'Ja.'

'Ongelofelijk, dat de zoon van mevrouw Epeuru een stuk van mijn oor heeft afgesneden en heeft geprobeerd om jou te vermoorden! Het is diep treurig. Gelukkig laten we ons er niet door intimideren.'

Ineens was Beeda bang dat de overgebleven collega's van majoor Azizima de streek waren binnengedrongen, juffrouw Alaso aan groepsverkrachting hadden onderworpen en alle mannen hadden gecastreerd. Verstrooid zei hij: 'Het leven gaat in ieder geval door.'

'Ik hoop dat je me niet kwalijk neemt dat ik het geld niet wilde geven. Ze zouden zijn blijven vragen om meer. Uiteindelijk zouden ze ons toch kwaad hebben gedaan.'

'Ik neem u niets kwalijk. Ik vind dat u heel moedig bent geweest,' zei Beeda, die wou dat hij die woorden tegen juffrouw Alaso kon zeggen.

'Ik ben blij dat te horen,' zei mevrouw Ogema. Ze zuchtte diep en tuurde de weg af.

'Ik denk dat u maar een nieuwe onderwijzer voor mijn klas moet gaan zoeken.'

'O, nee. Die dienen zich vanzelf wel aan. Let maar op.'

'Pamvara zal binnenkort vast weer opengaan,' zei hij, opgetogen over het idee dat hij zijn studie weer op kon nemen. Alleen doemden de billen van juffrouw Alaso in zijn hoofd op en begon zijn hart sneller te kloppen. Hij had het gevoel dat hij haar had verdiend, al stak het hem dat ze niet op bezoek was gekomen.

'Een en al goed nieuws,' zei mevrouw Ogema.

Er stonden veel mangobomen in de tuin. Beeda ging ze bekijken, terwijl zijn moeder naar de weg bleef staren, die af en toe in een wolk van stof verdween als er een voertuig langskwam.

Hij zocht de schaduw van een reusachtige mango op en dacht aan zijn vader. Het verbaasde hem dat dit de eerste keer was dat hij aan hem dacht. Tijdens het gevecht was het juffrouw Alaso geweest die hem had geholpen zijn verstand bij elkaar te houden.

Hij meende de roep van de go-away-vogel te herkennen, die hij wekenlang niet had gehoord. Hij legde zijn handen op zijn rug, boog zijn hoofd en zei: 'Vader, ik ben blij dat ik het gevecht heb overleefd. U moet ergens zijn geweest om me te steunen. Ik heb mijn oog nu op de toekomst gericht. Ik zal vechten om alles uit me te halen wat er in me zit. Op een goede dag zal de Wiliam Ogema Academie werkelijkheid zijn. En ik zal mijn eigen bos planten en de prins van de bomen worden.'

Hij keek omhoog naar de bomen en moest denken aan de droge aardnoten, erwten en bonen die ze altijd naar zijn tante in Holland stuurden voor haar verjaardag en met Kerstmis. Hij vroeg zich af hoeveel mango's hij zou moeten verkopen om zijn academie te kunnen bouwen. Een gevoel van onzekerheid bekroop hem.

In die stemming zocht hij zijn stoel weer op en zei: 'Hij liegt. Meneer Oryang is een leugenaar.'

'Waarom?'

'Hij had ons moeten vertellen dat hij kinderen had verloren.'

'Hij heeft mij verteld dat zijn vijf kinderen waren gestolen. Het was te pijnlijk voor hem er nog eens over te praten.'

'Hij had er in ieder geval iets over kunnen zeggen.'

'Hij heeft het aan een medeouder verteld. En ik voel met hem mee.'

'U heeft uw moordenaar, hij de zijne,' zei Beeda met een stem vol bitterheid.

'Als je kleiner was geweest had ik je een klap gegeven.' Mevrouw Ogema was duidelijk kwaad. 'Je bent zo onnozel. Heb je gedacht aan de mogelijkheid dat de helikopter nog meer kinderen van meneer Oryang heeft omgebracht? Alsof dat niet genoeg is, blijkt Sapiri volkomen gehersenspoeld. Je moest je schamen voor wat je daarnet zei.'

Beeda hield zijn mond; hij had geen spijt. Hij was zelfs blij. Hij wist dat hij haar pestte omdat ze juffrouw Alaso niet was. Terwijl hij naar woorden zocht om de stilte te verbreken, zag hij zijn moeder overeind springen. Het was zo'n soepele beweging dat hij dacht: ze is nog niet afgetakeld. Er zit nog steeds muziek in die botten.

Het bestelbusje dat de Onderwijsinspecteur had beloofd was aangekomen. Mevrouw Ogema haastte zich naar het bijrijdersportier. Toen meneer Oryang zijn voeten op het gras zette, hoorde hij haar zeggen: 'We hadden de hoop al bijna opgegeven.'

'Akech, het spijt me dat we zo laat zijn. De bus had een lekke band.'

'Geeft niet. Ik ben zo blij je te zien.' Ze zei het met de stralendste glimlach die Beeda ooit had gezien. In haar lichaamstaal ontwaarde hij een gedrevenheid die hij niet van haar kende. Majoor Azizima scheen haar uit een heel lange winterslaap te hebben gewekt. Beeda was er zeker van dat de rebel haar had doen beseffen dat ze sterfelijk was, dat de dood haar dus wachtte en dat ze gezegend was met verlangen.

'Ik kan niet wachten om je naar huis te brengen,' zei meneer Oryang, terwijl hij haar bij de hand nam en naar de achterkant van het busje bracht.

Beeda kwam meneer Oryang begroeten, die hem vroeg voorin te gaan zitten. Hij hoorde 'De koe' spreken over de periode dat een weduwe moest wachten na de dood van haar man en de omvang van zijn moeders zelfopoffering drong in alle hevigheid tot hem door. Maar het maakte hem niet verdrietig, want ze leek vast van plan daar een punt achter te zetten.

Op weg naar huis zweeg Beeda. Nu en dan zag hij het paar in geanimeerd gesprek gewikkeld. Hij had de indruk dat ze de intensiteit van hun vriendschap voor hem verborgen hadden gehouden.

Ze kwamen twee wegversperringen tegen, waar ze snel door werden gewuifd. Twee uur later kwamen ze bij de handelspost. Beeda vond het er eigenaardig stil. Hij dacht dat zijn angst voor een rebellenaanval misschien een voorgevoel was geweest dat de jongens van majoor Azizima in de buurt waren.

Nog met zijn hoofd bij die mogelijkheid, hoorde hij het geluid van trommels en een hoop stemmen. Hij bedacht dat als iemand een feest had georganiseerd, hij niet van zins was erheen te gaan. Hij wilde naar huis, bij thuiskomst van zijn bad genieten, op bed liggen en bedenken hoe hij zijn gevoelens aan juffrouw Alaso kenbaar zou maken.

Het busje reed rechtstreeks naar de school. Beeda herkende het schoolterrein nauwelijks. Het was bomvol mensen, van wie er veel onder een met palmbladeren afgedekte stellage zaten. Ineens begreep hij dat meneer Oryang achter deze ontvangst moest zitten. Daarom was hij zo laat gekomen.

Zodra de mensen het busje zagen, kwamen ze haastig uit de bladertent gelopen. Beeda maakte het portier open en werd omzwermd door een groep leerlingen, die riepen: 'Onze meester, onze meester.' Hij stond in hun midden en liet ze aan hem plukken. Vele minuten later probeerde hij hen stil te krijgen; toen dat niet lukte liet hij hen begaan.

Achter hem schreeuwde een grotere groep: 'Onze directrice, onze directrice.'

Voetje voor voetje werd Beeda naar de tent geduwd, waar alles leek te trillen op het ritme van de trommen. In het midden zag hij onderwijzers staan klappen en glimlachen. Jammer genoeg ontbrak het gezicht dat hij zo graag wilde zien. Hij deed zijn best zijn teleurstelling achter een stijve glimlach te verbergen.

De stemmen die 'onze directrice' scandeerden, kwamen dichterbij. De trommelaars namen het ritme van de stemmen over. Mensen drongen naar voren en droegen mevrouw Ogema naar het podium. Ze glimlachte en zwaaide naar de opgeheven gezichten.

Hij maakte van de drukte gebruik om ertussenuit te knijpen. Hij wilde zijn gevoelens ontwarren, al leek dat onbegonnen werk met zo'n duizelend hoofd. Nu eens was hij aan het vechten, dan weer praatte hij op Musa in dat het belangrijk was om te leren koken of schudde hij zijn oom de hand, en dan weer stond hij op de rand van een woedeuitbarsting.

Hij liep naar zijn klaslokaal, langs de keuken, waar allerlei mannen en vrouwen grote pannen eten aan het klaarmaken waren. Ze juichten hem toe en probeerden hem aan te klampen. Maar hij ging er als een haas vandoor, achtervolgd door het boeket van geuren dat uit de dampende pannen opsteeg. Hij dook in de lange koele schaduw achter een hoge stapel brandhout die een deel van de keuken aan het zicht onttrok en snoof de zware geur van drogende hars op. Hij niesde en wou dat alles kon worden weggevaagd, samen met de intense pijn die hij voelde.

Hij ging op de veranda zitten, liet zijn hoofd in zijn handen zakken en deed zijn ogen dicht. Hij zonk weg in een diepe grijze kuil, waar tijd nauwelijks betekenis had. Als in een droom hoorde hij hoe iemand hem bij een al te vorstelijke naam riep. Hij spitste zijn oren en hoorde het geluid opnieuw. Hij wilde tegen de stem gillen om op te houden en hem met rust te laten. Maar hij wist dat dat zijn pijn alleen maar zou vergroten.

Toch leek er ook een reusachtige last van zijn schouders te zijn gerold, waardoor zijn geest vleugels kreeg. Heimelijk had hij groot plezier dat hij nu een zoete klank in de trommels hoorde die ze eerder misten. Het was alsof ze in zijn buik dreunden en zijn benen de kriebels gaven om op te staan en in beweging te komen.

Maar hij bleef nog een tijd doodstil zitten, plotseling in beslag genomen door wat vóór hem lag. Hij wilde zijn toekomst weten en de hindernissen die hij uit de weg moest ruimen om te bereiken wat hij wilde.

Piekerend over de onmogelijkheid daarover meer aan de weet te komen, hoorde hij 'De koe' zeggen: 'U is voorgeschreven te strijden…'

Zo opgemonterd dat hij wel kon huilen en lachen tegelijk, sloeg hij zijn ogen op naar het gezicht achter de stem, de hemel, de heuvels en de glinsterende kleuren in de lucht.